Elko Laubeck

Polizeidienst en français

Die Schleusenwärterin von Agde

novum ◢ pro

www.novumverlag.com

Bibliografische Information
der Deutschen Nationalbibliothek:

Die Deutsche Nationalbibliothek
verzeichnet diese Publikation in
der Deutschen Nationalbibliografie.
Detaillierte bibliografische Daten
sind im Internet über
http://www.d-nb.de abrufbar.

© 2022 novum Verlag

ISBN 978-3-99131-210-9
Lektorat: Volker Wieckhorst
Umschlagfotos: Elko Laubeck
Umschlaggestaltung, Layout & Satz:
novum Verlag
Autorenfoto: Elko Laubeck

Gedruckt in der Europäischen Union
auf umweltfreundlichem, chlor- und
säurefrei gebleichtem Papier.

www.novumverlag.com

1.

„Mensch, Pocher, Sie können doch leidlich Französisch", platzte Schmidt in das Büro des Kriminalhauptkommissars. „Da hätte ich eine ganz spezielle Aufgabe für Sie." Gerd Pocher drehte sich nichts Gutes ahnend um und blickte seinen Vorgesetzten etwas verdutzt an. Er antwortete erst einmal ganz bescheiden, „Na ja, es geht so. Es reicht, um beim Schlachter fünf Scheiben Schinken zu bestellen, *cinq tranches de jambon.*"

Was ihn aber verblüffte und etwas verunsicherte, war, dass es Schmidt war, der sich nun ihm gegenüber vor seinem Schreibtisch aufbaute. Er war nicht sein unmittelbarer Vorgesetzter, sondern saß noch eine Etage darüber, er war die rechte Hand des Polizeidirektors, der für Personalangelegenheiten zuständig war und in engem Kontakt stand mit dem Innenministerium.

„Also", holte Schmidt aus, „wir nehmen da an einem Austauschprogramm teil. Wir bekommen Verstärkung von einem französischen Kollegen. Dafür sollen wir einen Mitarbeiter nach Frankreich entsenden. Das ist die Chance, Pocher."

War es eine Überlegung, um Pocher aus dem Bereich der Kölner Polizeidirektion loszuwerden, oder waren es Lob und Auszeichnung? Pocher musste einen Augenblick überlegen. Ihm ging es durch den Kopf, dass er vor zwei Jahren unter großem Erfolgsdruck bei zwei Mordfällen nicht den richtigen Riecher gehabt hatte, um den Mördern auf die Spur zu kommen, und wochenlang den falschen Mann im Verdacht gehabt hatte. Er hatte um Versetzung in ein anderes Dezernat gebeten. Es hatte wohl auch mit den Kollegen, vor allem mit einem, zusammengehangen und mit seiner privaten Lebenssituation. Er hatte sich beruflich nicht mehr gut im Kollegenkreis aufgehoben gefühlt, nach zwei ungeklärten Mordfällen, und privat auch nicht mehr in seiner Familie. Seine Frau und er hatten sich auseinandergelebt. Da war einfach nichts mehr gelaufen. Sie hatten sich nur noch wegen jeder Kleinigkeit in die Haare gekriegt, und die Kinder waren ja fast erwachsen.

Er war vor drei Jahren zu Hause ausgezogen und ein Jahr später in die Drogenabteilung gewechselt und hatte dort immerhin an einem größeren Polizeierfolg mitgewirkt, sodass er wieder Vertrauen in seine kriminalistischen Qualifikationen gewonnen hatte. Seine Ermittlungen hatten am Ende sogar zur Sprengung eines größeren internationalen Dealer-Rings beigetragen. Es hatte eine Razzia auf einem Kreuzfahrtschiff auf dem Rhein gegeben, die ziemlich großes Aufsehen erregt hatte, nicht nur, weil rund 100 Fahrgäste an Bord der MS Aroma festgehalten worden waren, sondern auch, weil in einer Kabine tatsächlich 25 Kilogramm reines Kokain sichergestellt werden konnten. Der Prozess war gerade abgeschlossen worden. Pocher hatte als Zeuge vor der Großen Strafkammer des Landgerichts ausgesagt. Insgesamt konnten 15 Personen ermittelt werden, die damit in Zusammenhang gestanden hatten, Hauptdrahtzieher und Weiterverkäufer zwischen Rotterdam und Basel. Die Beweislast hatte ausgereicht, um das Gericht von der Schuld zu überzeugen. Am Ende hatte es Haftstrafen zwischen 3 und 8 Jahren für alle gegeben, bis auf zwei Minderjährige, die noch mal mit Arbeitsstunden davongekommen waren.

„Ich gebe ja zu, dass ich gerne Urlaub in Frankreich mache, aber meine Französischkenntnisse reichen doch nicht, um da zu arbeiten, und dann in einer doch recht verantwortungsvollen und hoheitlichen Position", stellte Pocher seine tatsächlichen Sprachkenntnisse unter den Scheffel.

„Das Austauschprogramm läuft ja bundesweit. Da kommen französische Beamte aus allen Regionen für zunächst drei Monate nach Deutschland. Es geht um Einblicke in die tägliche Arbeit, Erfahrungsaustausch und so. Für unsere Direktion wurde unter anderem ein Beamter aus Montpellier avisiert. Der fehlt dann natürlich in seinem Gebiet. Und den sollen Sie für die Zeit vertreten."

„Montpellier?"

„Es können ja nicht alle nach Paris gehen."

„Klar", stimmte Pocher zu.

„Mensch Pocher, das ist, glaube ich, am Mittelmeer. Sie arbeiten quasi da, wo andere Urlaub machen."

„Das tue ich doch auch hier in Köln", lästerte Pocher.

„Hier in Köln?"

„Beim Städtetourismus ist Köln doch eine der beliebtesten Destinationen der Welt. Alle wollen den Dom sehen …"

Irgendwie beeindruckte Schmidt Pochers Schlagfertigkeit, und er ergänzte: „… und am Abend bei Früh ein Kölsch trinken."

„Fünf bis zehn Kölsch", korrigierte Pocher.

„Also, überlegen Sie es sich." Schmidt schritt um den Schreibtisch herum und klopfte Pocher auf die Schulter. „Außerdem weiß ich von Ihnen, dass Sie überzeugter Europäer sind, und das Austauschprogramm dient nicht zuletzt dazu, das Verständnis über die Grenzen hinweg zu verbessern", verfiel er in einen ansatzweise hörbaren regionalen Akzent, „den europäischen Jedanken mit praktischem Leben zu erfüllen, jenau wie Sie jesacht haben, sogar in verantwortungsvoller und hoheitlicher Position."

Da hatte Schmidt allerdings sein Herz getroffen, die Grundfesten all seiner politischen Einstellungen. In der Tat fühlte sich Pocher als Europäer, und seit seiner Jugend war er von dem Gedanken eines grenzenlosen Miteinanders fasziniert, obschon er gerade in der Drogenabteilung die Erfahrung gemacht hatte, dass Kriminelle die Grenzöffnung und Freizügigkeit innerhalb der Europäischen Union schamlos ausnutzten, davon profitierten, und die Polizeiarbeit durch nationale Zuständigkeiten eher behindert wurde. Mithin wäre genau eine intensivere, grenzüberschreitende Zusammenarbeit der nationalen Sicherheitskräfte die Antwort darauf gewesen, zusätzlich zu Frontex, Interpol oder Europol.

„D'accord", sagte Pocher zustimmend nickend, „ich werde es mir überlegen."

Schmidt hatte ein freundliches Lächeln aufgelegt. „Jut, kommen Sie morgen um neun Uhr in mein Büro. Da besprechen wir alles Weitere."

Pocher wendete sich wieder seiner Arbeit zu, Routineangelegenheiten, Verfassen von Vernehmungsprotokollen, die Zuordnung aussagefähiger Fotos und eines Ausschnitts der Videosequenz einer Überwachungskamera an der U-Bahn-Station Neumarkt, auf der zu erkennen war, wie ein 17 Jahre alter Junge, er war inzwischen als Jürgen Pullheim identifiziert und vernommen worden, einem etwa 30 Jahre alten Mann Geldscheine in die Hand drückte und danach einen Beutel entgegennahm und in die Tasche steckte. Wie doof kann man nur sein, dachte Pocher, einen Drogendeal an einem Ort zu vollziehen, der bekanntermaßen von Kameras überwacht wird. Wie sich später herausgestellt hatte, waren in dem Beutel tausend

Ecstasy-Pillen gewesen. Sie hatten den Jungen geschnappt, suchten aber immer noch nach dem vermeintlichen Verkäufer.

In Gedanken war Pocher mit einem Mal woanders. Er stellte sich vor, seinen Job an der südfranzösischen Küste auszuüben, befristet zwar, aber das hatte schon etwas Verlockendes! Ein solcher Tapetenwechsel würde ihm vielleicht guttun, ihn nach vorne bringen, ihm neue Lebensimpulse geben, er fühlte sich in einer emotionalen Sackgasse. Er machte mehr oder weniger Dienst nach Vorschrift, gab zwar sein Bestes, um Licht ins Dunkel der Kölner Unterwelt zu bringen, aber nach Feierabend zog er sich mehr und mehr zurück, vernachlässigte den Kontakt zu seiner Familie, den es trotz räumlicher Trennung immer noch gab. Er war zum Einzelgänger geworden, widmete sich seiner Musik, um nicht gänzlich zu veröden in seiner Isolation, suchte nach Auswegen aus der gefühlten Einsamkeit, obschon es immerhin noch Kontakte und Begegnungen gab mit seiner Familie und den Geschwistern und Eltern von Barbara. Seine eigene Lieblingsschwester, zu der er ein sehr vertrautes Verhältnis hatte, lebte in Neuseeland und hatte gerade selbst arge Probleme damit, dass ihr Mann einen heftigen Schlaganfall erlitten hatte. Und seine Kollegen wollte er nicht damit behelligen, dass er unter einem gewissen Leidensdruck stand, denn seit der Trennung von Barbara war er so gut wie nicht mehr mit dem anderen Geschlecht zu einer zufriedenstellenden Berührung gekommen.

Es hatte zwischenzeitlich nur eine Fast-Affäre gegeben, ausgerechnet mit einer Kollegin, aber kurz bevor er dazu bereit gewesen war, ihr ernsthafte Avancen zu machen, hatte sie sich versetzen lassen, ausgerechnet nach Düsseldorf!

Er war später in seiner kleinen Wohnung in Mülheim, in einem ziemlich heruntergewirtschafteten und unscheinbaren Mehrfamilienhaus auf der anderen Rheinseite. Die Mehrheit der Mieter, schätzte er, waren türkische Familien. Er ging im Wohnraum auf und ab und rief Barbara an, seine Noch-Frau. Nach mehrmaligem Tuten nahm jemand am anderen Ende der Leitung den Hörer ab. „Hallo?", vernahm er die Stimme seiner Tochter.

„Hier ist der Papa. Ist die Mama da?"

Er hörte seine Tochter rufen: „Mama! Papa ist am Telefon!" Außerdem vernahm er übliches Geschirrklappern, Musik und das Gerede seines Sohnes im Hintergrund. Es hörte sich an, als wenn noch mehr Leute im Haus wären. Dann gab es ein kratzendes Geräusch.

„Schön, dass du anrufst", sagte Barbara, „hast du vergessen, dass du versprochen hattest, Jens vom Training abzuholen? Wer hat ihn wohl abgeholt? Ich natürlich. Außerdem hast du gesagt, dass du am Wochenende die Steuererklärung fertig machen wolltest. Und wo bist du geblieben? Ich sitze auf dem ganzen Scheißkram und warte vergeblich, dass du ein Lebenszeichen von dir gibst. Die Kinder brauchen dich, Mensch, die schlagen hier völlig über die Stränge. Jens weigert sich, seine Hausaufgaben für die Schule zu machen, Jasmin sitzt seit dem Abitur hier herum und weiß nicht, was sie nun anfangen soll. Du kriegst ja gar nichts mehr mit. Weißt du überhaupt, dass sie ein Bewerbungsgespräch beim Stadtanzeiger einfach hat platzen lassen? Und Jonas war neulich hier. Da habe ich ihn gebeten, ein paar Dinge einzukaufen. Nö, war die Antwort. Jonas hat ja eine Bude in Tübingen, aber ich habe ihn schon zurechtgestutzt, dass er hier auch im Sinne der Gemeinschaft Dinge zu erledigen hat, wenn er in Köln ist. Und wer räumt die Spülmaschine ein, wenn wir gegessen haben? Was meinst du? Alles bleibt an mir hängen. Und du verpisst dich einfach in deine Arbeit. Ich hasse dich! Vor zwei Wochen hattest du versprochen, dich um die kaputte Regenrinne zu kümmern. Was ist passiert? Nichts!"

„Ich hatte einen Sondereinsatz", versuchte Pocher, dazwischenzukommen.

„Deine Sondereinsätze kannst du dir in die Haare schmieren. Wenn du dich nicht mehr um deine Kinder kümmerst, dann sind die weg vom Fenster. Jasmin ist einfach noch zu unentschlossen und weiß nicht, ob sie nicht doch lieber studieren möchte. Aber Jens ist am schlimmsten. Der hat alle Chancen und nutzt sie nicht. Statt Schularbeiten zu machen und sich aufs Abitur vorzubereiten, ist der nur noch am Chatten und Chillen. Ich halte das nicht mehr aus. Ich habe Jens gesagt, er soll zu dir ziehen. Darauf hat er mich nur angegrinst und gesagt, okay, dann ziehe ich zu Papa. Willst du das? Willst du, dass aus Jens ein Versager wird, ein Totalverweigerer?"

„Nein", wendete Pocher ein. „Natürlich nicht."

„Wo bleibst du denn, um aus den Kindern fröhliche, erfolgreiche Menschen zu machen? Immer wieder muss ich erleben, dass deine Versprechen nicht eingehalten werden, dass du mit Jens Hausaufgaben machen willst, dass du mich unterstützt bei der Bewältigung des Alltagskrams und bei der Erziehung der Kinder. Das sind doch auch deine Kinder! Kannst du Jens nicht mal sagen, dass er jetzt seine Hausaufgaben erledigen soll?"

„Gib mir Jens ans Telefon", sagte Pocher, obgleich er eigentlich etwas anderes mitteilen wollte. Nach einer Weile sprach er seinem Sohn ordentlich ins Gewissen, er versuchte es wenigstens. Und er bekam ihn in der Tat dazu, seine Freunde nach Hause zu schicken, der Sohn versprach, danach sich noch auf die Englischarbeit am nächsten Tag vorzubereiten. „Du weißt, wenn du nicht machst, was ich sage, schicke ich die Polizei", fügte er noch scherzhaft an. „Gibst du mir noch einmal die Mama?"

Dann griff Barbara nach dem Telefonhörer: „Ja!"

„Ich bin versetzt worden", fügte Pocher nach einer Kunstpause hinzu, und es gelang ihm nicht, es ganz sachlich auszudrücken, sondern er schlug unbewusst einen Neid weckenden Ton an. „Nach Südfrankreich!"

„Was? Du verpisst dich auch noch aus Köln? Wie soll ich das verstehen? Gut, Jens' Freunde sind gerade weg, und vielleicht macht er noch eine halbe Stunde Englisch. Du wirst hier gebraucht, verstehst du? Und jetzt sagst du mir, dass du nach Südfrankreich gehst."

„Es ist eine Dienstreise, Anweisung von oben", sagte Pocher.

„Geh doch dahin, wo der Pfeffer wächst!"

Er konnte durch den Telefonhörer spüren, dass seine Noch-Frau den Tränen nahe war, vor Wut und Verzweiflung.

„Verpiss dich doch, du Arschloch!", sagte sie und legte den Hörer auf. Er hatte noch ein Kitzeln im Ohr, das er immer bekam, wenn er lange mit seiner Noch-Frau telefoniert hatte.

2.

Am nächsten Morgen klopfte Gerd Pocher pünktlich um neun Uhr an der Bürotür von Polizeioberrat Schmidt. „Ich mache das", sagte er.

„Jut", sagte Schmidt, „sehr gut." Er deutete Pocher an, Platz zu nehmen. „Sie helfen uns gewissermaßen aus der Verlegenheit. Wir hatten schon lange einen Kollegen für den Austausch vorgesehen. Aber der ist kurzfristig abgesprungen, gesundheitsbedingt." Schmidt beugte sich vor und ergänzte leise und ernsthaft. „Angeschossen."

„O, tut mir leid, ist es ernsthaft? Wen hat es getroffen?", fragte Pocher nach.

„Er wird durchkommen, Kriminalhauptkommissar Klaus-Peter Gimnich."

Während Pocher etwas erschrocken und betroffen dreinschaute, Gimnich war nämlich der wesentliche Grund gewesen, um seinerzeit in die Drogenabteilung zu wechseln, kehrte Schmidt zum eigentlichen Thema zurück.

In fünf Wochen, Ende Juli, sollte es nämlich schon losgehen. „Wir werden die Kollegen in Montpellier informieren. Pocher, Sie machen diese Woche normal Dienst und Übergabe, die letzten Berichte und so weiter. Ab kommender Woche sind Sie freigestellt. Wir haben einen Crashkursus in Französisch für Sie gebucht und am 31. Juli einen Flug nach Montpellier. Dort wenden Sie sich bitte an eine Frau Lapin bei der Polizei Judizi-ähm ..."

„D'accord", sagte Pocher. „Police judiciaire, auf Deutsch: Kriminalpolizei."

„Sie können ja doch mehr Französisch als fünf Scheiben Schinken", lachte Schmidt. In Pochers Personalakte war freilich vermerkt gewesen, dass er während seines am Ende abgebrochenen Jurastudiums zwei Semester in Frankreich gewesen war.

Es war purer Zufall gewesen, dass Pocher im Treppenhaus in dem heruntergekommenen Mietshaus in Mülheim jenem Mann begegnet war, den er als den Ecstasy-Verkäufer vom Neumarkt identifizieren konnte. Er hatte unverzüglich seine Dienstwaffe gezückt,

11

den offensichtlich überraschten Mann festgenommen und über Funk Verstärkung angefordert. Der Mann hatte offenbar in seiner Wohnung ein Labor zur Herstellung synthetischer Drogen betrieben. Für Pocher war der Fall abgeschlossen, und er hatte auch die Kollegen darüber informiert, dass er dafür jetzt nicht mehr zuständig sei.

Eine Woche später drückte er in Hürth die Schulbank, paukte Fachvokabular wie Mord und Totschlag, Struktur der Nationalpolizei, juristische Terminologie, was für ihn aber nur wie eine Wiedererinnerung an seine Zeit an der Uni von Nizza war, Verhörmethoden und aktuelle Politik. Zur Abwechslung gab es zwischendurch französischsprachige Krimikomödien zu sehen, unter anderem einen Filmklassiker mit Louis de Funès als Gendarm von Saint-Tropez.

Seine Noch-Frau hatte sich inzwischen offenbar damit abgefunden, dass er für drei Monate ins Ausland gehen würde. Die Kinder waren wieder etwas besser drauf. Inzwischen hatten auch für Jens die Sommerferien begonnen. Er wollte zusammen mit seiner Mutter und einem ihrer Arbeitskollegen an die Nordseeküste. Er dürfe auch einen Freund mitnehmen. „Wir haben in Büsum ein Appartement gebucht", sagte Jens, als die Kinder an einem Wochenende bei ihm zu Besuch und sie zum Döner im Nachbarhaus gegangen waren. „Nächsten Samstag, glaube ich, geht es schon los. Und danach habe ich noch eine Woche Trainingslager im Sauerland."

Jasmin und Jonas wussten noch nicht so genau, was sie mit den Sommerferien anfangen sollten. Nach Büsum wollten sie jedenfalls nicht. Pocher bot Jasmin an, dass sie so lange sein Auto, einen silberfarbenen Toyota, haben könnte. Sie müsse ihn dafür aber am Montag zum Flughafen bringen, zum Flughafen nach Hahn, ergänzte er. Offenbar hatte es von Köln aus keine passende Verbindung gegeben. Die Polizeidirektion hatte die Entfernung zu dem Flughafen im Hunsrück für zumutbar gehalten, und von dort gab es freitags und montags Direktflüge nach Montpellier, die zudem preisgünstig waren.

3.

Pocher ließ sich entspannt in den Sessel sinken, als die entsprechenden Zeichen zur Anschnallpflicht mit einem Signalton erloschen. Wenigstens versuchte er, sich zu entspannen. Der Kriminalhauptkommissar schwebte hoch über Europa einem neuen Aufgabengebiet entgegen. Er hatte keine Ahnung, was ihn dort erwartete. Es war schon einige Jahre her, dass er zuletzt in Frankreich gewesen war. Barbara, die Kinder und er hatten sich ein Wohnmobil gemietet und waren drei Wochen lang durch die Provence gefahren und an der Côte d'Azur entlang. Sie waren in Grasse gewesen, in Nizza, Cannes, Saint-Tropez und Sanary-sur-Mer.

In den vergangenen Jahren war er aber nicht mehr dazu gekommen zu verreisen. Seit er sich von seiner Frau getrennt und eine eigene Wohnung auf der anderen Rheinseite gemietet hatte, herrschte chronischer Geldmangel. Er hatte es sich einfach nicht mehr leisten können, innerhalb von zwei oder drei Wochen ein paar tausend Euro zu verjubeln. Außerdem unterstützten sie ihre anspruchsvollen Kinder finanziell, um ihnen einen angenehmen Start ins eigene Berufsleben, also unter anderem ein Studium, zu ermöglichen. Dazu waren die Kinder in einem Alter, in dem sie ohnedies nicht mehr mit den Eltern Urlaub machen wollten. Deshalb wunderte es ihn allerdings, dass Jens dann doch noch mal mit Barbara an die Nordsee gefahren war. Eine Notlösung vielleicht, dachte er, nach dem Motto: besser Nordseeurlaub als Köln wie immer.

Pocher ließ sich einen Kaffee einschenken, für den die Stewardess gleich 4,80 Euro abkassierte, und stellte den Becher auf das Ablagebrett. Er schaute aus dem Fenster. Mittlerweile mussten sie schon über Frankreich sein. Er versuchte, sich zu orientieren anhand der Flüsse und Autobahnen, die er ausmachen konnte. Die Wolkendecke war inzwischen aufgerissen, und Richtung Süden war leidlich klare Sicht.

4.

Es war einer der heißesten Tage des Sommers. Renée Lebrun hatte sich in einem dünnen Shirt mit Spaghettiträgern ins Büro gewagt. Monteure mit nackten Oberkörpern, die durch die Räume schlichen, starrten unverhohlen auf ihren roten, spitzenverzierten BH, der unter dem Spaghettiträger-Shirt kaum verborgen blieb. Der Kriminalbeamtin war es egal. Der Schweiß stand ihr auf der Stirn. Die Klimaanlage war ausgefallen. Wenn es die Monteure nicht von ihrer Arbeit ablenkte, sollten sie sie ruhig einmal flüchtig anglotzen. Sie war nicht mehr die Jüngste, aber mit ihrer Figur brauchte sie nicht zu hadern.

Sie grübelte über eine Serie von Kindesentführungen. Drei Kinder waren spurlos verschwunden. Sie hatte noch keinerlei Hinweise auf ihren Verbleib.

Pierre Moulin kam herein, ein kurzärmliges Hemd über der behaarten Brust weit geöffnet. Er fragte seine Kollegin, wann die Verstärkung aus Deutschland kommen würde.

„Gerd Pocher", sagte Commandante Lebrun, und der Nachname klang wie „Pocker": „Er soll heute oder morgen ankommen. Commissaire Lapin hat es mir gesagt. Meinst du, dass er uns in den Entführungsfällen weiterbringen kann?"

„Vielleicht hat er ja eine Idee", meinte Pierre. „Aber ich denke, er muss sich erst einmal mit den Örtlichkeiten in Agde vertraut machen. Er kann sich ja noch nicht hier auskennen."

„Außerdem muss er sich noch akklimatisieren. Das wird nicht einfach sein, solange die Klimaanlage nicht wieder läuft." Renée Lebrun verschränkte ihre nackten Arme hinter dem Kopf, um etwas Luft an die verschwitzten Haare in den Achselhöhlen zu bekommen, vergeblich. In dem Büro stand die Luft trotz weit geöffneter Fenster. Erneut trampelten die beiden halbnackten Monteure durch den Raum und schleppten eine Art Schrank aus Edelstahl hinaus.

„Der Konverter auf dem Dach muss ausgewechselt werden", sagte einer der Monteure und pfiff anerkennend durch die Zähne, als er erneut und ungeniert auf ihren Busen starrte, der sich dadurch, dass sie die Arme hinter dem Kopf verschränkt hatte, aufgerichtet hatte, sodass der BH sich deutlich durch das verschwitzte Spaghetti-träger-Top abzeichnete. Warum der Zugang zum Dach ausgerechnet durch ihr Büro führte, war ihr ein Rätsel. Aber offenbar war der Weg durch das Fenster und über eine Außentreppe einfacher als der offizielle Dach-Ausstieg vom Treppenhaus aus.

„Wir sollen am Anfang pfleglich mit ihm umgehen, aber wir sollen ihn auch nicht schonen. Der deutsche Kollege soll gleich in die Ermittlungsarbeit mit einbezogen werden", sagte Renée. „Das hat Commissaire Lapin gesagt."

Pierre hatte unterdessen Fotos von den Kindern besorgt und blätterte sie auf Renées Schreibtisch. „Lucas Grospièrre, 7 Jahre alt, aus Lyon, verschwunden am 22. Juli, er war in einem Ferienlager in der Nähe von Frontignan, zuletzt gesehen am 22. Juli in Frontignan."

Das nächste Bild: „Hugo Martin, 5 Jahre alt, verschwunden am 24. Juli auf dem Weg von einer kirchlichen Veranstaltung, einer Kinderbibelwoche, in Agde. Er war auf dem Heimweg und ist von den Betreuerinnen zuletzt gesehen worden."

Drittes Bild: „Raphaël Chapias, 7 Jahre alt, verschwunden am 25. Juli, ebenfalls auf dem Weg von einer Kinderbibelwoche nach Hause. Dort war er zuletzt gesehen worden. Seither fehlt von den Jungen jede Spur."

„Wir haben den letzten Juli. Die Kinder sind also mehr als eine Woche verschollen", resümierte Renée. „Meinst du, dass sie noch leben?"

„Ich habe ja manchmal wenig Phantasie", sagte Pierre. „Aber ich befürchte, dass sie nicht entführt wurden, um Geld zu erpressen. Dann hätten sich die Verbrecher längst gemeldet. Außerdem ist bei den Eltern nicht viel zu holen."

Renée betrachtete die Bilder der unschuldigen Kinder. „Sondern?"

„Missbrauch!"

Renée beugte sich wieder nach vorne und spürte, wie ihr angenehm kühlend ein paar Schweißperlen an Hals und Rücken hinunterrannen. „Du meinst Pädophilie?"

„*Exactement*", meinte Pierre. „Ich mache mir Sorgen. Du weißt, ich habe selbst zwei kleine Kinder, bald drei."

„Wie geht es Katja?", fragte Renée beiläufig.

„Na ja, die Hitze setzt ihr schon etwas zu, aber sonst geht es ihr den Umständen entsprechend gut."

„Wann ist es soweit?"

„Es kann jetzt jederzeit losgehen."

„Wenn nicht augenblicklich diese verdammte Klimaanlage in Gang gesetzt wird, gebe ich uns hitzefrei." Renée versuchte sich mit dem Top Luft zuzufächern, indem sie es am unteren Saum auf und ab wedelte, was den Monteuren offenbar gefiel, die gerade wieder mit einem schrankähnlichen Teil durch das Büro stapften, um durch das Fenster nach draußen und aufs Dach zu verschwinden. „Wir brauchen jetzt einen kühlen Kopf. Drei Jungs in der Hand von Pädophilen. Wir gehen alle Fälle von Pädophilie der letzten Jahre noch einmal durch. Vielleicht kriegen wir doch noch einen Anhaltspunkt. Oft sind die Täter Personen aus dem familiären Umfeld, nahe Verwandte, zu denen die Kinder Vertrauen haben. Nimm dir noch einmal Francine Chapias vor, die Mutter des kleinen Raphaël. Sie steht der Kirche nahe, sie singt im Chor und ist mit einem Pastor befreundet. Nein, warte, das mache ich selbst. Oder wir machen es zusammen."

5.

Pocher ahnte, dass diese Reise ein Aufbruch in ein neues Leben sein würde. Vor 25 Jahren war er zurückgekehrt zur Polizei und kurz darauf nach Köln gegangen. 25 Jahre hatte er versucht, Kölner zu werden, aber irgendwie war es ihm nicht gelungen. Seine Kinder waren alle in Köln geboren, ihnen würde es wahrscheinlich leichter fallen, Köln als ihre Heimatstadt zu verstehen. Aber ihm war es einfach nicht gelungen. Er fühlte sich mehr als Europäer, über den Dingen und über jegliche Kirchturmpolitik stehend, und außerdem hatte sich die Domstadt wieder mehr von ihm entfremdet, seit er aus ihrem Einfamilienhaus ausgezogen war.

Tatsächlich hatte er sich im Laufe der Jahre in der Stadt ausgekannt wie kaum ein anderer, war er doch beruflich bedingt mit vielen Hinterhöfen, U-Bahnhöfen, Friedhöfen und anderen Höfen vertraut. Er kannte die einschlägigen Lokale, in denen sich die Dealer trafen. Er kannte die Leute, die die Geschicke der Stadt bestimmten, den Karneval, den berüchtigten Klüngel, das Milieu der Kleinkriminellen und Prostituierten, die Treffpunkte der Obdachlosen, die gesitteten Fassaden der gehobenen Gesellschaft und die Intrigenspiele hinter deren Kulissen.

Vielleicht 10000 Meter unter sich konnte er tatsächlich Lyon ausmachen am Zusammenfluss von Rhône und Saône. Er folgte der Autobahn Richtung Süden, er erkannte unter sich den Flughafen Antoine de Saint-Exupéry. Die bergige Landschaft mit den Cevennen im Hintergrund kam allmählich näher. Sie befanden sich offenbar schon im Sinkflug. Pocher erkannte die Route du Soleil, die Autobahn, die sich wie ein endloses Band über die Hügel parallel zur Rhône schlängelte, er kannte die Strecke und die Orte an dem Fluss, Vienne, Valence, Montélimar, Orange, Avignon und Arles. Er erkannte die großen Kühltürme des Atomkraftwerks bei Montélimar. Weiter nach Osten war der Mont Ventoux auszumachen, dahinter im Dunst die Alpenkette.

Er hatte keine Vorstellung davon, wie ihm die neuen Kollegen begegnen würden, wie er eingeführt würde. Seine größte Sorge war, dass die Franzosen auf Distanz zu ihm blieben. Er schätzte sich selbst als umgänglichen, aufgeschlossenen Kollegen ein. Nicht dass er gerade extrovertiert wäre wie viele Kölner, aber er konnte gut auf Menschen zugehen. Das brachte der Job mit sich, aber auch im Privatbereich war er aufgeschlossen, Freunden zugewandt und eigentlich auch hilfsbereit. Trotz der Trennung von Barbara hatte er Kontakt zu den gemeinsamen Freunden behalten, auch zu ihrer Familie, ihrem Vater und ihren Geschwistern, ihren Neffen und Nichten, denn sie verstanden sich gut mit seinen Kindern. Sie hatten sich auch damit arrangiert, etwa, bei Geburtstagsfeiern oder anderen Familienfesten gemeinsam aufzutreten, wobei sie es allerdings vermieden, etwa an der Tafel nebeneinanderzusitzen. Es wurde spannend.

Eine Viertelstunde später – die Aufforderung, Sitze aufzurichten, Tische einzuklappen und sich anzuschnallen, war bereits erfolgt – war Pocher dann doch fasziniert von dem grandiosen Zielgebiet. Durchs Fenster erspähte er die Lagunenlandschaft am Mittelmeer, die endlosen Sandstrände der Camargue, die Badeorte mit ihren gewaltigen Wohnanlagen und Jachthäfen. Sein Herz pochte, als das Flugzeug in einer steilen Kurve die Richtung änderte und in dieser Lage auf der linken Seite durch das Fenster nur noch der blaue Himmel über dem Mittelmeer zu sehen war. Dann glitt der Flieger wieder in die Waagerechte. Er vernahm den Ruck, der immer durch das Ausklappen der Fahrwerke entstand, die Bremsklappen waren nun weit ausgefahren. Das Flugzeug schwebte dicht über der glitzernden Wasserlandschaft, ruckelte etwas und setzte schließlich auf der Landebahn von Montpellier auf.

In der Halle wurde sein Name aufgerufen: *„Monsieur Pocher à l'information."* Sie hatten es völlig falsch ausgesprochen, aber damit hatte er schon gerechnet. Das gab ihm eine gewisse Sicherheit in der fremden Situation: Er wurde also tatsächlich erwartet! In solchen Situationen hatte er immer Angst, dass etwas hätte dazwischenkommen können und sie ihn einfach vergessen hätten. Gerd Pocher blickte sich um nach dem Informationsstand und ging dann, einen Rucksack geschultert und einen großen Rollkoffer an der Hand, darauf zu. Ein uniformierter Polizeibeamter sprach ihn an. *„Monsieur Pocher?"*

Dieser lächelte erfreut. *„Oui, Gerd Pocher"*, korrigierte er die Aussprache.

„*Bien*", sagte der Beamte, stellte sich als François Leclaire vor, er habe den Auftrag, ihn ins Präsidium, ins *Hôtel de Police*, zu begleiten. Sie fuhren in die Stadt hinauf, was etwas mühsam schien, denn in der Innenstadt von Montpellier waren viele Straßen wegen Bauarbeiten gesperrt. Pocher bemerkte, wie er ins Schwitzen geriet. Er trug unter dem grauen Sweatshirt ein Unterhemd und hatte noch ein Blouson darüber. Seine Kleidung war beim Abflug im verregneten Hahn noch angemessen gewesen, aber jetzt bemerkte er, dass er darunter zu leiden begann. Er entschuldigte sich beim Fahrer, dass er kurz seinen Gurt löste und sich den Oberkörper freimachte. Am Ende blieb ihm aber nichts übrig, als das Sweatshirt wieder überzustreifen. Seine Sommersachen lagen im Kofferraum.

„Oh, da ist ja unser neuer Kollege aus Deutschland", begrüßte ihn Marie-Louise Lapin. „Kommen Sie herein, Monsieur Pocher. Ab heute beginnt für Sie ein neues Leben." Pocher korrigierte die Aussprache seines Namens und stellte Koffer und Rucksack ab und trat auf ihren Schreibtisch zu.

„*Bonjour, Madame.*" Er klang etwas verlegen. Mit einer derart charmanten und attraktiven Empfangsdame hatte er nicht gerechnet.

Die Polizeibeamtin richtete sich auf und kam ihm entgegen. „*Marie-Louise Lapin, Commissaire.*" Sie war groß und schlank, brünett und trug eine knappe weiße Bluse, deren Knöpfe bis unter den Busen geöffnet waren, sodass man den BH darunter sehen konnte. Dazu trug sie einen eng geschnittenen schwarzen Rock, der ihr nicht ganz bis zu den Knien reichte, die nackten Füße steckten in Sandaletten. Sie trug goldene Armreifen am rechten Handgelenk. Pocher schätzte sie auf Mitte 40. Sie reichte ihm die Hand. „*Bienvenu en France!*"

Dann deutete sie Pocher an, Platz zu nehmen, und setzte sich wieder auf ihren Sessel. „Ich will mich kurz fassen. Wir haben für Sie ein Zimmer in Agde besorgt, im L'Avenue. Es liegt direkt gegenüber vom Bahnhof. Es ist natürlich schwierig, im Hochsommer noch etwas Passendes zu finden in dieser Region."

Er werde im Team von Renée Lebrun mitarbeiten. Die hätten es gerade mit einem Fall von Kindesentführungen zu tun, bei der sie nicht wirklich vorankommen würden. Mehrere kleine Kinder seien in den vergangenen Wochen spurlos verschwunden. Dennoch dürften sie etwas Spiel haben, um sich um ihn zu kümmern und in den Arbeitsalltag bei der französischen Kriminalpolizei einzuführen. „Melden Sie sich gleich morgen gegen 8 Uhr bei ihr. Sie wird dann im Commissariat de Police in Agde sein. Und wundern Sie sich nicht, dass wir nicht so viele Leute sind, wie Sie vielleicht erwartet haben. Die Hälfte der Belegschaft ist im Urlaub."

Außerdem seien viele Kollegen in die Touristenorte abkommandiert. „Südfrankreich ist voll. Und wir sind auch für die Küste zuständig, von Palavas-les-Flots bis Cap d'Agde. Da ist was los. Wir hoffen natürlich immer, dass wir eine ruhige Zeit und nichts zu tun haben. Aber das bleibt wohl immer ein frommer Wunsch, dass es keinen Mord und Totschlag mehr gibt, keine Schießereien, keine Rangeleien, keine Autoaufbrüche oder Diebstähle, keinen Drogenhandel und natürlich auch keine Bombenanschläge."

Marie-Louise Lapin erläuterte ihm, dass er natürlich auch auf das französische Gesetz verpflichtet und in den nächsten Tagen alles Weitere schon erfahren werde. Ein französischer Dienstausweis sei in Vorbereitung, ob er auch eine Dienstwaffe bekomme, sei noch nicht entschieden.

Sie erledigten einige Formalitäten. Pocher setzte dienstbeflissen sein Autogramm auf die vorgesehenen Stellen. Darunter war auch ein amtliches Schreiben, das ihn als Mitglied der Nationalpolizei auswies. „Und wenn Sie noch Fragen haben, können Sie sich gerne an mich wenden", schob sie ihm ihre Karte zu. „So", sagte sie, „es ist spät geworden. Gehen wir eine Kleinigkeit essen?"

„Warum nicht?", antwortete Pocher.

„Ihren Koffer können Sie so lange hierlassen."

Marie-Louise Lapin ging leichtfüßig die Treppe hinunter. Sie hatte ein dezentes Make-up aufgelegt. Dazu kam eine fröhliche, unbeschwerte Art, die sie regelrecht jugendlich wirken ließ. Unweit des Polizeipräsidiums setzten sie sich an einen Tisch auf der Straßenterrasse einer kleinen Brasserie. Es herrschte trotz der Mittagshitze reges Treiben auf den Straßen.

„Ihr habt es ja richtig heiß hier", redete Pocher über das Wetter. „Ich glaube, daran muss ich mich erst noch gewöhnen. In Köln hat es heute Morgen noch geregnet. Entschuldigen Sie, wenn ich das frage, aber damit hatte ich einfach nicht gerechnet: Ist die französische Kriminalpolizei immer so charmant?"

Madame Lapin lachte und bedankte sich für das Kompliment. „Nun, wir machen unseren Job, und wir versuchen, trotzdem fröhlich zu sein, uns unser Leben nicht vermiesen zu lassen, obwohl wir in vorderster Front an den dunklen Abgründen menschlichen Daseins arbeiten, in der Verbrechensbekämpfung eben. Man muss dem ganzen kriminellen Sumpf, mit dem wir es zu tun haben, etwas entgegensetzen. Ja, ich lebe gern. Und ich bin äußerst zufrieden mit meinem Leben."

Die Bedienung brachte Kaffee und zwei Stücke Quiche Lorraine.

„Ich glaube, ich habe schon angefangen, mich hier sehr wohlzufühlen, nach nur einer halben Stunde Montpellier", sagte Pocher.

Während sie aßen, erläuterte Madame Lapin die Erwartungen an die nächsten Tage. „Die Woche scheint ruhig zu werden. Renée Lebrun und ihr Kollege Pierre Moulin hatten zuletzt in Sète ermittelt. Das ist ihr Haupteinsatzgebiet. Einige Fälle sind zwar noch nicht abgeschlossen, aber es liegen keine akuten Kapitalverbrechen vor. Ich denke, dass Sie mit ihnen gut klarkommen werden. Die sind sehr aufgeschlossen wie wir eigentlich alle hier. Moulin ist ein guter Kumpel und Lebrun ebenso. Unterstützen Sie sie bei der Suche nach den verschwundenen Kindern!"

„Die Quiche Lorraine ist ausgesprochen gut", sagte Pocher beiläufig. Madame Lapin hatte eine gebräunte Haut, die leicht gewellten Haare umwehten ein Gesicht, das kleine Fältchen in den Augen- und Mundwinkeln sympathisch wirken ließen. Sie hatte einen schlanken Hals und ein etwas spitzes Kinn, eine geradlinige Nase und dunkle Augen. Sie brauchte nichts zu verbergen.

„Sie sehen auch ausgesprochen gut aus", sagte Marie-Louise Lapin. „Sie sind in den besten Jahren. Machen Sie was daraus! Ich hoffe, dass wir uns gut verstehen." Sie beugte sich etwas vor. Irgendwie erinnerte sie ihn an Barbara.

Sie plauderten noch eine Weile angeregt über Gott in Frankreich und die Welt und gingen dann ins Präsidium zurück. „Ich hoffe, wir sehen uns bald", sagte Madame Lapin zum Abschied. „Leclaire bringt Sie noch zum Bahnhof. Nehmen Sie den nächsten Zug nach Agde. Die müssten jetzt eigentlich im Halbstundentakt fahren. Warten Sie noch einen Augenblick!" Dann lehnte sie sich zurück in ihren Bürostuhl und rief den Fall mit dem mysteriösen Verschwinden der Kinder auf den Schirm ihres Rechners, inzwischen waren Bilder eingescannt. „Vielleicht wäre das Ihr Auftrag für den Anfang: Finden Sie Lucas Grospièrre, Hugo Martin und Raphaël Chapias!"

„Ich werde mir Mühe geben, Madame le Commissaire." Pocher lächelte seine neue Chefin etwas unsicher an. „Die verschwundenen Kinder?"

„Vom Erdboden verschluckt. Versetzen Sie sich in die Lage der Eltern, welche Not, welche Verzweiflung sie gerade erleiden und das Schlimmste befürchten. *Je me réjouis de notre bonne coopération.*" Die charmante Kommissarin reichte ihm zum Abschied die Hand. „Übrigens ist Commandante Sabine Fréjus ebenfalls heute Morgen in Köln angekommen. Sie ist unsere Kollegin, die am Austauschprogramm teilnimmt, allerdings war sie hier in Montpellier im Einsatz und hatte nicht viel mit dem Team um Renée Lebrun zu tun."

„*Je m'attacherai*", sagte Pocher. „*Au revoir!*"

6.

Renée Lebrun und Pierre Moulin waren zu Fuß in die Altstadt gegangen. Es war zwar heiß, aber außerhalb des Polizeigebäudes, das sich ohne Klimaanlage regelrecht aufgeheizt hatte, war die Luft erträglicher, immerhin ging ein leichter Wind. Francine Chapias hatte in der Altstadt eine kleine, bescheidene Wohnung.

„Haben Sie Neuigkeiten, haben Sie etwas gehört, wo mein Sohn abgeblieben sein könnte?" Mit diesen Worten öffnete die Sängerin erwartungsvoll die Wohnungstür.

„*Non, pardonnez-moi*", sagte Renée Lebrun. „*Nous pouvons entrer quand même?*"

„*Entrez s'il vous plaît!*"

Renée und Pierre folgten der jungen Frau, die in ein schlichtes schwarzes Kleid gehüllt war, in die Wohnküche und setzten sich an den Tisch.

„*Café?*", fragte die Frau.

Die beiden Polizeibeamten nickten zustimmend. „*Café au lait pour moi*", ergänzte Renée Lebrun.

„Ich will nicht darum herumreden", sagte die Beamtin, als Francine Chapias den Kaffee zubereitet hatte. „Wir wissen immer noch nicht, wo Ihr Sohn abgeblieben ist. Aber wir haben einen Verdacht. Oftmals sind es nahe Verwandte oder Bekannte, die das Vertrauen der Kinder ausnutzen, um sie für ihre, sagen wir: perversen Lüste zu gewinnen. Entschuldigen Sie bitte, es klingt vielleicht sehr hart für Sie, aber es könnte uns vielleicht weiterbringen: Gibt es im Umkreis Ihrer Familie jemanden, dem man zutrauen könnte, Ihren Sohn entführt zu haben?"

„*Non*", sagte Madame Chapias. „*Non!* Ich habe keine Familie. Meine Eltern sind früh verstorben. Ich habe eine Schwester. Sie ist mit einem Amerikaner verheiratet und lebt in den USA. Oh, ich weiß, worauf Sie hinaus wollen. Sie meinen, dass so versaute Schweine dahinterstecken, die es mit kleinen Kindern treiben, ihre Hilflosigkeit ausnutzen. Sagen Sie, dass das nicht wahr ist!"

Pierre Moulin schaute sich in der Wohnküche um und bemerkte, dass einige Heiligenbildchen aufgehängt waren, Reproduktionen von biblischen Darstellungen berühmter Renaissance-Künstler, aber auch heidnische Szenen wie eine kleine Reproduktion der Geburt der Venus von Botticelli.

„Madame Chapias", sagte Madame Lebrun. „Sie müssen uns schon helfen, wenn wir Ihren Sohn lebend wiederfinden sollen. Sie haben gesagt, dass Sie alleinerziehend seien, aber es muss doch einen Vater geben. Wer ist der Vater von Raphaël?"

Madame Chapias starrte die Beamtin entsetzt an. *„Non"*, sagte sie. *„Non!"*

„Sie können es ruhig sagen, im Vertrauen."

„Non, j'ai juré par la Sainte Vierge Marie", sagte Madame Chapias. „Niemals werde ich verraten, wer der Vater ist. Ich habe ein Gelübde darauf abgelegt. Aber Sie dürfen sich sicher sein, dass er für so etwas nicht infrage kommt."

„Warum sind Sie sich so sicher?" Renée Lebrun bemerkte, wie sich die Frau unwillkürlich das schwarze Kleid glatt strich und dabei über ihren Bauch fuhr. Sie schritt zum Fenster und blickte auf die Straße hinaus.

„Nein, der Vater des Kindes kann nicht sein Entführer sein", sagte die Mutter. „Finden Sie Raphaël!" Tränen standen ihr in den Augen.

Madame Lebrun erhob sich, schritt zu der Frau und schloss sie in ihre Arme. „Wir werden Raphaël finden", versicherte sie. *„Je jure par la Sainte Vierge Marie."*

Renée und Pierre kehrten zur Polizeistation zurück.

„Irgendwie ist es doch merkwürdig, mit welcher Beharrlichkeit sie sich weigert, die Identität des Kindsvaters preiszugeben", sagte Renée. „Was meinst du?"

„Nun, sie wird ihre Gründe dafür haben. Vielleicht will sie die Erinnerung an den Vater aus ihrem Leben verdrängen", sagte Pierre. „Meinst du nicht, dass sie ein wenig wie eine Nonne wirkt, auch mit ihrem schlichten schwarzen Kleid?"

„Das wird es sein", sagte Renée. „Vielleich meint sie das damit, wenn sie sagt, dass sie ein Gelübde abgelegt hat. Vielleicht hatte sie sich ganz der Enthaltsamkeit verschrieben wie eine Nonne und schämt sich nun darüber, dass sie schwach geworden war und sich der fleischlichen Liebeslust hingegeben hatte, dass sie ein Kind bekommen hatte. Wer weiß, vielleicht ist sie ja sogar erneut schwach geworden."

„Das verstehe ich jetzt nicht." Pierre blickte sie an, während sie nebeneinander durch die Stadt schritten.

„Ich bin mir nicht ganz sicher", sagte Renée. „Aber ich glaube, sie ist schwanger. Sie hat zwar keinen Babybauch, aber doch so eine gewisse Gestik und Mimik. Ist dir aufgefallen, dass sie sich immer wieder mal ganz zärtlich über den Bauch strich? Sie stellte die Kaffeetasse ab, strich sich über den Bauch, sie holte eine zweite Tasse Kaffee, strich sich über den Bauch. Na ja, und so eine kleine Wölbung hatte der Bauch schon, finde ich, ein wenig zeichnete sich schon ab durch das Tuch ihres Kleids."

„Vielleicht war es der Heilige Geist", scherzte Pierre. „Trotzdem: Kannst du dir vorstellen, dass unter den Geistlichen hier in Agde Männer sind, die es mit kleinen Jungs treiben? Immer wieder kommt es ja ans Tageslicht, dass katholische Priester ihnen anvertraute kleine Jungen, Ministranten, Schüler missbrauchen, um ihre pädophilen und auch homosexuellen Neigungen zu befriedigen."

„Schon möglich", sagte Renée. „Aber sie nutzen ihre Autorität und die Frömmigkeit der Kinder, niemandem davon zu erzählen, sie hüten es als ihr Geheimnis im Schutz der dicken Kirchenmauern. Nichts dringt nach außen, bis es im späteren Leben doch herauskommt, dass Männer als Kinder systematisch missbraucht worden waren. Nein, Raphaël ist seit Tagen verschwunden. Das passt nicht zum pädophilen Priester, der das Vertrauen der Kinder missbraucht und während der Bibelstunde an ihnen herumfingert. Die halten die Kinder nicht tagelang fest."

„Trotzdem sollten wir mal einen Blick auf den Klerus von Agde werfen", meinte Pierre. „Es ist unsere verdammte Pflicht, auch hinter die heiligen Gemäuer zu schauen, wenn es dort nach Unsittlichkeit riecht."

Sie erreichten das Polizeigebäude und bemerkten bereits im Treppenhaus, dass es deutlich abgekühlt war. Die Klimaanlage funktionierte offenbar wieder.

7.

Pocher nahm den nächsten Zug nach Agde, glitt durch die Lagunenlandschaft, an Salinen vorbei, durch Industriegebiete mit großen Öltanks, am Hafengelände von Sète entlang, dann über die Landzunge, die den Étang de Thau vom Mittelmeer trennt. Als er in Agde den klimatisierten Zug verließ, kam es ihm so vor, als betrete er eine Sauna. Er bezog sein Zimmer im L'Avenue und schlenderte noch in die Stadt hinunter. Endlich wieder in Frankreich, dachte er bei sich. Er war mit sich und seiner Situation zufrieden. In einem Straßencafé bestellte er einen Pastis und betrachtete das rege Treiben im abendlichen Agde. Die Temperaturen waren kaum zurückgegangen. Es gab junge Frauen, die im Bikini durch die Altstadt schlenderten, lediglich eine lange XXL-Bluse übergeworfen, die hinten knapp über den Po langte. Es waren noch spielende Kinder auf den Straßen, und verliebte Pärchen schlenderten Arm in Arm vorbei. Das Treiben nahm sich so friedvoll aus, dass Pocher Zweifel daran bekam, dass er hier gebraucht werden würde. Aber dass hinter manch altehrwürdigem Gemäuer das Antlitz des Teufels zum Vorschein kommen konnte, sich hinter der lieblichen, in der Sommerhitze teilweise vertrockneten Landschaft mit ihren Weinbergen die Abgründe menschlicher Gewaltbereitschaft auftun würden, sollte er schon bald erfahren.

8.

Das Hotelzimmer war schlicht eingerichtet, den üblichen Standards entsprechend, ein französisches Doppelbett, ein kleiner runder Tisch mit zwei Stühlen am Fenster, das mit Jalousien verhängt war, eine zweiflügelige Balkontür war ebenfalls mit Jalousien verhängt. Ein Fernseher war an der Wand befestigt, mit Satellitenanschluss und Fernbedienung, es gab eine Schrankwand im Eingangsbereich und gegenüber ein Duschbad, unter dem Fernseher eine Anrichte. Auf einem der Nachttische stand ein Ventilator. Pocher richtete sich ein.

Er öffnete die Balkontüren, zog die Jalousien hoch, einen Balkon gab es jedoch nicht, sondern nur ein schmiedeeisernes Gitter mit einem Geländer in Hüfthöhe. Auf der Straße herrschte immer noch Betrieb. Pocher atmete die warme Luft ein und ließ sich von den vorbeifahrenden Autos und dem Stimmengewirr der Fußgängergruppen ablenken, die zum Teil mit laut knarrenden Rollkoffern vorbeizogen, vermutlich, weil sie gerade mit der Bahn angereist waren. Der Bahnhof lag dem Hotel direkt gegenüber, und die Avenue Victor Hugo war offensichtlich der wichtigste Verbindungsweg vom Bahnhof in die Stadt hinunter. Dann wich Pocher wieder zurück, ließ die Balkontüren zwar offenstehen, die Jalousien aber wieder herab. Im Zimmer war es kaum kühler als draußen, er startete eine kleine Klimaanlage, die jedoch kaum etwas ausrichtete.

Pocher zog sich Hemd und Hosen vom Leib, legte die Sachen sorgfältig über einen Stuhl und nahm die Dusche in Betrieb. Der lauwarme Wasserstrahl spülte die Spuren der Reise und der überfallartigen und schweißtreibenden Begegnung mit der Hitzewelle, die über Südfrankreich hinwegzog, hinunter. Er fühlte sich angenehm entspannt, so ließ sich das Leben aushalten, dachte Gerd. Weniger angenehm war es ihm, dass er um den Bauch herum etwas zugelegt hatte und mit den Händen aus seiner Körperoberfläche um die Taille herum kleine Wülste formen konnte. Der Speck muss weg. Er nahm sich vor, trotz der Hitze wieder etwas mehr Sport zu treiben als in den vergangenen drei Jahren. Außerdem glaubte er, allein durch die

Bewegung in der Hitze mehr Fett zu verbrennen. Aber er fand auch, dass sich der Bauchansatz noch in Grenzen hielt. Sein BMI war immer noch von der fünfundzwanziger Marke weit entfernt. Tatsächlich lag er bei 24,6. Das hatte er ausgerechnet, als er zuletzt auf der Waage gestanden hatte, 78 Kilogramm geteilt durch 1,78 zum Quadrat, was aber auch schon wieder vor etlichen Wochen gewesen war.

Dann schmiss er sich aufs Bett und zappte sich durchs Fernsehprogramm. Zufällig stieß er auf eine Reportage in einem Kulturkanal, einen Bericht über einen der spektakulärsten Kunstraube der französischen Geschichte. Im Laufe der Sendung konnte er den Anlass ausfindig machen. Es war der zehnte Jahrestag. Es ging um den Diebstahl einer Marmorstatue aus der Antiken-Abteilung des Louvre. Und im Fernsehen liefen noch einmal die Bilder aus der historischen Pressekonferenz.

„*Mesdames et Messieurs*", begann Phillip Reynouard die Pressekonferenz in der Halle des Palais Royal in Paris. „Eines der bedeutendsten und wertvollsten Stücke unserer Sammlung ist abhandengekommen. In der Nacht von Montag auf Dienstag wurde aus der Antikensammlung des Louvre die Aphrodite von Melos, bekannt auch als Venus von Milo, gestohlen. Die Diebe müssen mit größter Professionalität ans Werk gegangen sein und alle Sicherheitseinrichtungen und Überwachungsanlagen ausgeschaltet haben."

Hinter der Reihe der Leute am Konferenztisch waren plakat-große Abbildungen der Venus aus verschiedenen Perspektiven aufgestellt.

„Die Täter müssen sich im Louvre bestens ausgekannt und auch Zugang gehabt haben", fuhr der zuständige Abteilungsleiter im Kulturministerium fort. „Es wurden keine Spuren eines gewaltsamen Einbruchs entdeckt. Außerdem ging es ihnen offenbar gezielt um die Venus. Andere Skulpturen waren unberührt an ihren Standorten geblieben, auch sind alle Gemälde noch an ihren Plätzen."

„Es ist in der Tat ein schwarzer Tag in der Geschichte des größten Museums", ergriff Valeri Harnoncours, Sprecher des Innenministeriums, das Wort. „Wir gehen davon aus, dass sich die Täter in den Zentralrechner des Museums beziehungsweise aller Museen in Paris, die daran angeschlossen sind, gehackt haben, um die Sicherheitssysteme zu manipulieren. Es müssen mehrere Täter am Werk gewesen sein, und sie müssten mit Gerätschaften wie einem Minikran ausgerüstet gewesen sein, um die etwa eine halbe Tonne schwere Marmorstatue abzutransportieren. Drei Wachleute waren bei dem Raubzug überwältigt und betäubt worden, ehe sie Alarm schlagen konnten. Wir haben sie am nächsten Morgen in einem Putzmittelraum eingeschlossen gefunden. Wir stehen vor einem Rätsel: Die Venus ist spurlos verschwunden, wie vom Erdboden verschluckt."

Die Nationalpolizei fahnde in alle Richtungen.

Während der O-Ton der Pressekonferenz weiter zu hören war, wurden in die Dokumentation Bilder der berühmten Frauenstatue eingeblendet.

„Wir haben eine bis zu 200-köpfige Sonderkommission Venus gebildet, im Wesentlichen aus der Abteilung organisierte Kriminalität", sagte ein Mensch, den eine Bauchbinde als Fréderic Normande, Sprecher der Polizeidirektion, benannte. „Wir haben natürlich Kontrollen durchgeführt an den Ausfallstraßen, aber nicht den leisesten Hinweis bekommen. Wir hoffen nun natürlich, dass wir womöglich durch Ihre Berichterstattung doch noch den einen oder anderen Hinweis bekommen. Danke für Ihre Aufmerksamkeit!"

„Sie glauben doch wohl nicht, dass sich einer die Venus in seinem Vorgarten aufgestellt hat", scherzte ein Reporter. „Aber im Ernst, wie kommt jemand auf die Idee, ausgerechnet die Venus von Milo zu stehlen? Ich meine, sie ist zwar von unermesslichem ideellen Wert. Aber auf dem Kunstmarkt kann sie sicherlich nicht ohne Weiteres verscherbelt werden."

„Da haben Sie recht", antwortete Reynouard. „Für Stücke von einem derartigen Bekanntheitsgrad, die Venus gehört zu den weltweit am meisten kopierten Statuen, gibt es keinen Markt, auch keinen Schwarzmarkt. Es muss ein Liebhaber, ein Verrückter sein, der ein solch wertvolles Kulturgut stiehlt, wohl wissend, dass niemand jemals davon erfahren darf." Er wies auf einen Informationstisch hin, auf dem Pressemappen bereit lagen mit Texten und Beschreibungen des Kunstwerks und je einer CD mit hoch auflösenden Abbildungen der Statue, die zur Veröffentlichung bestimmt seien.

„Wochenlang schnüffelte die Polizei in Paris und ganz Frankreich in allen Hinterhöfen, suchte alle möglichen Verstecke ab. Die Venus blieb verschollen. Die Polizei stocherte ein Jahr lang im Nebel", kommentierte eine Sprecherin Bilder von Polizeikontrollen.

„Dann bekam das Kulturministerium eine Botschaft", kam nun die Sprecherin selbst ins Bild. In einer Bauchbinde mit dem Logo des Senders Arte wurde sie als Mireille Lafontaine vorgestellt, Autorin der Dokumentation. „Ein Erpresser meldete sich und fragte an, ob der Regierung die Venus 50 Millionen Euro wert sei. Es folgten weitere Botschaften mit dem Hinweis, den sicheren Ort, der noch in Frankreich sei, zu verraten, wenn sie ihm 50 Millionen Euro in kleinen Tranchen auf diverse Bankkonten in der Schweiz, in Liechtenstein, Panama und anderen Ländern überweisen würden.

Fieberhaft versuchte die Polizei, die Herkunft dieser Botschaften zu ermitteln, während man sich im Ministerium schon darauf geeinigt hatte, auf keinen Fall auf die Geldforderung einzugehen. Alle Fahndungsversuche verliefen im Dunkeln. Der Absender war nicht auszumachen.

Zwei Jahre später, es waren keine weiteren Botschaften des Erpressers mehr eingegangen, es hatte offenbar Funkstille geherrscht, um die Zeit für sich spielen zu lassen, zwei Jahre später kam Phillip Reynouard bei einem Flugzeugabsturz ums Leben.

Heute, zehn Jahre später, ist von dem spektakulären Raub der Venus nicht mehr die Rede. Die Sonderkommission, die schon seit Jahren ohnedies nur noch auf dem Papier bestanden hatte, wurde vor drei Jahren offiziell aufgelöst."

Es geriet wieder eine Kamerafahrt ins Bild, die unablässig die Venus von Milo, wie sie noch im Louvre stand, umkreiste. Darauf wurde der Abspann eingeblendet, Autorin, weitere Sprecher, Redaktion, Kamera, Schnitt, Regie und so weiter.

Pocher wunderte sich über den Bericht, denn er hatte es zehn Jahre zuvor nicht mitbekommen, dass die berühmte Marmorfigur gestohlen worden war. Als Schüler hatte er sie einmal im Original gesehen, als sie auf Klassenfahrt in Paris gewesen waren und ein Besuch des Louvre auf dem Pflichtprogramm gestanden hatte. Ansonsten hatte er sich für antike Kunst auch nicht sonderlich interessiert. Seinerzeit hätte er alles dafür gegeben, einmal Melanies Brüste zu sehen und auch zu berühren, aber er hatte sich damals als pubertierender Junge nicht getraut, die Klassenkameradin anzufassen. Er hatte sie noch nicht einmal geküsst, obwohl er bis über die

Ohren in sie verliebt gewesen war. Die antike Statue war aus Marmor gewesen und hatte ihn kalt gelassen.

Pocher schlüpfte in frische Hosen und ging noch einmal in die Halle hinunter, setzte sich auf die Straßenterrasse, bestellte ein Glas *Vin blanc de la maison* und beobachtete gedankenverloren das Treiben auf dem Bahnhofsvorplatz. Allmählich schienen sich die Straßen von Agde zu leeren. Nur noch wenige Menschen saßen in dem Hotel, und auch aus dem Bahnhof kamen nur noch vereinzelt Reisende, nachdem ein Zug angehalten hatte. Er beobachtete ein Pärchen, das sich leidenschaftlich umarmte, und ersann die Geschichte dazu, dass der Mann seine Freundin vom Bahnhof abholte, nachdem er sie eine lange Zeit nicht in den Armen gehabt hatte, wie romantisch!

Eine Sekunde lang überlegte Gerd, ob er sich nicht bei Madame Lapin, Madame Commissaire, noch einmal ins Zeug legen sollte, aber dann verwarf er den Gedanken wieder. Er bestellte ein zweites Glas Blanc und sortierte seine gemischten Gefühle. Er war hier als Polizist, als Ermittler in Strafsachen, und er wollte seine Sache gut machen. Das war sein eigener Anspruch.

Im Augenblick fühlte er sich zwar so, als ob er in Urlaub wäre, aber er ahnte, dass der nächste Tag nicht einfach sein würde. Im Zimmer war es noch drückend warm. Pocher ließ den Ventilator laufen, der, sich hin und her drehend, die warme Luft über seinem nackten Rücken verteilte.

9.

Am nächsten Morgen verließ Pocher das Hotel Richtung Innenstadt. Als er zum Hérault-Ufer herunterkam, fiel ihm ein großes Polizeiaufgebot ins Auge. Er beschleunigte seine Schritte und trat an die Polizeibeamten heran, die gerade dabei waren, Sichtschutzsperren zu errichten. Er stellte sich einem Polizeibeamten vor und fragte, ob Madame Lebrun zufällig hier wäre.

Moment, sagte der und wandte sich zu den Leuten am Flussufer. „Renée!", rief er. „Hier fragt einer nach dir, ein Monsieur Pocher oder so ähnlich aus Deutschland."

Renée Lebrun kam die Uferböschung hinauf und begrüßte den neuen Kollegen. „O, was für ein Zufall! Eigentlich hatte ich Sie in meinem Büro erwarten sollen. Aber wir haben hier eine Wasserleiche."

„*Sans rancune!* Ich kam auf dem Weg ins Büro zufällig hier vorbei. Das trifft sich doch gut. Dann stürze ich mich gleich in die Arbeit."

Lebrun ließ ihn durch die Absperrung und stellte ihn ihrem Kollegen Pierre Moulin vor. „Manchmal spielt einem das Leben eben eine Abweichung von der Regel zu", sagte sie. „Sie sollen also bei uns im Team mitarbeiten. Also ganz kurz: Ein Brotlieferant hatte gegen 6 Uhr die Leiche entdeckt und uns alarmiert." Sie blickte auf ihre Armbanduhr. „Jetzt ist es gleich acht. Wo bleiben nur die Spurensicherung und die Kollegen der Wasserschutzpolizei?"

Die Wasserleiche hatte sich an einem Bootsanleger zwischen zwei Ruderbooten verfangen und trieb mit dem Rücken nach oben an der Wasseroberfläche. Die Polizeikräfte schirmten den Fundort der Leiche zu der belebten Kreuzung hin ab. Schließlich rückten die Spezialisten von der Spurensicherung an.

„Antoine, endlich, das Warten hat ein Ende", grüßte ihn Renée Lebrun und deutete auf den Steg, wo die Wasserleiche sich schwimmend verhakt hatte.

„Was meinst du, was auf den Straßen los ist", sagte Antoine Riquet. „Die Baustelle in Frontignan ist eine einzige Katastrophe, das mitten in der Hauptreisezeit. Na ja", versuchte er zu beschwichtigen, „die Leiche schwimmt uns ja nicht einfach davon. Lass uns mal gucken."

Die Leiche hing mit dem Gesicht nach unten zwischen einem Ruderboot und dem Pfosten des Anlegestegs. Antoine Riquet von der Kriminaltechnik zog sich Schuhe und Hose aus. Der Hérault war hier relativ flach. Er ließ sich ins Wasser gleiten, eine Kamera umgehängt, und machte alle paar Schritte Fotos von der Leiche. Dann prüfte er, ob sich die Leiche vielleicht verheddert hatte. Er fasste in die Gesäßtaschen und zog etwas an dem Körper. Die Leiche ließ sich widerstandslos aus dem Stützwerk des Stegs herausziehen. Inzwischen waren drei Beamte in den Fluss gestiegen, um mit anzupacken. Sie hievten den Leichnam an Armen und Beinen auf die Uferböschung.

Riquet durchsuchte die Hosentaschen. Da war nichts zu finden. Dann drehte er den Körper um. Der Mann war etwa Mitte 30 und noch nicht lange tot. Mehr konnte er nicht sagen. „Das muss die Gerichtsmedizin herausfinden."

Mittlerweile war ein Aufgebot von einem Dutzend Beamten am Ort des Geschehens, um die Passanten zum Weitergehen aufzufordern. Die Fundstelle lag an einem belebten Verkehrsknoten, und die Stadt, beliebtes Ausflugsziel, füllte sich allmählich mit Touristen. Ein Boot der Wasserschutzpolizei machte an dem Steg fest und versperrte so etwas den Blick von der anderen Flussseite her. Auf der gegenüberliegenden Seite, wo abends auf einer schwimmenden Bühne Unterhaltungsshows stattfanden, hatten sich Dutzende Schaulustige eingefunden.

Die Leiche hatte weder Geld noch Papiere bei sich. Sie war mit einer gewöhnlichen Jeanshose und einem blauen T-Shirt bekleidet. Hose und Hemd waren auffällig fleckig, vielleicht waren es Blutspuren. Pocher machte mit seinem Handy Fotos von dem Gesicht des Toten. Derweil nahm Riquet die nähere Umgebung in Augenschein, aber es gab keine Hinweise, die etwa auf einen Kampf hindeuteten.

„Ich glaube nicht, dass hier der Tatort ist", sagte Pocher zu Renée Lebrun. Er blickte auf die viel befahrene Brücke hinauf.

Pocher, Lebrun und Moulin gingen zur Brücke hoch. Möglich, dass die Leiche von hier aus in den Fluss geworfen worden war. „Oder dass ein Verrückter sich in selbstmörderischer Absicht von der Brücke gestürzt hat", fügte Lebrun hinzu. Sie kehrte zum Fundort zurück, wo inzwischen ein Gerichtsmediziner und die Leute mit der Leichentruhe eingetroffen waren. Moulin und Pocher suchten weiter oberhalb das Ufer des Hérault ab. Eine Fußgängerbrücke führte hier über einen Stichkanal in eine Art Parklandschaft, die offenbar bei Joggern beliebt war. Sie gingen den Fußweg bis zum Wehr hinauf, fanden aber nicht den leisesten Hinweis. Allerdings tauschten sie schon einmal ihre Handy-Nummern aus. Sie passierten das Château Laurens und erreichten das Ufer oberhalb des Wehres.

„Das ist dann doch merkwürdig", sagte Moulin. „Es ist zwar nicht ungewöhnlich, dass der Wasserstand des Hérault in trockenen Sommern niedrig ist. Aber so niedrig habe ich den Fluss noch nicht erlebt." Das Wasser reichte gerade etwa bis zwei, drei Zentimeter unterhalb der Oberkante des Wehrs. Für eine Leiche wäre es unmöglich gewesen, das Wehr zu überwinden. „Da hinten", deutete Moulin auf ein bewaldetes Gelände weiter flussaufwärts, „da hinten übernachten manchmal Jugendliche. Vielleicht kriegen wir da einen Hinweis."

„Was ist das für ein Zweigkanal?", wollte Pocher wissen. Auf dem Rückweg zur Leichenfundstelle erläuterte Moulin die Rundschleuse von Agde, die den Oberlauf des Hérault mit dem Canal du Midi verbindet. Ein Schleusentor im rechten Winkel dazu führt zu dem Stichkanal und damit zum unteren Hérault, mithin zum Mittelmeer. „Ist unbedingt sehenswert."

Sie erreichten wieder den Fundort. Die Leiche war inzwischen abtransportiert. „Der Doktor meint, dass der Tod nicht länger als vier bis acht Stunden zurückliegt, also in dieser Nacht eingetreten ist", sagte Renée Lebrun. „Er vermutet als Todesursache ein Schädel-Hirn-Trauma, verursacht durch einen Schlag mit einem stumpfen Gegenstand auf den Hinterkopf. Genaues könne er aber erst nach der Obduktion sagen."

Riquet kam hinzu und packte seinen Untersuchungskoffer ein. Er blickte bedeutungsvoll das Ufer hinauf und hinab. „Das wird schwierig", sagte er. „Hier deutet nichts auf ein Verbrechen hin."

„Wir ermitteln in alle Richtungen", sagte Lebrun. Sie leitete fortan die Ermittlungsgruppe Agde, die damit förmlich gebildet worden war. Sie verabschiedete sich Richtung Büro.

„Wir schauen uns mal oben beim Ruderclub um", meinte Moulin.

„Und ich besichtige die Rundschleuse", bot sich Pocher an.

„D'accord", sagte die Chefin, „die Absperrung hier bleibt erst mal bestehen."

10.

Moulin fuhr das kurze Stück die Avenue Raymond Pitet hinauf und ließ Pocher an der Schleuse raus. Er selbst bog hinter der Brücke über den Canal du Midi rechts ab und fuhr bis auf das Gelände des Ruderclubs. Er stellte den Wagen ab und trat auf zwei Jugendliche zu, die gerade dabei waren, ihre Schlafsäcke und Isomatten einzurollen und in die Rucksäcke zu verstauen, zeigte ihnen seine Dienstmarke und fragte sie, ob sie hier übernachtet hätten.

Der eine, vielleicht Anfang 20, zuckte nur mit den Schultern. Der andere, etwa gleich alt, fragte zurück: „Verboten?" Es klang nicht wirklich französisch. Der junge Mann schob gleich hinterher, dass er nicht gut Französisch könne. Als der Polizeibeamte sie nach den Papieren fragte, ahnten sie aber, was er meinte. „Deinen Ausweis", sagte der eine zum anderen. Beide kramten in ihren Hosentaschen und fischten ihre Papiere hervor.

Moulin nahm sie an sich und entzifferte die Ausweise. „Marco Wolgrebe aus Neuwied", las er das Dokument laut ab, übersetzte das Geburtsdatum ins Alter. „Sie sind also Deutscher", fuhr er auf Französisch fort, „und Dimitrij Woganow aus Andernach, ebenfalls deutsch und 20 Jahre alt. Haben Sie hier übernachtet?"

Die beiden Männer zuckten abermals mit den Schultern. „*Pardon, je n'ai pas compris*", sagte Wolgrebe, offenbar derjenige, der wenigstens ein paar Wörter Französisch konnte.

Moulin gestikulierte, legte seine Hände aufs Ohr, neigte den Kopf zur Seite und schloss die Augen, dann zeigte er auf den Boden und sagte ganz langsam: „*Cette nuit.*"

„*Do you speak english?*", suchte Wolgrebe nach einer Auflösung der Verständigungsschwierigkeiten.

„*Yes, I do*", sagte Moulin, „*but I've got a better idea, please, wait a moment.*"

Er nahm sein Telefon und wählte die Nummer von Pocher.

Pocher hatte die Schleuse kurz in Augenschein genommen und war auf das Gelände getreten. Er glaubte zu träumen: Die Frau, die offensichtlich die Schleuse bediente, war jung, mehr noch, er hätte wetten können, dass er der Frau in seinem Leben schon einmal begegnet war. Fast anmutig bediente sie die Schleusentechnik, ließ das eine Tor schließen, gab Anweisungen, wo die Boote festmachen sollten. Er war wie elektrisiert. Er musste sich regelrecht einen Ruck geben, um sich seiner Aufgabe zu erinnern. Er war Polizist und mitten in die Ermittlungen um einen mysteriösen Todesfall geraten. Da gab es keinen Platz für Phantasien und Emotionalität. Er trat auf die junge Schleusenwärterin zu und sprach sie an: „Pardon, ich habe eine Frage." Derweil fischte er seinen deutschen Dienstausweis aus der Hosentasche und ein amtliches Schreiben der Polizeipräfektur dazu, das ihn als Ermittlungsberechtigten der französischen Kriminalpolizei auswies.

Sie schaute ihn fragend durch ihre Sonnenbrille an. Sie war leicht bekleidet, sie trug eine kurze, enge Jeanshose und ein hellblaues T-Shirt, dazu eine blaue Schirmmütze, ihre Haare hatte sie zu einem Pferdeschwanz gebunden, der über ein Riemchen der Mütze durchgeführt war, ihre schlanken, nackten Beine endeten in einfachen Sandaletten, was angesichts der hochsommerlichen Temperaturen nicht ungewöhnlich zu sein schien. „Moment, ich muss die Schleusung zum oberen Hérault vorbereiten."

Langsam stieg das Wasser in der Schleusenkammer. Es hatten drei Boote festgemacht, die nun darauf warteten, in den oberen Lauf des Hérault angehoben zu werden. Die Schleusenwärterin ging über den Steg des Südtores auf die andere Seite der Schleuseneinfassung und stieg eine Treppe empor zum Hérault-seitigen Schleusentor. Pocher folgte ihr und maß dabei ihren Körper. Sie hatte einen leichtfüßigen, beinahe tänzerischen Gang. Per Knopfdruck öffnete sie das Tor zum Hérault. Pocher stand jetzt dicht hinter ihr. Während sich die Torflügel allmählich öffneten, die Boote losmachten, um nacheinander ihre gemächliche Fahrt Richtung Hérault fortzusetzen, machte Pocher einen erneuten Annäherungsversuch und fischte sein Handy aus der Tasche.

Er zeigte ihr das Porträt von der Wasserleiche und fragte: „Kennen Sie diesen Mann?" Die junge Frau blickte kurz auf den Bildschirm und schüttelte nur den Kopf, aber es kam Pocher so vor, als ob es auch ein Nicken hätte gewesen sein können.

„Nein, tut mir leid", sagte sie, „nie gesehen." Sie wich Pochers Blicken aus, stützte ihre Arme in die Taille. Pocher vernahm ein leichtes Zittern in ihren Mundwinkeln. Nur für einen Moment nahm sie die Sonnenbrille ab und schaute ihn mit ihren dunklen Augen an. Pocher musste tief durchatmen, es fiel ihm schwer, in dem Augenblick vernünftig zu bleiben und nicht diesem Zauber zu verfallen, der sich um ihre Nasenspitze bemerkbar machte. Dann entsann er sich seiner Aufgabe und verwarf alle Ansinnen, sich dieser Frau anders anzunähern denn als Ermittler.

„Wir haben eine Wasserleiche im Hérault entdeckt. Ist Ihnen irgendetwas Verdächtiges aufgefallen in dieser Nacht? Wo waren Sie?"

„*Non*", sagte sie. „Nachts ist die Schleuse geschlossen. Ich habe am Abend gelesen und bin dann zu Bett gegangen."

Sie blieb geheimnisvoll. „Allein?"

„Ja, allein, ich hatte keinen Besuch, wenn Sie das meinen. Ich lese gerne."

Pocher fragte noch nach ihrem Namen, Michelle Reynouard, als sein Telefon klingelte. „*Allô?*", meldete er sich. „*Pocher à l'appareil.*"

Moulin hatte ihm kurz erklärt, dass er zu dem Ruderclub kommen sollte, weil er zwei Deutsche aufgegabelt hatte, die vielleicht wichtige Zeugen sein könnten. Das sei ja nicht weit, hinter der Brücke über den Kanal rechts runter.

Pocher war aufgefallen, dass ihn Pierre Moulin am Telefon geduzt hatte. Über solche Formalitäten wie Anreden hatten sie am ganzen Vormittag nicht gesprochen, einfach weil sie nicht dazu gekommen waren, sich ordentlich vorzustellen und über solche internen Gepflogenheiten zu sprechen.

„Entschuldigen Sie", sagte er zu Michelle Reynouard, „ich muss zu einem anderen Einsatz, aber ich bitte Sie, falls Ihnen doch noch etwas einfällt, sich zu melden." Er drückte ihr seine Karte in die Hand mit dem Hinweis, dass sie die deutsche Kennwahl 0049 vorwählen und dann von der Handynummer die erste Null weglassen müsse, um ihn zu erreichen. Außerdem könne sie sich jederzeit in der Polizeistation in Agde melden.

„*À bientôt*", sagte die Schleusenwärterin und widmete sich geflissentlich ihrer Arbeit. Gerd Pocher war einerseits immer noch beeindruckt von ihrer Erscheinung, andererseits stieg in ihm der Verdacht auf, dass sie glatt gelogen hatte. Ihre Lippen hatten kaum merklich gezittert, als er ihr das Bild von der Leiche vorgehalten hatte.

Er kehrte um, lief über den Steg über die Schleusentore zurück zur Straßenseite und verfiel in einen leichten Trab, obwohl mittlerweile die Sonne vom wolkenlosen Mittagshimmel brannte. Ein leichter trockener Nordwestwind von den Bergen herab ließ die Hitze aber erträglich erscheinen. Er joggte leichtfüßig federnd den Weg hinab, der zu dem Ruderclub führte, und traf schließlich Pierre Moulin, der immer noch versuchte, mit den beiden Deutschen eine Verständigung herbeizuführen. Etwas außer Atem und völlig verschwitzt musste Pocher einige Minuten tief durchatmen. Die Lage war schnell erklärt.

Die Jugendlichen waren offensichtlich etwas verblüfft, dass nun ein Beamter die Fragen auf Deutsch stellte. „Wir haben hier gestern Abend gefeiert", sagte Dimitrij Woganow. „Da waren noch ein paar Franzosen dabei, vielleicht fünf oder sechs. Wir haben ziemlich viel Wein getrunken. Es war halt lustig. Die Franzosen waren wohl eher keine Touristen. Also: Das waren Einheimische. Die sind spät in der Nacht abgehauen. Aber die haben uns gesagt, dass wir hier einfach pennen könnten. Auch wenn ich kein Französisch kann und Marco auch nur so ein bisschen, haben wir uns richtig gut verstanden. Na ja, zur Not ging es auf Englisch."

„Wir haben eine Wasserleiche gefunden, etwas unterhalb am Ufer des Hérault", sagte Pocher. „Wir gehen davon aus, dass der Mann in der vergangenen Nacht dahin befördert wurde. Ist euch irgendwas aufgefallen?"

Die beiden Jungs guckten sich fragend an, dann verneinte Marco Wolgrebe. „Wir waren, zugegeben, auch ziemlich betrunken."

Pocher zeigte ihnen noch das Porträt der Wasserleiche auf dem Handy. „Haben Sie den Mann zufällig gesehen?"

Wolgrebe fragte zurück: „Ist der tot?"

„Mausetot."

„Nein, ich habe den Mann nicht gesehen."

„Ich auch nicht", fügte Woganow hinzu.

Pocher wollte noch wissen, woher sie kamen und wohin sie wollten. Sie studierten eigenen Angaben zufolge Germanistik an der Uni Freiburg und waren schlicht auf Urlaub in Südfrankreich, möglichst billig. Sie beabsichtigten, noch nach Spanien zu fahren, per Anhalter. „Bleibt ruhig noch etwas in Agde", sagte Pocher, „wenn euch doch noch etwas einfällt, meldet euch bei der Polizeistation. Es geht möglicherweise um einen Mord."

Moulin händigte den jungen Männern ihre Ausweispapiere aus und fügte noch ein paar Sätze hinzu, die Pocher ins Deutsche übersetzte: „Wildes Campieren ist hier eigentlich nicht erlaubt, aber da drücken wir die Augen zu, außerdem sind wir von der Mordkommission und nicht vom Ordnungsamt."

11.

Mittlerweile war es Zeit für eine kurze Mittagspause. Moulin und Pocher kamen bei einem Snack in einer Bar direkt gegenüber der noch abgesperrten Fundstelle am Ufer des Hérault ins klärende Gespräch. „Also, willkommen im Hérault", sagte Moulin. „Eigentlich haben wir in Frankreich strenge Hierarchien und Aufgabenteilungen bei der Polizei, aber wir sind hier weit weg von Paris, und für die tägliche Arbeit ist es einfach effektiver, wenn wir auch persönlich einen guten Draht zueinander haben."

Die Serviererin brachte je ein aufgebackenes Croque Monsieur an den Tisch und je einen Grand Crème.

„Auch Renée, unsere Team-Leiterin, ist ganz in Ordnung. Sie kennt die Stärken und Schwächen der Kollegen. Aber wenn man bei ihr nicht in kurzer Zeit auf einen zündenden Gedanken kommt, um einen Fall weiterzubringen, kann sie auch mal nervös werden. Und dann knirscht es im Getriebe."

„Prima", sagte Pocher. „Und wie sieht es im Privaten aus? Ich meine: Hat jeder nach Feierabend seine eigene Familie und so, oder trifft man sich auch noch mal außerhalb des Dienstes?"

„Das ist, glaube ich, ziemlich ausgewogen. Klar hat jeder seinen privaten Bereich, aber wir kennen uns gut genug. Manchmal weiß man ja gar nicht, wann Feierabend ist und wann Dienst. Aber wenn jemand privat zum Beispiel Sorgen hat oder irgendwelche Probleme, dann spürt sie das sofort. Am besten, man spricht mit ihr darüber. Sie kann eine große Hilfe sein. Übrigens: Sie ist in Psychologie geschult und hat einen entsprechenden Blick für so was."

Sie plauderten noch eine Weile über Belanglosigkeiten, aßen ihren Imbiss und schlürften den Kaffee, sprachen über das Wetter. In Südfrankreich herrschte eine trockene Hitze, aber im frischen Nordwestwind war das gut auszuhalten. „Der Wind weht schon seit vier Tagen", sagte Moulin, „dann bleibt das Wetter die ganze Woche so, Sonne pur, aber das hat einen großen Nachteil: Der Wind weht nämlich das warme Wasser an der Meeresoberfläche aufs offene Meer hinaus. Und von unten kommt das kalte Wasser hoch. Das Mittelmeer ist dann zwar schön sauber, aber auch eiskalt."

Dadurch würden Tausende von Touristen an den Stränden um ihr Badevergnügen gebracht. Die würden dann die Gelegenheit nutzen, um andere Sachen zu machen, zum Beispiel durch die Gassen der alten Städte hier zu streifen. „Guck dich um", sagte Moulin, „obwohl Strandwetter ist: Agde ist voll von Touristen, Familien mit quengelnden Kindern. Wenn der Wind von Süden käme, hätte das Wasser 23 oder 24 Grad, und alle Touristen wären am Strand von Cap d'Agde, und die Väter würden ihren kleinen Kindern im flachen Wasser das Schwimmen beibringen."

Just in dem Moment zog eine junge Familie an dem Café vorbei, die Eltern schleiften offenbar zwei quengelnde Kinder hinter sich her, die nur zu beruhigen waren, indem ihnen ein Eis in die Hand versprochen wurde. Pocher glaubte, dass es Briten waren, nachdem er einige Wortfetzen vernommen hatte, sie schienen jedenfalls Moulins Beobachtungen zu bestätigen. Auch eine Sichtweise auf die geschichtsträchtige Stadt und den Strand am Mittelmeer, dachte sich Pocher.

„Hat der Wind einen Einfluss auf die Strömungsverhältnisse hier im Hérault?", wechselte Pocher das Thema.

„Nein, nur marginal", meinte Moulin. „Das Mittelmeer ist noch ein paar Kilometer weit weg, das kalte Wasser kommt nicht bis hierher. Dass der Tote vom Mittelmeer aus hierhergetrieben worden wäre, ist bei den Windverhältnissen absolut ausgeschlossen."

„Ich habe ja die Rundschleuse in Verdacht", kam Pocher auf das berufliche Gespräch zurück. „Die Schleusenwärterin will nichts gesehen oder bemerkt haben, aber irgendetwas stimmt da nicht. Wir werden sehen", gab er sich dem neuen Kollegen gegenüber ganz zuversichtlich.

Sie brachen auf Richtung Place René Subra. Mit Stunden Verspätung erreichte also Gerd Pocher seinen vorläufigen Arbeitsplatz, die Polizeistation in Agde. Renée Lebrun hatte einen Raum als Besprechungszimmer vorbereitet. „Ah, da seid ihr ja, Pierre, und der neue Kollege aus Deutschland. Willkommen in Languedoc-Roussillon! Die Leichenkiste steckt noch im Stau, genau wie Riquet. Deshalb ist er mit der Analyse auch noch nicht weiter. Alles, was wir haben, sind bisher die Wasserleiche und der Fundort."

An einer Pinnwand hingen die ausgedruckten Fotos von der Wasserleiche und vom Fundort. Daneben waren entsprechende Farbnadeln in den Stadtplan eingespießt.

„Mord, Totschlag, Selbstmord oder ein dummer Unfall, wir wissen es nicht", sagte Lebrun. „Die Fotos sind an alle Polizeistationen rausgegangen." Lebrun hatte blonde, leicht gewellte Haare, war schätzungsweise Mitte vierzig, sie erinnerte Pocher ebenfalls etwas an seine Frau beziehungsweise Noch-Frau. Sie trug eine weiße Bluse, die eher aussah wie ein Herrenhemd, über einem dunkelblauen Rock. Die Beine steckten in unscheinbaren braunen Schuhen. Sie war schlank, machte einen sportlichen, durchtrainierten Eindruck.

„Ach ja", schwenkte sie plötzlich um, „wir haben uns ja noch gar nicht richtig vorgestellt. Eigentlich sollten Sie sich heute Morgen hier einfinden, und wir waren bei der Wasserleiche. Wir sind hier im Team unter uns, nennen Sie mich Renée. Ich meine, nenne mich Renée. Geht das in Ordnung?"

„Klar", antwortete Pocher, „Gerd!" Es sei zwar anders gelaufen, als er es erwartet hatte, aber dafür sei er ja hier. „Die Arbeit geht vor. Ich bin nicht ins Hérault gekommen, um Urlaub zu machen und den französischen Kollegen untätig bei der Arbeit zuzuschauen." Er wolle mit anpacken.

„Gut", sagte Renée. „Moulin, du fährst jetzt an den Strand. Du hast es deiner Familie versprochen. Feierabend für heute! Ich fahre noch nach Montpellier, um an die Ergebnisse der Autopsie zu kommen. Das dauert mir hier zu lange. Und wo bist du untergebracht?", wandte sie sich an Pocher. „Über die weiteren dienstlichen Einzelheiten sprechen wir in den nächsten Tagen, Dienstvorschriften, Waffenrecht und so weiter."

„Ich habe vorerst ein Zimmer im Hotel gegenüber vom Bahnhof", sagte Pocher. „Ich schaue mir noch einmal die Schleuse an, die liegt quasi auf dem Weg zum Hotel. Ich habe da einen Verdacht, dass die Wasserleiche womöglich daher kam."

„Gut möglich", sagte Renée noch, als sie ihre Handtasche schulterte und den Raum verließ. „Morgen sind wir ein Stück weiter."

Pierre nahm einen kleinen Rucksack, warf ihn über eine Schulter und bedeutete Gerd, das Gebäude mit ihm zu verlassen. „Feierabend. Was Renée gesagt hat, stimmt. Ich muss heute noch mit den Kindern an den Strand. Das ist nicht weit von hier."

„Aber zieht euch warm an, wenn ihr ins Wasser geht", scherzte Gerd.

„Soll ich dich noch ins Hotel bringen?", bot sich Pierre an.

„Nein, danke, ich gehe lieber zu Fuß. Ich habe ja noch nicht viel von Agde gesehen."

Diese Art von Fürsorgepflicht hatte ihn tief beeindruckt. Dass Renée Lebrun Pierre daran erinnert hatte, dass es private Verpflichtungen gab, die wichtiger waren als dienstliche Dinge, hatte er nicht erwartet. In Köln hatte es so etwas während seiner langen Dienstzeit nicht gegeben. Familiäre Verpflichtungen oder private Krisen waren von den Kollegen und Vorgesetzten nicht wahrgenommen worden. Der Dienst hatte niemals Rücksichten gekannt. Natürlich hatte er frei bekommen, als er geheiratet hatte, auch an den Tagen, an denen seine Kinder geboren wurden, aber er hatte sich nie darauf verlassen können, dass er pünktlich Feierabend bekommen würde, wenn er sich etwa mit seinen Kindern zu einem Nachmittag im Schwimmbad verabredet hätte oder wenn er eine Mittagspause einlegen wollte, um sie von der Schule abzuholen.

Pierre hatte Renée am Vortag darum gebeten, heute etwas früher Feierabend zu machen, um noch mit seinen Kindern an den Strand gehen zu können. Über die turbulenten Ereignisse des Tages hatte er es beinahe vergessen, wenn nicht Renée ihn daran erinnert hätte.

12.

Hinter der Hérault-Brücke folgte Gerd einem unbefestigten Fußweg entlang des Stichkanals zur Rundschleuse. Der Kanal im Schatten der Bäume war ruhig, eine Strömung war nicht auszumachen. Eine Entenfamilie zog ihre Bahn. Ansonsten fiel Pocher nichts Verdächtiges auf.

Er ging am Schleusenhaus vorbei bis auf die Brücke über den Canal du Midi und beobachtete Michelle Reynouard, die in ihrer eigentümlichen Gelassenheit zwei Schiffe vom Canal du Midi her hereinfahren ließ, ganz langsam verteilten sich die beiden Hausboote an den runden Schleusenwänden und machten fest. Die Schleusenwärterin hatte die Arme unter der Brust verschränkt und beobachtete das nautische Geschehen. Dann lief sie zum kanalseitigen Schleusentor und beugte sich weit darüber, um unter der Brücke hindurch nachzuschauen, ob sich vielleicht noch ein weiteres Boot der Schleuse näherte. Dabei spreizte sie ihr Spielbein weit nach hinten in die Luft.

Wie gebannt betrachtete Pocher ihren Rücken aus der Vogelperspektive, denn er stand auf der Brücke nur wenige Meter entfernt über ihr. Wieder war es ihm, als ob ihm diese Figur irgendwie vertraut vorkam, ihre Konturen, ihre Art, sich zu bewegen, als hätte er sie schon einmal gesehen. Dann schritt sie mit leicht hüpfendem Schritt zurück zu einem Schaltkasten und drückte einen Knopf. Die beiden Torflügel setzten sich langsam in Bewegung und schlossen sich. Michelle Reynouard umrundete die Schleusenkammer und beobachtete die beiden Boote, ob sie sicher festgemacht hatten. Unmerklich stieg der Wasserspiegel um etwa dreißig Zentimeter. Flink war sie die Treppe angestiegen, die zu dem höher gelegenen Tor Richtung Hérault führte.

Die beiden Torflügel öffneten sich nun langsam. Mit verschränkten Armen und leicht gespreizten Beinen stand sie da und ließ die Boote langsam unter sich vorbeiziehen in Richtung Hérault. Die Freizeitkapitäne winkten ihr im Vorbeifahren zu.

Pocher betrat nun wieder das Schleusengelände, wünschte der Schleusenwärterin einen guten Tag und wollte von ihr wissen, wie die Schleuse funktioniert.

„Oh, Monsieur. Das ist das Einfachste auf der Welt. Also, in diese Richtung verläuft der Canal du Midi Richtung Toulouse, na ja, erst einmal Richtung Béziers. Der liegt ungefähr einen Meter über dem Meeresspiegel." Sie deutete mit dem Arm in Richtung der viel befahrenen Straßenbrücke. „Also, die Boote kommen aus dem Kanal in die Schleuse. Dann wird das Tor geschlossen, mit Elektroantrieb. Dann werden die Schütze des oberen Tores geöffnet, die sind unter der Wasseroberfläche. Das Wasser des Hérault füllt die Schleusenkammer auf, bis sie auf gleichem Niveau ist. Normalerweise ist der obere Hérault 1,50 Meter über dem Meeresspiegel, aber in trockenen Sommern ist es manchmal auch etwas weniger."

Sie lächelte. Pocher nickte, natürlich wusste er im Prinzip, wie eine Schleuse funktioniert.

„Das besondere dieser Schleuse ist das dritte Tor." Sie drehte sich zu dem Tor Richtung Stichkanal zum unteren Hérault. „Im Bedarfsfall können Boote auch heruntergeschleust werden, praktisch auf Meeresniveau. Durch den Stichkanal gelangen sie in den unteren Hérault und damit zum Mittelmeer. Und alles natürlich auch in umgekehrter Richtung."

Die Rundschleuse von Agde sei die einzige ihrer Art in ganz Frankreich, sagte sie. „In den 1970er-Jahren wurde sie vergrößert, um auch längeren Schiffen die Möglichkeit der 90-Grad-Drehung in der Schleusenkammer zu ermöglichen. Aber im täglichen Geschäft spielt dies nur eine untergeordnete Rolle. Die allermeisten Boote bleiben auf dem Canal du Midi."

„Wann war denn das letzte Mal das Schleusentor in Betrieb?"

Am Sonntag sei das gewesen, sagte sie. „Am Mittwoch und am Sonntag gibt es zwei Ausflugsboote, die vom unteren in den oberen Hérault fahren und wieder zurück. Sonst kommt es nur alle paar Wochen vor, dass ein Privatboot rauf oder runter möchte. Das muss dann auch vorher angemeldet werden, und die vielen Charterboote, die die Mehrzahl der Schleusenpassagen ausmachen, dürfen nicht runter in den Hérault Richtung Mündung."

Plötzlich tauchte ein Boot auf, das sich langsam vom oberen Hérault herkommend in die Schleusenkammer schob. Es machte an der gegenüberliegenden Seite fest.

„Entschuldigen Sie", sagte die Schleusenwärterin und ging leichtfüßig die Treppe hinauf und spähte auf den oberen Hérault, ob sich noch weitere Boote der Schleuse näherten. Offensichtlich kamen aber keine Boote nach. Sie ließ das obere Schleusentor schließen und hüpfte die Treppe hinab. Während die Leute an Bord des Bootes offenbar Mühe hatten, das Hausboot an der Schleusenwand seemannsgerecht festzumachen, schritt Michelle Reynouard scheinbar vergnüglich zum Schleusentor Richtung Canal du Midi. Pocher folgte ihr.

„Ich lasse jetzt per Knopfdruck das Wasser ab in den Kanal", sagte sie. „Das dauert natürlich einige Minuten." Ihr brauner, leicht gewellter Pferdeschwanz flatterte etwas im Wind, eine Locke tanzte auf ihrer Stirn. „Alles hier geht sehr, sehr langsam." Sie nahm kurz ihre Sonnenbrille ab. Ihre dunklen Augen waren weit geöffnet, als sie Pocher wieder ins Gesicht blickte und mit den Schultern zuckte, als ob sie sagen wollte: das sei eben so, schneller gehe es nicht.

Sie versteckte ihre Augen wieder hinter den dunklen Gläsern der Brille. Für einen Moment hatte sie schweigend ihren Mund leicht zugespitzt geöffnet. Es war, als ob ihr ein leiser Seufzer entfuhr, und Pocher bemerkte, dass ihre Unterlippe erregt bebte.

Als das Wasser in der Schleusenkammer auf Kanalniveau war, verfiel sie wieder in ihre Arbeitsroutine, drückte einen Knopf an dem Schaltkasten, die Tore öffneten sich langsam, sie gab der Bootsbesatzung Handzeichen, dass sie weiterfahren könnten. Die Bootsleute machten die Leinen los und mussten einige Male vorwärts und rückwärts bugsieren, bis sie das Boot um einen vorstehenden Winkel herum in einen sicheren Kurs Richtung Schleusentor kriegten. Aber dann fuhr das Boot einigermaßen geradlinig durch das Schleusentor und verschwand unter der Straßenbrücke, ganz langsam.

Die Schleusenwärterin lächelte Pocher an. „Sie sind aber nicht von hier. Ihrem Akzent nach würde ich tippen, Sie sind Deutscher."

„Pocher", antwortete er, „Gerd Pocher." Richtig, er sei Deutscher und erst den zweiten Tag in Frankreich. Michelle Reynouard musterte ihn noch einmal. Sie nahm die Mütze vom Kopf, löste den Pferdeschwanz auf und schob die Sonnenbrille auf die Stirn.

Er trug eine Jeans, schlichtes Schuhwerk und ein weißes Polo-Shirt. Pocher war 50, einigermaßen schlank, hatte mittellange Haare, die bereits deutlich von Dunkelblond nach Weißgrau changierten. Sein Gesicht war inzwischen sichtlich gerötet, einen Tag lang der sengenden Sonne am Mittelmeer ausgesetzt.

13.

„Ich mache jetzt Feierabend", sagte die Herrscherin über die Schleuse von Agde. „Um 19 Uhr wird die Schleuse geschlossen."

„*Bien*", sagte Pocher, „ich habe auch Feierabend. Darf ich Sie auf einen Apéritif einladen?" Nun schaute sie ihm doch etwas verdutzt in die blauen Augen, schien kurz zu überlegen und sagte dann: „*Pourquoi pas?*" Sie verschwand kurz im Schleusenwärterhaus und kam wieder heraus. Sie hatte sich Sportschuhe angezogen und eine Handtasche geholt, ansonsten blieb es bei dem T-Shirt mit dem dezenten Logo des Wasserstraßenamtes VNF und dem knappen Höschen. So zogen sie die Straße hinunter und bogen in die Rue de la Digue ein. Pocher erzählte von seiner Mission im Rahmen des Austauschprogramms und davon, dass er am ersten Arbeitstag mitten in die Ermittlungen in dem Fall mit der Wasserleiche geraten sei.

„Aber jetzt erzählen Sie mal, wie eine so ausgesprochen hübsche Frau wie Sie als Schleusenwärterin arbeitet", sagte Pocher, als sie mittlerweile auf der Terrasse des Hotels L'Avenue Platz genommen hatten. Die Kellnerin brachte zwei Gläser Weißwein. Sie stießen miteinander an.

„Oh, das ist eine lange Geschichte", antwortete Michelle Reynouard. Sie wirkte etwas verlegen. „Offen gestanden, ganz genau weiß ich das auch nicht, aber es ist ein guter Job. Ich mache das jetzt seit drei Monaten." Die Schleuse in Agde sei irgendwie schon faszinierend, es gehe so gelassen zu, so langsam, und dennoch sei beim An- und Ablegen höchste Konzentration gefordert. Sie blickte Pocher in die blauen Augen und senkte dann ihr Haupt. Nein, am Ende sei es nicht ihr berufliches Traumziel gewesen, es sollte nur eine Übergangslösung sein, bis sie etwas anderes finde, vielleicht doch noch ein Studium, aber nun habe sie die Schleuse in ihr Herz geschlossen.

Ihre Eltern hätten wohl gerne gehabt, dass sie eine Akademikerin geworden wäre, mindestens Lehrerin, besser noch Ärztin. Aber das sei als heranwachsendes Mädchen nicht ihr Ding gewesen. Sie sei lieber auf dem Fußballplatz gewesen. „Ich habe Kampfsportarten gemacht, Kungfu und so, da war ich sogar richtig gut darin, na ja, da war ich 15 oder 16."

Sie verstummte für eine Weile. Beide beobachteten das Treiben auf dem belebten Bahnhofsvorplatz.

Pocher hob sein Glas, er überlegte, wie er dieser jungen Frau näherkommen könnte, er war wie berauscht von ihr und spielte in seinen Gedanken mit der Idee, sich augenblicklich in sie zu verlieben. Er versuchte den Faden wiederaufzunehmen. „Ich heiße übrigens Gerd mit Vornamen", unternahm er einen nächsten Schritt. Eigentlich hatte er nicht wirklich damit gerechnet, aber sein Gegenüber erhob ebenfalls das Weinglas, neigte den Kopf kokettierend zur Seite. Der Hauch eines Lächelns ging über ihre Lippen. „Schön, sehr schön", sagte sie.

Sie nippten am Wein und beugten sich über den Bistrotisch. „Als ich mit der Schule fertig war, habe ich auch nicht geglaubt, Polizist zu werden", sagte Gerd. „Aber ich wurde einer. Nach der Grundausbildung habe ich angefangen, Jura zu studieren, aber dann, nach sechs Semestern, gemerkt, dass das Auswendiglernen von Gesetzen und Auslegungen nicht mein Ding war. Ich wollte etwas Praktischeres machen. Ich bin dann einfach in den Polizeidienst zurückgekehrt. Ich war übrigens zwei Semester in Südfrankreich, an der Uni in Nice."

Er wollte nun wissen, wo sie herkam, wie sie zu der Stelle kam, ihre Vorgeschichte.

„Ist das jetzt ein Verhör?", entgegnete Michelle.

„Nein, nein", beeilte sich Gerd zu sagen. „Das interessiert mich wirklich. Du bist reizend, noch nie bin ich einer so bezaubernden Frau begegnet." Er war von sich selbst überrascht, so unverhohlen seine Sympathie zum Ausdruck zu bringen.

„Ich war 17 Jahre alt, als meine Eltern tödlich verunglückten", sagte sie nach einer Pause. „Eigentlich war ich davon überzeugt, alt genug zu sein, um mich allein durchs Leben zu schlagen. Aber das war dann doch nicht so einfach, wie ich gedacht hatte. Ich hatte in dem Alter zwar kein gutes Verhältnis zu meinen Eltern gehabt, aber dann war es plötzlich doch sehr traurig, dass sie nicht mehr da waren."

„O, das tut mir leid", sagte Gerd. „Was ist passiert?"

„Sie waren auf dem Rückflug von Rio nach Paris. Jetzt liegen sie auf dem Grund des Atlantiks." Michelle stockte einen Moment.

Gerd erinnerte sich, der Absturz einer Air-France-Maschine auf dieser Route hatte auch in Deutschland Aufsehen erregt.

Sie blickte Gerd prüfend an. Sie nahm wahr, dass er eine gewisse Ähnlichkeit mit ihrem Vater hatte, mehr vom Wesen her als vom Aussehen. Auch ihr Vater hatte sich immer sehr aufgeschlossen und neugierig gegeben, gegenüber ihren Freundinnen und den ersten Jungs. Aber er war Regierungsbeamter gewesen, hatte viel Arbeit und wenig Zeit für die Familie gehabt.

„Ich habe die Schule vernachlässigt", setzte Michelle ihre Erzählung fort, „und habe mich ins Pariser Nachtleben gestürzt, um den Verlust zu verdrängen, zu vergessen. Aber das kannst du nicht vergessen, weißt du?" Sie war klug genug gewesen, um sich nicht vollkommen im Vergnügen zu verlieren. Immer wieder hatte sie sich aus der Gefahrenzone, in ein unstetes In-den-Tag-Hineinleben, in das Milieu von Drogen und Kriminellen abzugleiten, selbst befreit. Sie hatte zunächst bei ihren Großeltern bei Paris gelebt, die auf der einen Seite zwar großzügig waren, auf der anderen Seite aber auch ziemlich spießig. „Eben von vorgestern", sagte sie, und plötzlich lächelte sie triumphierend Gerd an. „Die Verlockungen waren groß gewesen, aber ich habe nie Drogen genommen. Nicht einmal."

Ausgestattet mit einer hinreichenden Waisenrente und Abfindungen von der Fluggesellschaft hatte sie zunächst keine finanziellen Probleme, als sie in jener Zeit versuchte, sich auf eigene Füße zu stellen. Sie konnte sich sogar ein kleines Appartement leisten, als sie mit 18 von den Großeltern wegzog. Außerdem hatte sie immer noch ein kleines Vermögen auf der Kante, durch den Verkauf des Nachlasses ihrer Eltern, zu dem unter anderem eine Segeljacht auf dem Mittelmeer gehörte.

Dann war sie mit einem jungen Mann zusammen, der an der Sorbonne Literatur studierte. Über ihn geriet sie ins Studentenmilieu, aber in eines, in dem Seminare und Vorlesungen nicht ganz so wichtig waren wie das Leben darum herum. Sie war mitunter mit in Vorlesungen und Seminare gegangen, obwohl sie nicht immatrikuliert gewesen war und auch kein Abitur gehabt hatte.

Sie hatte zu lesen begonnen, alles, was ihr über den Weg kam, die Klassiker, nicht nur französische Literatur, während andere Zeitgenossen sich nur noch mit ihren Smartphones abgaben. Dann waren sie einmal mit mehreren Freunden im Sommer im Süden für ein paar Wochen, im Hérault. Sie hatten mit ein paar Bekannten ein altes Haus in einem kleinen Dorf bezogen. Der Tagesablauf war immer gleich gewesen. Die jungen Leute schliefen bis zum Mittag und mussten sich dann mit den schlechtesten Plätzen an den Badestellen am Fluss zufriedengeben. Sie spielten Karten, einer bereitete das Abendessen vor, am Abend wurde im Haus philosophiert und dabei stets viel Rotwein getrunken. Die Beziehung zu Jean, ihrem damaligen Freund, war ausgerechnet hier in die Brüche gegangen.

„*Non*", korrigierte sie sich selbst, „mittlerweile war ich ja mit Serge zusammen. Er war jeden Abend betrunken und schlief immer sofort ein. Die ganze Zeit haben wir uns nur voneinander entfernt, und ich habe dann einfach mit einem anderen Jungen geflirtet. Ach, ich hatte nur Beziehungen, die relativ kurz waren, ein halbes Jahr oder so dauerten. Das waren eigentlich ganz nette Jungs. Auch ein Kunststudent war darunter. Erst war es interessant und angeregt, dann wurde es fade, weil mich das nicht wirklich weiterbrachte. Wir gingen miteinander ins Bett und verloren uns dann wieder aus den Augen."

Während die anderen nach dem Hérault-Ausflug nach Paris zurückkehrten, blieb sie einfach im Süden, weil ihr die Gegend zusagte. Sie war der Sorbonne überdrüssig geworden, ohne Immatrikulation. Paris, das Gewimmel in der Großstadt, die geschäftige Oberflächlichkeit in den Bars und bei privaten Treffen hatten sie am Ende nicht weitergebracht. Um sich selbst zu finden, war sie in der Gegend geblieben, um noch einmal von vorn anzufangen.

Sie hatte in Montpellier eine kleine Wohnung genommen und an einem privaten Lycée Aufnahme gefunden. „Es war eine Internatsschule. Ich habe nur noch gelernt. Ich wollte alles können, französische Grammatik, Mathematik, Englisch, Spanisch, Geographie, Philosophie, Physik. Die Lehrer haben mir dabei sehr geholfen. Sie hatten erkannt, dass es mir leichtfiel, das ganze Wissen aufzusaugen, das man für das Abitur braucht. Ich habe Mitschülern geholfen. Sie hatten mich akzeptiert, obwohl ich einige Jahre älter und in manchen essenziellen Dingen auch erfahrener war. Es war eine schöne Zeit, eine schöne Lebenserfahrung. Aber sie ging plötzlich zu Ende.

Es gab eine große Abschlussfeier. Es war ein Freudenfest, denn wir hatten das Abitur bestanden, aber es war auch eine Abschiedsfeier."

Gerd fasste ihre Hand, blickte sie staunend an.

„Die anderen gingen zu ihren Eltern zurück mit all ihren Plänen, dies oder das zu studieren. Und ich stand da, mit dem Baccalauréat in der Tasche. Ich wollte mich aber nicht sofort in den Hörsälen einer Universität wieder verlieren."

Sie wollte irgendetwas Sinnvolles machen, arbeiten. Es war ein Zufall, dass die Wasserstraßenverwaltung einen Schleusenwärter in Agde suchte.

„So bin ich Schleusenwärterin geworden", versuchte sie einen Schlusspunkt unter ihre Erzählung zu machen. „Seit drei Monaten lebe ich hier. Es ist schön. Man verdient zwar nicht viel, aber das Geld brauche ich auch nicht, ich bin bescheiden geworden, und ich habe einen verantwortungsvollen Job, der nicht weniger wert ist als deiner."

14.

Es war diese Mischung aus Selbstbestimmung, erfrischender Jugend und schlichter Schönheit, die Gerd gerade drohte, den Verstand zu rauben. Wie verzaubert saß er diesem Phänomen nun gegenüber, einer jungen Frau, die sich offenbar in seiner Gegenwart geborgen, vertraulich fühlte. Unmerklich hatte er sich ihrem Gesicht genähert und weit über den Tisch gebeugt. Diese Augen können nicht lügen, sagte er sich. Er wagte es, mit seiner rechten Hand über ihre Wange zu streicheln.

Er hatte es nicht ausschließen wollen, dass sie sich augenblicklich erhob, ihm eine knallte und weglief, aber sie ergriff ihrerseits seine Hand und beugte sich über den kleinen Tisch. So kamen sie sich näher. Er nutzte die Gelegenheit für einen flüchtigen Kuss auf den Mund, für mehr Nähe war der Tisch im Weg. Aber Gerd war schon um den Verstand gebracht. Er war verzaubert, verwunschen. Er versuchte zu realisieren, wo er war, in einer Hotelbar in Agde, draußen auf der Straßenterrasse, gegenüber vom Bahnhof.

Inzwischen war es dunkel geworden. Bunte Lichter, blinkende Reklameleuchten, Scheinwerfer der vorbeifahrenden Autos bestimmten die Szenerie. Es kam ihm so vor, als hätte er sich in einer bizarren Traumwelt verloren. Aber alles war nur ganz wirklich. Er beugte sich abermals zu Michelle hinüber, nahm nun ihren Kopf in beide Hände und zog sie zu sich heran. Er küsste sie, als wolle er sie in sich hineinsaugen. Sie erwiderte seinen Vorstoß, indem sie ihrerseits ihre Arme um seinen Nacken schlang.

Er hatte sich dabei halb erhoben, seine Schenkel drückten von unten gegen die Tischplatte, dass es schmerzte, lange konnte er diese Position nicht durchhalten, er löste sich von ihr, ließ sich langsam auf den Stuhl zurücksinken, wobei er sie nicht aus den Augen ließ, die mitunter zu funkeln schienen. Er war entschlossen, alle Vernunft auszuschalten.

„Was ist mit dir?", holte ihn Michelle in die Realität zurück. „Du hast doch sicher Frau und Kinder."

Gerd musste überlegen, wie er seine etwas komplizierte Beziehungsgeschichte so ausbreitete, dass sie weiteren Intimitäten nicht im Wege stand. *„Je suis seul"*, sagte er schließlich. „Meine Kinder, es sind drei, sind fast erwachsen, und mit deren Mutter bin ich schon seit Jahren nicht mehr zusammen."

Er war gespannt auf Michelles Reaktion auf seine ziemlich ehrliche Antwort. Er hätte Verständnis dafür haben müssen, wenn Michelle nun alle weiteren Annäherungsversuche abblocken würde. Eine junge Frau wie sie hatte ihr Leben noch vor sich, warum sollte sie sich auf einen Mann einlassen, der doppelt so alt war wie sie selbst und schon drei fast erwachsene Kinder hatte?

Aber sie fragte nur nach dem Alter der Kinder.

„Sie sind 21, 19 und 17", antwortete Gerd, „zwei Jungen und ein Mädchen."

17, meinte Michelle, das sei das Alter gewesen, als ihre Eltern verunglückt waren. Mit 19 Jahren sei sie zum ersten Mal an der Sorbonne gewesen, und mit 21 Jahren hatte sie sich auf einen Kunststudenten eingelassen, der Dutzende Porträts von ihr gezeichnet hatte, um dann doch mit einer Italienerin nach Rom zu verschwinden.

„Liebst du deine Kinder?", fragte sie geradeheraus.

„Mais oui", sagte Gerd, ohne lange zu überlegen.

„Meine Eltern hatten nur eine Tochter", sagte Michelle. „Erst als sie tot waren, ist mir klar geworden, wie sehr sie mich geliebt hatten."

Nun war es Michelle, die sich mit einem Mal weit vorbeugte und Gerds Kopf erfasste. „Ist dir klar, dass wir uns eben geküsst haben?"

„Mais oui", sagte Gerd.

„Mach das noch mal!" Sie spitzte ihre Lippen erwartungsvoll zu einem Kussmund.

Sie pressten ihre Münder aufeinander, ließen ihre Zungen einander umspielen. Gerd war hingerissen und hatte alle Hemmungen abgelegt. Er sog den Thymianduft ihrer Wangen ein, schmeckte ihre Lippen ab, spürte, wie sich seine Hose spannte. Nichts sollte ihn mehr aufhalten, sich in ein erotisches Abenteuer zu stürzen, als sie sich nun langsam heftig atmend voneinander lösten und sich anblickten.

„Kommst du mit?", fragte er. Sie folgte ihm ins Innere des Hotels. Die Halle war menschenleer. Zügig nahm er den Zimmerschlüssel, umfasste ihre Taille, und so gingen sie die Treppe hinauf und entschwanden in sein Zimmer.

Kaum hatte Gerd die Tür hinter sich geschlossen, als sie sich eng umschlungen weiter küssten, sodass sie fast außer Atem gerieten, sein Herz pochte und pumpte sein Blut in seine Lenden. Er umfasste sie, spürte, dass sie ebenso aufgeregt atmete wie er. Sie immer noch küssend, löste er den Knopf ihrer Hose, schob den Reißverschluss hinunter und ließ seine Hand durch ihre Schambehaarung hinabgleiten. Michelle nestelte ihrerseits lustvoll stöhnend an Gerds Jeans, streifte seine Hosen herab, bis er aus der drangvollen Enge der Kleidung emporschnellte. Sie hatte ihn in der Hand.

15.

Am Ende war Gerd regelrecht erschöpft. Schwer atmend löste er sich aus der engen Umarmung und ließ sich auf die Seite neben ihr sinken. Er betrachtete ihren nackten Körper, der ebenfalls immer noch bebte. Allmählich normalisierte sich sein Atem, aber sein Herz pochte vor Aufregung und Glücksgefühlen. Der linke Arm lag unter ihrem Kopf, mit der rechten Hand streichelte er sanft ihren Bauch, ihre Brüste, ihre Wangen. Sie zitterte, sie hechelte plötzlich, drehte sich zur anderen Seite, eine Art Beben durchzuckte ihren ganzen Körper, erst schluchzte sie, dann verfiel sie in einen regelrechten Heulkrampf.

„Was ist, Michelle?", fragte Gerd irritiert. „Was hast du?" Er drehte sie wieder zu sich, strich ihr über das Gesicht, das unterdessen tränenüberströmt war. „Michelle!", rief er, „Michelle!" Sie richtete sich auf, umklammerte ihre Beine und hörte nicht zu weinen auf. Gerd strich ihr über den Rücken. Es gab keinen Grund zum Weinen. Eigentlich mussten sie doch die glücklichsten Menschen der Welt sein. Es war alles so einvernehmlich gewesen, so lustvoll, so liebevoll, als hätten sich zwei Menschen gefunden, die zueinandergehören, die füreinander bestimmt gewesen waren. „Was ist los?" Er lag verlegen und ratlos neben der schönen Frau, die immer noch in sich hineinschluchzte und herzzerreißend jammerte.

Erst als sie sich scheinbar leer geweint hatte, als es keine Tränen mehr gab, beruhigte sie sich etwas. Sie löste sich aus der Kauerstellung und ließ ihren Oberkörper aufs Bett zurücksinken. Sie drehte sich auf die Seite, winkelte die Beine etwas an. Gerd ordnete etwas die dünne Decke vom Fußende des Betts und versuchte, ihre und seine Beine zu bedecken. Nach einer Weile öffnete sie die verheulten Augen.

„Ich habe dich angelogen", sagte sie schließlich, immer noch schluchzend. Gerd war irgendwie gerührt. Aber was meinte sie? Wobei hatte sie gelogen? Hatte sie die Geschichte von dem Flugzeugabsturz ihrer Eltern, den Sorbonne-Studenten oder die Nachholung der Abiturprüfung nur erfunden?

„Nein." Sie richtete sich halb auf, stützte ihren Oberkörper auf den Ellbogen auf und strich sich die Haare aus dem Gesicht. „Der Tote von heute Mittag, der auf dem Handyfoto: Ich habe ihn gekannt." Sie verstummte wieder und schluchzte erneut. Dann fasste sie sich wieder.

„Es war ein Unfall", sagte sie, „das hatte ich nicht gewollt."

„Was ist passiert?", riss es Gerd jäh in die Gegenwart, aber anstatt auf Distanz zu gehen, legte er seinen Arm freundschaftlich auf ihre Taille. „Erzähle mir die Wahrheit."

Sie blickte auf das von ihren Tränen feuchte Kissen. Dann sprudelte es plötzlich aus ihr heraus. „Claude hatte mich bedroht. Ich hatte Angst um mein Leben. Er tauchte mitten in der Nacht plötzlich bei mir auf, bedrohte mich mit einem Messer. Er sagte, er hätte seine Frau und seine beiden Kinder umgebracht, ich müsse ihm nun helfen, hier zu verschwinden. Ich müsse ihn fahren, weil ich ein Auto hätte, irgendwohin, ins Ausland, nach Algerien oder Marokko. Er hielt mich fest, hielt mir ein Messer an die Kehle, befahl mir, mich anzuziehen und ein paar Sachen zu packen, zerrte mich aus der Wohnung. Er war total verschwitzt, sein Hemd war fleckig, er schien außer sich zu sein, zu allem fähig. Ich zog mir schnell etwas über und folgte ihm nach draußen. Er blieb immer in meiner Nähe, stets bereit, mit dem Messer zuzustechen. Und wenn er wirklich seine Frau und die Kinder umgebracht hatte, war es ihm auch zuzutrauen, mich abzustechen. Ich hatte Todesangst. Er ging voraus über das Schleusengelände, ich folgte ihm zögernd. Da drehte er sich einmal um, streckte mir den Arm mit dem Messer entgegen. Wenn ich jetzt nicht mache, was er wolle, würde er auch mir die Kehle durchschneiden."

Sie atmete tief ein. Die entsetzlichen Bilder liefen wieder durch ihren Kopf. „Ich weiß nicht genau, wie ich es getan habe, aber ich habe blitzschnell mit voller Wucht gegen seine Hand getreten. Ich konnte in der spärlichen Beleuchtung gerade noch erkennen, wie das Messer in hohem Bogen in die Schleusenkammer flog. Er blickte mich verdutzt an, er taumelte etwas, stolperte und flog rückwärts hin, mit dem Hinterkopf auf einen Festmachpoller. Man konnte den Knochen knacken hören, als er aufschlug."

Michelle zitterte, erneut rannen Tränenbäche aus ihren Augen. Gerd streifte die Decke weiter hoch, sodass sie nun bis zur Taille reichte.

„Ich hatte Panik", erzählte sie weiter. „Ich wusste nicht wirklich, ob er etwa tot war, und dachte nur, dass er sie jetzt sofort töten würde, wenn er wieder zu Bewusstsein käme. Da schob ich ihn über die Kante und ließ ihn ins Schleusenbecken plumpsen. Ich wollte ihn loswerden, aber er ging nicht unter. Er trieb bäuchlings an der Wasseroberfläche. Ich musste ihn einfach loswerden. Er durfte nicht in der Schleusenkammer bleiben, in meiner Schleusenkammer. Also ließ ich das Wasser ab und trieb den Körper mittels einer langen Stange zum Tor Richtung unteren Hérault. Das war gar nicht so einfach. Dabei musste ich aufpassen, dass er nicht zu nah ans Tor trieb, weil die Torflügel ja Richtung Schleusenkammer öffneten und ihn dann zwischen Tor und Schleusenmauer zerquetscht hätten."

Dann ließ sie das Tor öffnen und bugsierte den leblosen Körper hindurch in den Stichkanal, alles in minutenlanger, quälender Anstrengung. Aber der Körper bewegte sich kaum weiter, als sie das Tor wieder schließen ließ.

„Ich habe die Schleusenkammer wieder füllen lassen, so schnell es geht, das Wasser kommt aus dem oberen Hérault", erzählte sie weiter. „Das dauert minutenlang. Dann habe ich das Wasser wieder in den Stichkanal abgelassen. Im Dämmerlicht konnte ich erkennen, dass er sich nun ganz langsam Richtung unteren Hérault bewegte. Dann habe ich den Schleusenvorgang noch drei- oder viermal wiederholt. Das war so, als wenn du etwas Ekliges ins Klo gibst und abziehst, und es verschwindet nicht gleich. Du lässt den Spülkasten wieder volllaufen und ziehst noch einmal ab und so weiter, bis das Eklige verschwunden ist."

Sie atmete tief durch. Sie hatte sich die dunkelste Stunde ihres Lebens von der Seele geredet. Gerd schaute sie ernsthaft an. Sie senkte verlegen den Blick.

„Ich glaube dir", sagte Gerd ganz ruhig. „Es war ein Unfall oder Notwehr, aber warum hast du nicht die Polizei gerufen? Warum hast du nichts gesagt, als ich dir das Bild von der Leiche gezeigt habe?"

Sie zuckte mit den Schultern. „Ich wollte das Geschehene verdrängen, vergessen, ich weiß es nicht."

Michelle ließ sich zurücksinken und starrte zur Zimmerdecke. Gerd beugte sich über sie, streichelte sie zart und gab ihr einen

Kuss. „Ich glaube dir", wiederholte er. *„Tout va bien."* Er legte ihren Kopf auf seine Brust, strich durch ihr Haar und sagte dann: „Aber du musst noch eine Aussage machen." Sie nickte kaum merklich.

Gerd lag noch lange wach und betrachtete die Frau in seinen Armen. Sie war eingeschlafen, langsam hoben und senkten sich Brust und Bauchdecke. Kein Wunder, dachte sich Gerd, nach dieser aufregenden Nacht. Allein, dass sie nun immer noch in seinen Armen lag, erfüllte ihn mit einem unendlichen Glücksgefühl, hinter dem alles andere in der Bedeutungslosigkeit versank. Ihm war klar geworden, dass er sich in eine Frau verliebt hatte, die eine Nacht zuvor in Notwehr, wenn auch versehentlich, den Tod eines Menschen verursacht hatte.

16.

Irgendwann war auch Gerd Pocher eingeschlafen. Als er wieder zu sich kam, war er allein im Zimmer. „Mist", sagte er vor sich hin und stand auf, zog sich an und machte sich im Bad etwas frisch. Es war halb sieben. Er verließ das Hotel und ging zur Schleuse hoch.

Die Läden des Schleusenwärterhauses waren alle geschlossen. Die meisten Häuser hier hatten im Hochsommer zum Schutz vor der Hitze die Läden geschlossen. Die Tür war allerdings nicht verschlossen. In der Diele brannte Licht. Langsam ging Pocher hinein. Es schien ihm zunächst alles still zu sein, aber dann war ein Geräusch zu vernehmen wie ein fernes Wasserrauschen. Er folgte dem Rauschen und öffnete langsam eine Tür, die offensichtlich ins Bad führte. Augenblicklich realisierte er die Situation. Michelle stand unter der Dusche. Lange sah er ihr zu, wie sie nur das Wasser über sich ergießen ließ, ohne sich zu bewegen. Sie ließ sich das Wasser ins Gesicht laufen und hatte die Augen geschlossen. Er konnte es nur schemenhaft erkennen durch das geriffelte Plexiglas der Duschkabine. Sie hatte ihn offensichtlich nicht bemerkt.

„Michelle!", sagte er endlich.

Die Frau strich sich mit den Händen durchs Gesicht, drehte den Wasserhahn zu und öffnete die Tür der Duschkabine. Sie hatte ihn erwartet. „Reichst du mir ein Handtuch?" Sie deutete auf die Wand gegenüber, wo ein großes rotes Badetuch hing.

Er nahm das Tuch und gab es ihr. Es war ihm danach, sie augenblicklich an sich zu reißen und erneut mit Küssen zu überströmen, aber er blieb ganz sachlich und nun auch etwas distanziert. Er gab ihr wie einer Tochter ein Küsschen auf die Wange, um sie aufzumuntern.

„Komm, mach dich fertig", sagte er dann. Sie zog einen Schlüpfer über und schwang sich in ein einteiliges, mit bunten Blumen bedrucktes Sommerkleid, schlüpfte in ein paar einfache Stoffschuhe und schulterte eine Handtasche. Dann traten sie ins Freie, und sie schloss hinter sich die Tür des Schleusenwärterhauses ab. Gerd nahm sie am Oberarm, als ob er sie abführte, dann bei der Hand. Sie schien erleichtert und war bereit, eine Aussage zu machen. Sie gingen den Weg am Stichkanal entlang. Bei der Eisenbahnunterführung nahm Gerd sie erneut in den Arm und küsste sie. „Alles wird gut", flüsterte er. Als sie unten ans Ufer des Hérault kamen, blickte sie auf den Bootssteg auf der anderen Straßenseite, der mit Flatterband immer noch abgesperrt war.

Gerd nickte bedeutungsvoll: „Ja, hier ist er gefunden worden." Dann überquerten sie den Fluss zur anderen Seite, gingen schließlich die Avenue Général de Gaulle entlang und erreichten die Polizeistation.

„Ist Pierre Moulin schon da?", fragte er an der Wache.

„Treppe hinauf, dann nach links und immer geradeaus", sagte eine Polizeibeamtin.

Er hielt eine Hand auf Michelles Rücken, als sie dem Weg in Moulins Büro folgten.

„Bonjour", grüßte Pocher. „Das ist Michelle Reynouard, Schleusenwärterin. Sie möchte eine Aussage machen. Es könnte sein, dass damit unser Fall geklärt wäre."

„Nehmen Sie einen Augenblick Platz." Er deutete auf einen Stuhl, dann nahm er Pocher beiseite und erzählte ihm, dass sich gerade die Gendarmerie in Marseillan gemeldet habe. Sie konnte den Toten identifizieren, einen 34 Jahre alten Hilfsarbeiter aus Marseillan, einen gewissen Claude Noiret. „Renée ist bereits auf dem Weg dahin."

„O Gott!", entfuhr es Pocher. „Es ist gut möglich, dass sie dort auf eine Horrorszene trifft. Claude Noiret hat womöglich seine Familie umgebracht."

„Wie kommst du darauf?"

„Gibt es hier eine Art Vernehmungsraum?"

„Klar", sagte Moulin, und zu der Frau gerichtet: „Kommen Sie!"

Sie setzten sich in einem fensterlosen Raum an einen Tisch. Michelle Reynouard setzte sich dem französischen Kripobeamten gegenüber, Gerd Pocher nahm neben ihr Platz. Moulin startete einen Audiorecorder, nannte Tag, Uhrzeit und Ort.

„Na, dann schießen Sie mal los. Nennen Sie zuerst Ihren Namen, Ihr Alter und Ihren Wohnort."

Pocher nickte der jungen Frau aufmunternd zu.

„Michelle Reynouard, 25 Jahre alt, ich wohne seit drei Monaten in Agde. Ich arbeite bei der Rundschleuse, und da wohne ich auch." Sie senkte den Kopf, blickte zu Pocher hinüber und dann wieder zu Moulin. Dann erzählte sie ganz ruhig dieselbe Geschichte, die sie zuvor schon Gerd erzählt hatte.

„Hatten Sie etwas mit ihm gehabt?", wollte Moulin wissen, blickte dabei aber beiläufig Pocher an.

Michelle blickte verlegen zu Pocher hinüber. Der spürte, wie sich die Schamröte in seine Wangen schob. Dann blickte sie vor sich auf den Tisch und nickte kaum merklich. „Aber ich hatte schon lange Schluss mit ihm gemacht, vor Wochen schon hatte ich ihm klargemacht, dass ich nichts mehr mit ihm zu tun haben wollte."

„Wie lange hatten sie ihn gekannt?"

So etwa seit Anfang Juni, erzählte Michelle. Es sei nur eine dumme Affäre gewesen, sie hätten sich nur einmal in der Woche getroffen.

Eine Sekretärin kam in den Raum und gab Moulin ein Schreiben. Es war die erste Eilbetrachtung aus der Gerichtsmedizin. Moulin überflog das Papier. „Noiret war bereits tot, als er ins Wasser befördert wurde. In seinen Lungen war kein Wasser. Wahrscheinlich ist er deswegen auch nicht untergegangen. Der Tod wurde durch ein Schädel-Hirn-Trauma verursacht, vermutlich durch den Schlag eines stumpfen Gegenstands auf den Hinterkopf, der den Schädel zertrümmerte."

„Oder durch den Sturz auf einen Festmachpoller", ergänzte Pocher.

„Möglich", fuhr Moulin fort. „Spuren einer gewaltsamen Auseinandersetzung wurden nicht gefunden, außer einem frischen Hämatom am rechten Handgelenk."

„Das würde zu dem Fußtritt passen", meinte Pocher.

„Noiret hatte 1,5 Promille Alkohol im Blut."

„1,5 Promille", wiederholte Pocher. „Da hätte ich schon Gleichgewichtsstörungen."

„Gut", schloss Moulin die Vernehmung, er rief einen uniformierten Kollegen. „Sie gehen jetzt mit dem netten Herrn hier mit zur erkennungsdienstlichen Behandlung, reine Formsache, Fingerabdrücke, Speichelprobe, Fotos und so. Dann können Sie meinetwegen nach Hause gehen. Sie müssen aber vorerst in Agde bleiben. Ach ja, ich fürchte, dass Sie heute nicht arbeiten brauchen. Wir müssen die Schleuse natürlich absperren. Wenn alles stimmt, was Sie sagen, und ich habe keinen Zweifel daran, dann ist die Schleuse für uns dennoch ein Tatort."

Michelle Reynouard erhob sich und blickte Gerd Pocher fragend an. Der nickte ihr zu. *„Tout va bien."* Dann folgte sie dem Beamten.

17.

Als die Tür hinter ihnen zufiel, blaffte Moulin Pocher an. „Hast du noch alle Tassen im Schrank? Wir haben es hier mit einem Tötungsdelikt zu tun. Diese Frau ist jetzt dringend tatverdächtig, und du hast nichts Eiligeres zu tun, als mit ihr ins Bett zu hüpfen. Wir sind hier zwar in Frankreich, und diese Frau ist, zugegeben, ausgesprochen hübsch, aber von euch Deutschen hätte ich doch etwas mehr Distanz und entsprechende Professionalität erwartet."

Gerd machte einen etwas zerknirschten Eindruck, weil er sich ertappt fühlte, zumal er das jetzt überhaupt nicht erwartet hatte. Er hätte behaupten können, dass das eine bodenlose Unterstellung sei, aber er sagte erst einmal nichts. „Abwarten." Moulin heftete Zettel an die Pinwand, Michelle Reynouard schrieb er auf einen, Notwehr oder Unfall mit einem Fragezeichen auf einen anderen. „Warum ist sie nicht gleich zur Polizei gegangen? Warum hat sie die Spuren verwischt? Warum hat sie versucht, die Leiche ins Mittelmeer hinunterzutreiben? Warum?"

„Ich bin von ihrer Unschuld überzeugt", hängte sich Pocher weit aus dem Fenster. „Sie war in Panik. Sie musste glauben, dass sie es jetzt nicht mit ihrer alten Affäre, sondern mit einem brutalen Mörder zu tun hatte. In ihrer Angst wuchs sie dann über sich hinaus und trat ihm das Messer aus der Hand. Dass er dann so unglücklich gestürzt war, war vielleicht ihr Glück, sonst hätte er ihr womöglich gleich die Kehle durchgeschnitten. Und dann hat sie einfach nur noch im Affekt gehandelt, als sie nicht ganz sicher war, dass der Mann nach dem Sturz tot war. Sie wollte ihn einfach nur noch loswerden. Allerdings glaubte sie vielleicht, dass sie ihn umgebracht haben könnte. In dieser wahnhaften Nacht hat sie deshalb versucht, die Leiche fortzuspülen und die Blutflecken am Anlegepoller abzuspritzen, damit zum Dienstbeginn nichts mehr auf den Vorfall hinweisen würde. Sie hat dann den ganzen Tag übereifrig den Dienst versehen, um keinen Verdacht zu erregen. Das ist doch nachvollziehbar. Das ist durchaus plausibel. Auch die Leugnung bei der ersten Befragung passt in dieses Verhaltensschema."

Moulin neigte nachdenklich den Kopf. „Bleib am Ball!"

18.

Henri Treinte kam ins Besprechungszimmer. „Da sind zwei junge Männer, die fragen nach einem Gerd Pocher."

„Bringen Sie sie herein in mein Büro, hier nebenan", sagte Pocher. Er ging in sein Büro, das irgendwie noch nicht so aussah, als ob da gearbeitet würde. Er hatte keine Zeit gehabt, um das irgendwie zu seinem Büro zu machen. Er hatte noch nicht einmal die Gelegenheit gehabt für eine kurze Unterweisung ins System.

Dann traten Marco Wolgrebe und Dimitrij Woganow ein. Damit hatte Pocher jetzt nicht gerechnet. Zwei junge deutsche Urlauber: Die wollten in der Regel doch nichts mit der Polizei am Hut haben.

„Ich glaube, wir haben Mist gebaut", sagte Wolgrebe. „Wenn es denn um die Aufklärung eines Verbrechens geht, wollen wir eine Aussage machen. Also, wir haben versehentlich ein Boot versenkt. Das wollten wir aber nicht."

Die Polizei hatte die Rundschleuse von Agde inzwischen abgesperrt.

„Als wir eben das Polizeiaufgebot bei der Rundschleuse sahen, haben wir gedacht, dass da doch ein dickeres Ding im Gange ist. Als anständige Europäer haben wir gedacht, dass wir jetzt zur Polizei gehen", meinte Wolgrebe. „Sie haben ja ohnedies unsere Personalien. Also, wir haben, wie gesagt, auf dem Ruderclub-Gelände gefeiert. Wir hatten ein kleines Lagerfeuer gemacht. Gegen Mitternacht, würde ich sagen, vielleicht auch etwas später, machte am Ufer ein kleiner Kahn fest. Der Mann kam angerudert und zog den Kahn etwas aufs Ufer und lief dann weiter. In der Dunkelheit haben wir ihn wirklich nicht erkannt. Aber er schien es eilig gehabt zu haben."

Nachher seien einige Leute auf die Schnapsidee gekommen, setzte Wolgrebe seine Angaben fort, mit dem Kahn eine kleine Tour auf dem Hérault zu machen. Der kleine Außenborder sei aber nicht angesprungen. Mit sechs, sieben Leuten an Bord und ausgelassener Schaukelei sei aber das Boot bald in Schräglage geraten, es schwappte Wasser hinein. „Wir konnten das nicht mehr aufhalten, das Boot versank, und wir sind zum Ufer zurückgegangen, als ob nichts passiert wäre", sagte Wolgrebe. „Wir haben einfach weitergefeiert, bis unsere Hosen wieder trocken waren. Dann sind die Franzosen nach Hause gegangen, aber das habe ich gestern schon gesagt."

„Schon möglich, dass das was mit unserem Fall zu tun hat", sagte Pocher. „Danke, Jungs. Was war das denn für ein Boot?"

„Genau weiß ich das nicht mehr. Es war nicht groß, ich glaube, ein einfaches Holzboot mit einem kleinen Außenborder", sagte Dimitrij Woganow. „Vielleicht ein kleines Fischerboot, ich kann mich an einen Eimer erinnern mit Netzen. Ja, es lagen auch solche Reusen in dem Boot."

„Ist euch sonst noch etwas aufgefallen?"

„Da lag auch noch eine Tasche, so eine Art Reisetasche oder Sporttasche. Aber ganz genau kann ich das nicht sagen. Wir haben ziemlich schnell nasse Füße gekriegt, und die Franzosen haben einen auf Seemann gespielt und ordentlich geschaukelt, dann ging alles ganz schnell, und das Boot ging einfach unter. Es war aber nicht besonders tief an der Stelle. Das Wasser ging uns bis hier." Er legte seine Hand auf Brusthöhe.

„Gut, wir werden der Sache mal nachgehen", sagte Pocher. Ihm war aufgefallen, dass Woganow nicht besonders groß war, fast einen Kopf kleiner als er selbst. Er bat die beiden, sich zur Verfügung zu halten, um rasch die Stelle wiederzufinden, an der das Boot gesunken war.

19.

Renée Lebrun klingelte an der Wohnungstür von Claude Noiret. „Wieso habt ihr euch nicht schon gestern gemeldet?", wollte sie von Roger Maccaron wissen, dem Leiter der Gendarmerie in Marseillan.

„Ich hatte gestern frei", sagte Maccaron, „und René hat mittags Feierabend gemacht, weil er Überstunden abbauen sollte. Wir konnten doch nicht damit rechnen, dass so etwas passiert." René Fréjus stand hinter ihm, nickte und zog dann die Schultern hoch. „Die anderen haben Urlaub oder sind abkommandiert nach Cap d'Agde", sagte Fréjus.

Renée Lebrun klingelte erneut. Aber es regte sich nichts. „Wir können nicht auf die Verstärkung warten", sagte sie. „Kollegen aus Sète und Montpellier sind auf dem Weg hierher, aber das braucht seine Zeit."

Sie standen vor einem der älteren Häuser in Marseillan. Es erweckte einen etwas heruntergekommenen Eindruck. Die Tür war verwittert und sah nicht besonders stabil aus. Maccaron drängte sich nun vor, rüttelte am Türknauf. Er fischte eine Art Dietrich aus der Hosentasche und machte sich damit am Türschloss zu schaffen. Tatsächlich sprang nach ein paar geschickten Drehungen die Tür auf.

„Hallo! Ist hier jemand?", rief Renée Lebrun in die Wohnung. Es blieb still. Sie suchte nach einem Lichtschalter, denn es war relativ dämmerig. Die Fensterläden waren geschlossen. Um keine Spuren zu verwischen, zog sie Gummihandschuhe über. Maccaron hinter ihr leuchtete mit einer Taschenlampe. Sie betrat die Wohnküche und konnte nicht umhin, einen Schrei des Entsetzens von sich zu geben. Sie fand den Lichtschalter. Am Boden lag eine Frauenleiche in einer Blutlache, die aber schon weitgehend eingetrocknet erschien. Überall, bis an die Decke, waren Blutspritzer.

„Alles in Ordnung?", fasste sie sich wieder, an Maccaron und Fréjus gewandt. „Nichts anfassen", sagte sie noch routinemäßig und betrachtete die Tote. Anfang dreißig, schätzte sie. Offenbar war ihr die Kehle durchgeschnitten worden. Dafür brauchte sie keinen gerichtsmedizinischen Befund. Die Leiche war bekleidet mit einer

Bluse und einer langen Jeans-Hose. „Nichts anfassen", wiederholte sie. „Die Spurensicherung ist unterwegs."

Offenbar hatte es hier eine Mahlzeit gegeben, denn es standen Teller und Gläser mit Gebrauchsspuren, mit Essensresten auf dem Tisch, an den Wänden waren Blutspritzer und auf der Arbeitsplatte mit Herd und Spüle. Hals, Blusenkragen und die Hose der Toten waren blutbesudelt. Es sah aus wie in einem Schlachthaus.

Die Kriminal-Kommissarin und die beiden Leute von der Gendarmerie beeilten sich nun, alle Räume in Augenschein zu nehmen. Es gab noch ein Badezimmer im Erdgeschoss und ein Schlafzimmer, in dem aber niemand war. Die Stiege ins Obergeschoss führte zu einer Schlafkammer, in der ein Mädchen lag. Es war tot. Renée Lebrun tippte auf einen gezielten Stich ins Herz. Das Nachthemd war im Brustbereich rot verfärbt. In der Kammer nebenan entdeckten die Ermittler eine weitere Kinderleiche, offenbar den vierjährigen Sohn der Familie, der ebenfalls vermutlich durch einen Herzstich ums Leben gekommen war. Der Junge war nackt, seine linke Brust blutüberströmt.

Lebrun rief Moulin an. „Zugegeben, so etwas habe ich schon lange nicht mehr sehen müssen. Wie haben die Leichen einer Frau entdeckt und zweier Kinder, offenbar erstochen. Vermutlich handelt es sich um Philine Noiret, 31 Jahre alt, die Frau des Toten vom Hérault, und ihre Kinder Natalie, sechs Jahre alt, und Kevin, vier. Spurensicherung und Gerichtsmedizin sind unterwegs, aber das kann ja Stunden dauern. Was habt ihr?"

„Das passt zusammen", sagte Moulin. „Wir haben eine Aussage der Schleusenwärterin. Danach war sie von Claude Noiret bedroht worden, als er auf der Flucht war. Sie hatten sich offenbar gekannt und vor ein paar Wochen eine Affäre gehabt. In einem Moment, als er sie mit einem Messer bedrohte, hat sie in einer Art Reflexsituation gegen seine Hand getreten. Dabei sei das Messer in die Schleusenkammer gefallen. Noiret hätte das Gleichgewicht verloren und sei rückwärts mit dem Kopf auf einen Festmachpoller gestürzt. Er war sofort tot. In Panik habe sie den Mann in die Schleusenkammer geworfen und die Leiche dann durch mehrere Schleusungen Richtung Hérault treiben lassen. Das war in der Nacht von Montag auf Dienstag."

„D'accord", sagte sie.

„Der Mann hatte ihr damit gedroht, dass er sie umbringen würde, wenn sie ihm nicht bei der Flucht helfe, und ihr gesagt, dass er bereits seine Frau und Kinder umgebracht habe."

„Schon möglich, dass sie nur die Wahrheit gesagt hat."

„Wir haben noch eine Aussage", fügte Moulin hinzu. „Zwei deutsche Zeugen wollen in der Tatnacht ein verdächtiges Boot auf dem oberen Hérault beobachtet haben. Pocher geht der Sache nach."

„*D'accord*", sagte sie, „kannst du herkommen?"

Moulin hatte bereits veranlasst, die Rundschleuse als möglichen Tatort absperren zu lassen und stellte Pocher eine Polizeistreife zur Seite, um ihn auf das Gelände des Ruderclubs zu begleiten. Außerdem hatte er die Feuerwehr alarmiert, um bei der Suche nach dem versunkenen Boot zu helfen. Er packte seine Sachen und fuhr Richtung Marseillan, eine Nachbargemeinde von Agde am Étang de Thau.

Das alte Häuschen, in dem die Familie Noiret wohnte, war inzwischen polizeilich abgeriegelt. Pierre Moulin traf Renée Lebrun vor dem Eingang. Sie rauchte eine Zigarette und schien mitgenommen. Er nahm sie spontan in den Arm. Das passierte eigentlich sehr selten, obwohl sie auch privat gut klarkamen. Aber er ahnte, dass das hier eine Nummer war, die man nicht so einfach wegstecken konnte.

„Seit wann rauchst du wieder?", fragte Pierre.

„Seit drei Minuten", antwortete Renée, zog noch einmal an der Zigarette, warf die Kippe vor sich aufs Trottoir und trat sie aus. Sie blies den letzten Rauch aus und bedeutete ihm mit dem Kopf, einzutreten. In der Tat bot sich ihnen ein Bild des Grauens. Die Tote starrte ins Leere, weit offen klaffte die Wunde an der Kehle. Unter dem linken Auge hatte sie einen großen blauen Fleck. Die Leiche lag in einer Blutlache auf dem Boden der Wohnküche.

„Das sieht aus wie eine Hinrichtung", sagte Moulin. Er umklammerte Renée von hinten und strich ihr mit der flachen Hand über die Kehle. „Nur so ist der glatte Kehlschnitt zu erklären." Renée ließ sich auf den Boden sinken. „Der Schreck und der plötzliche Blutverlust hat sie vielleicht ohnmächtig werden lassen. In wenigen Minuten muss sie verstorben sein", mutmaßte Pierre. Er reichte Renée die Hand, um ihr wieder auf die Beine zu helfen.

„Das ist es nicht", sagte Renée und stieg mit ihm die Stiege zum Obergeschoss hoch. „Es sind die Kinder, die unschuldigen Kinder, die mir etwas zu schaffen machen, sinnlos aus dem Leben gerissen." Natalie lag in ihrem Bett, ihre Brust war blutüberströmt. „Sie dürfte sofort tot gewesen sein. Möglicherweise hatte sie bereits geschlafen. Das müssen wir noch herauskriegen", sagte sie und führte Pierre in das andere Kinderzimmer. „Der Junge war vier Jahre alt. Der konnte bestimmt nichts dafür, dass seine Eltern sich nicht mehr verstanden hatten und sein Vater durchgedreht ist."

Die Bilder schwirrten in ihrem Kopf herum, aber dann fand sie zur kriminalistischen Routine zurück. „Es ist natürlich denkbar, dass der bestialische Mörder die Wasserleiche vom Hérault ist, dann hätten wir im Prinzip den Fall hier geklärt. Was meinst du?"

Moulin musste einmal tief Luft holen. Der Anblick der Kinderleichen hatte ihn nicht ungerührt gelassen.

„Wir müssen den Tatverlauf versuchen zu rekonstruieren, so gut wie es geht. Die Aussage der Schleusenwärterin ist plausibel, aber auch das werden wir überprüfen. Eine Frage bleibt noch, wie der Täter von Marseillan nach Agde gekommen ist. Hatte er ein Auto?" Pierre bedeutete Renée, wieder hinunterzugehen. Sie traten vor das Haus, wo die beiden Beamten der Gendarmerie Spalier standen.

„Monsieur Maccaron", sagte Lebrun, „haben Sie noch eine Zigarette für mich?" Der Polizist gab ihr eine und Feuer dazu, dann meinte sie, dass sie jetzt zurückkehren könnten zur Gendarmerie. Die Verstärkung aus Montpellier würde gewiss bald eintreffen.

„Das dauert ja ewig", sagte Pierre Moulin. Er resümierte: „Wir haben eine Wasserleiche und ein Familienhorrordrama. Wenn das stimmt, was die Schleusenwärterin ausgesagt hat, ist sie gewissermaßen eine Heldin. Sie hat den Mörder zur Strecke gebracht, ohne wirklich zu wissen, dass er ein Mörder war. Und sie hat ihn versehentlich zur Strecke gebracht. Wir haben sie laufen lassen, weil ihr Geständnis plausibel war, also Notwehr oder ein Unfall oder beides, damit soll sich die Staatsanwaltschaft auseinandersetzen. Außerdem hat Pocher ein Auge auf sie."

„Wir müssen die Tatwaffe finden, das Messer", sagte Renée und zog an der Zigarette. Auf den ersten Blick hatte sie in der blutverschmierten Küche kein Messer entdeckt, das als Tatwaffe infrage kommen könnte, auch nicht in den Kinderzimmern. „Vielleicht finden die Techniker ja noch was."

Sie telefonierte nun mit der Subpräfektur in Sète und erklärte ihrem Kripo-Kollegen dort die Situation. „Wir brauchen Verstärkung", sagte sie, „und wir müssen für heute Nachmittag eine Pressekonferenz vorbereiten. Das kann ich machen. Ich würde sagen, jetzt haben wir 11 Uhr, so um 16 Uhr vor dem Commissariat de Police in Agde. Danach bleibt noch genügend Zeit, dass das in den Abendnachrichten vorkommen kann und morgen in der Zeitung steht."

Henri Gabin am anderen Ende der Leitung stimmte dem zwar zu, polterte dann aber plötzlich los. „Wie kommt ihr dazu, die Schleuse von Agde zu sperren? Seid ihr wahnsinnig? Der Regionalchef des Wasserstraßenamtes hat sich hier bitterlich beklagt und angedroht, dass das ans Ministerium gemeldet wird. Der Canal du Midi sei die Lebensader für die Sportboote hier im Gebiet, abseits der Mittelmeerstrände ein bedeutendes touristisches Angebot. Außerdem gehört der Kanal zum UNESCO-Weltkulturerbe. Aber das wisst ihr hoffentlich!"

„Das wissen wir." Sie hustete den Rauch der Zigarette in ihr Mobiltelefon. „Aber das ist jetzt ein Tatort. Der Durchsuchungsbeschluss für die Schleuse ist schon auf dem Weg. Das ist jetzt unsere Baustelle. Dann müssen die Schiffer eben umdrehen." Sie nahm einen Zug aus der Zigarette. „Können Sie es veranlassen, dass die Sperrung der Schleuse von Agde allen Hafenkapitänen entlang des Kanals und den Bootsverleihern mitgeteilt wird? Vielleicht als Mitteilungsblatt, das auch im Fenster ausgehängt werden kann. Die Rundschleuse bleibt auf unabsehbare Zeit gesperrt. Nennen Sie als Grund meinetwegen dringende Bauarbeiten. Da führt kein Weg dran vorbei!"

Renée Lebrun hatte fest und entschlossen geklungen. Daran kam auch der Abteilungsleiter in Sète nicht vorbei. „Also gut", sagte er, „auf Ihre Verantwortung! Ich komme persönlich nach Agde, und ich bringe Moreau mit. Der ist unser Pressesprecher. Bei so einem Fall wäre es nicht schlecht, den Bürgermeister mit ins Boot zu holen. Also, kurz vor vier am Commissariat."

Renée Lebrun richtete den Blick in den blauen Himmel und nahm einen letzten Zug aus der Zigarette, warf die Kippe vor sich hin und trat sie aus. Just in dem Moment fuhr der Wagen der Spurensicherung vor. Auch der Gerichtsmediziner hielt vor dem Haus, vor dem sich unterdessen einige Schaulustige versammelt hatten. Ein älterer Mann trat aus der Menge hervor und ging auf Renée

Lebrun zu. Er stellte sich als Bürgermeister vor, Roland Fuzeau, und wollte wissen, was denn los sei.

„Wir haben es offenbar mit einem bestialischen Mord zu tun, eine Frau und zwei Kinder wurden erstochen. Kennen Sie Claude Noiret?"

„Nicht persönlich", sagte der Bürgermeister. „Ich glaube, er war Lagerarbeiter bei Noilly Prat und im Herbst Erntehelfer bei der Weinlese, für mich ein unbeschriebenes Blatt. Seine Familie war unauffällig, normale Bürger, würde ich sagen. Es hatte mal eine Schlägerei gegeben, an der er beteiligt war. Er neigte wohl etwas zu Handgreiflichkeiten, aber es war alles im Rahmen des Üblichen. Mir ist nicht bekannt, dass er jemandem etwas zuleide getan hätte."

„Wir gehen davon aus, dass er seine Familie ermordet hat und auf der Flucht selbst umgekommen ist. Wir haben gestern Morgen seine Leiche aus dem Hérault gefischt. Mehr kann ich im Augenblick nicht sagen. Die Ermittlungen laufen noch, wie Sie sehen. Wir haben um 16 Uhr eine Pressekonferenz vor dem Commissariat in Agde geplant. Wenn Sie möchten, können Sie dabei sein, *monsieur le maire.*" Renée Lebrun hatte zur Routine zurückgefunden und begleitete die Spurensicherung, immerhin zwei Leute, und den Gerichtsmediziner in die Wohnung.

Moulin war ihr gefolgt. „Pierre", sagte Renée, „ich glaube, dass es besser ist, wenn du jetzt zurückfährst, um unseren deutschen Kollegen zu unterstützen."

„*D'accord.* Und ich informiere das Bürgermeisteramt in Agde über die Pressekonferenz." Pierre Moulin forderte die Menschen, die immer noch auf der anderen Straßenseite neugierig herumstanden, auf dem Weg zu seinem Wagen auf, nach Hause oder sonst wo hinzugehen. Die Polizei mache nur ihre Arbeit.

„*Monsieur Lieutenant*", fragte eine Frau, „was ist mit Philine und ihren Kindern?"

„Kannten Sie sie?", fragte Moulin zurück. Die Frau nickte. „Sie sind tot."

Die Frau schrie kurz auf. „Ich habe es geahnt", sagte die Frau weiter. Sie brach in Tränen aus.

„Warten Sie", sagte Moulin, ging zum Tatort zurück und holte Renée herbei. „Die Frau kann vielleicht etwas über die Familie sagen. Kümmere du dich um sie." Er stellte seine Kollegin der Frau vor, verabschiedete sich und setzte sich in seinen Wagen, einen weißen Renault Mégane.

20.

Zurück im Kommissariat, ergänzte er nur schnell die Pinwand im Besprechungszimmer um den neu entdeckten Tatort in Marseillan mit den Namen der Toten. Es kam Moulin beinahe verdächtig vor, dass alles so zusammenpasste. Wie er das Tatgeschehen in seinem Kopf zeitlich rekonstruierte, musste die Tat in Marseillan am Montagabend geschehen sein. Die Wasserleiche war am Dienstagmorgen entdeckt worden. Der Mann war vermutlich in der Nacht ins Jenseits und in den Hérault befördert worden. Jetzt war es Mittwochmittag. Der Fall schien eigentlich ziemlich klar.

Henri Treinte kam ins Zimmer und reichte ihm ein amtliches Schreiben. „Der Durchsuchungsbeschluss ist da."

Moulin überflog das Schreiben. „Das ging aber mal rasch", sagte er noch und verließ das Gebäude wieder mit dem Durchsuchungsbeschluss für die Schleuse und das dazugehörige Schleusenwärterhaus. Er fuhr zu dem Gelände des Ruderclubs und bemerkte im Vorbeifahren, dass die Rundschleuse tatsächlich mit Absperrband gesichert war. Außerdem stand ein Polizeiauto auf dem Gelände.

Am Ufer des oberen Hérault sah er, wie Polizeikräfte und Feuerwehrleute offenbar schon fündig geworden waren. Einige Männer und Frauen standen tatsächlich in Badebekleidung im Wasser und hantierten mit Seilen. Das war nicht verwunderlich. Es war Hochsommer. Die Schattentemperaturen stiegen mittags über 34 Grad, und die Wassertemperatur des Hérault lag bei 25 Grad.

Die Leute standen bis Brusthöhe im Wasser und winkten nun den Kollegen am Ufer zu, anzuziehen. Mit einer Motorwinde wurde nun langsam ein Boot an Land gezogen. Moulin entdeckte Pocher, der selbst mit ins Wasser gestiegen war und endlich, bekleidet nur mit einer Badehose, an Land kam. Pocher wirkte eigentlich nicht sportlich. Er war zwar bis auf einen leichten Fettansatz im Bereich der Taille einigermaßen schlank, aber irgendwie auch nicht mehr der Schnellste in seinen Bewegungen. Er war in der Tat mittlerweile 50 Jahre alt und musste nach der Aktion erst einmal nach Luft schnappen.

Auch Marco Wolgrebe und Dimitrij Woganow beobachteten die Bergung des Fischerbootes vom Ufer aus. Mit einem knirschenden Geräusch wurde das Boot die Uferböschung hinaufgezogen auf die baumbestandene Wiese des Ruderclubgeländes. Das Boot war in der Tat nicht besonders groß, etwa 4,50 Meter lang und 1,50 Meter breit. Vier, fünf Feuerwehrleute machten sich nun daran, das Boot auf einer Seite anzuheben, damit das Wasser herauslief.

Einer überprüfte den kleinen Außenbordmotor. Der Tank war offenbar leer. Das war möglicherweise der Grund dafür gewesen, dass Claude Noiret die letzten Meter gerudert und hier an Land gegangen war, anstatt direkt zur Schleuse zu fahren, falls er denn der nächtliche Bootsmann gewesen war. Aber daran gab es bald keine Zweifel mehr. Pocher fischte aus dem Kahn eine Sporttasche. Darin fand er unter anderem eine Jacke mit Ausweispapieren, ein Handy und ein Portemonnaie mit Bargeld und einigen Karten. Außerdem waren weitere Bekleidungsstücke darin.

21.

Renée Lebrun hatte vor dem Horrorhaus in Marseillan mit der Frau geredet, die die Familie offenbar gekannt hatte, Martine Assad. Ihr Sohn war mit Kevin in der gleichen Kindergartengruppe gewesen, und so hatten sie sich etwas angefreundet. Ihr war aufgefallen, dass die Kinder irgendwie einen ängstlichen Eindruck gemacht hatten. „Ich glaube, Claude war gewalttätig. Er hat die Kinder bestimmt verprügelt, vielleicht auch seine Frau. Sie hatten sich wohl schon etwas auseinandergelebt. Aber Philine hat mir auch erzählt, dass sie einen schlimmen Verdacht gehabt habe. Sie hatte das Gefühl, dass ihr Mann sie betrüge. Genaues wusste sie nicht, aber sie glaubte, er hätte eine Affäre mit einer Frau in Agde."

„Wann war das?", wollte die Kommissarin wissen.

„Vielleicht vor vier, fünf Wochen, es war noch vor Ferienbeginn", sagte Martine Assad. „Sie hatte mich kurz ins Haus gebeten, als ich die Kinder vom Hort abgeholt hatte. Jedenfalls hatte ich den Eindruck bekommen, dass der Mann unberechenbar schien, so vom Gefühl und von ihren Schilderungen her. Ich hatte auch den Eindruck, dass sich Philine irgendwie einsam fühlte oder Angst hatte. Warum zog sie ausgerechnet mich ins Vertrauen? Wir kannten uns nur flüchtig wegen der Kinder. Außerdem bin ich", sagte sie erst zögerlich, dann aber überzeugt, „zwar Französin, aber mit algerischen Wurzeln. Meine Eltern stammen aus Algier, aber ich bin hier geboren. Das Département Hérault ist meine Heimat."

„Erzählen Sie", sagte Lebrun. „Können Sie sich an weitere Details erinnern?"

Madame Assad meinte, dass sie erwähnt hatte, dass er einmal die Woche, immer mittwochs, später nach Hause gekommen war als gewöhnlich und dass er sie geschlagen habe, nachdem sie ihn nach dem Grund gefragt hatte. „Es klang vielleicht wie ein Hilferuf, sie wirkte sehr fertig in ihrer Ehe. Aber ich konnte ihr auch nicht helfen. Sie gab sogar intime Details preis und meinte, dass er sie seit Wochen nicht mehr angefasst habe."

Sie blickte zu Boden und schluchzte erneut. „Außer wenn er sie gezwungen hatte, die Beine breit zu machen." Sie unterbrach sich, dann fuhr sie fort: „Sie hatte Verdacht geschöpft, dass er etwas mit einer anderen hatte. Sie kenne sich aus mit seiner Wäsche, hat sie sogar gesagt und verraten, dass sie eine seiner Unterhosen vermisse. Das sei nicht normal, dass man eine Unterhose verliert, sagte sie. Da stimme etwas nicht. Ich weiß nicht, was sie mir damit sagen wollte. Ich fand das nicht verdächtig, dass man eine Unterhose verliert, vielleicht, weil man sie beschmutzt hat und deshalb beschämt fortwirft. Aber sie hat offenbar den Verdacht daran geknüpft, dass ihr Mann fremdgegangen war. Vielleicht wollte sie sich von ihm scheiden lassen. Ich weiß es nicht. Aber das hatte sie nicht verdient. Es ist ja abscheulich. Jetzt ist sie tot. Wie soll ich es meinem Sohn beibringen, dass Kevin auch tot ist? Er war sein bester Freund."

„*Merci*", sagte Lebrun und gab ihr ihre Karte. „Möglich, dass ich auf Sie zurückkomme. Wir müssen versuchen, die Vorgeschichte zusammenzusetzen, um die Tatumstände zu rekonstruieren. Jetzt entschuldigen Sie mich, bitte, ich habe noch jede Menge Arbeit vor mir."

In dem Moment, als die Kommissarin sich anschickte, in die Wohnung zurückzukehren, fuhr Roger Maccaron vor und rief sie zu sich.

„Madame la commandante!", rief er aus dem Polizeiauto. „Ich weiß nicht, ob das wichtig ist oder mit dem Fall zu tun hat." Die Kommissarin trat an das Fahrzeug heran. „Heute Morgen hat ein Fischer bei uns eine Diebstahlanzeige aufgegeben. Sein Fischerboot ist geklaut worden. Zuletzt war er am Sonntag damit unterwegs gewesen. Als er heute Morgen zum Fischen hinausfahren wollte, war es weg."

„Gut", kombinierte Lebrun und dachte kurz nach. „Auf dem Weg zum Hérault gibt es eine Schleuse, die Schleuse von Bagnas, glaube ich. Fragen Sie da einmal nach, ob es in der Nacht von Montag auf Dienstag etwas Auffälliges gegeben hat."

„*D'accord*", sagte Maccaron und fuhr wieder fort. Renée Lebrun ging ins Haus zurück und fragte den Gerichtsmediziner, ob er schon etwas sagen könnte. Nun, meinte der, der Frau sei die Kehle durchgeschnitten worden, sie sei wohl aufgrund des plötzlichen

Blutverlustes, vielleicht auch wegen eines Schockzustandes, schnell ohnmächtig geworden und innerhalb weniger Minuten verblutet.

„Aufgrund der Leichenstarre und des Zustandes der eingetrockneten Blutlachen würde ich aufs Erste schätzen, dass der Tod mindestens 24 Stunden zurückliegt, eher mehr", sagte Doktor Vals. „Also zwischen Montagabend und Dienstagmorgen. Ich kann aber nicht sagen, in welcher Reihenfolge die Personen ermordet wurden. So eng können wir das nicht eingrenzen. Beide Kinder sind jedenfalls durch einen gezielten Stich ins Herz getötet worden. Der Zeitraum stimmt ungefähr überein. Aber wir können nicht sagen, ob zuerst die Kinder und dann die Mutter oder umgekehrt ermordet wurden. Näheres können wir vielleicht nach der Obduktion sagen. Aber es deutet alles darauf hin, dass die Kinder im Schlaf oder beim Einschlafen getötet wurden, während die Mutter regelrecht hingerichtet wurde mit einem glatten Kehlschnitt. Spuren von einem Kampf haben wir noch nicht gefunden. Die Hämatome am Körper der Frau scheinen schon etwas älter zu sein."

Renée Lebrun überließ den Tatort nun der Spurensicherung. Unterdessen hatte Antoine Riquet Verstärkung bekommen. Ein Leichenwagen war ebenfalls vorgefahren. „Ich brauche euch später noch an der Rundschleuse", sagte sie zum Abschied.

22.

Am oberen Hérault hatten die Leute unterdessen den Platz, auf dem das Fischerboot lag, mit Absperrband eingefasst. Pocher hatte sich inzwischen wieder angezogen. Die Feuerwehr rückte wieder ab. Pocher und Moulin fuhren nun zur benachbarten Schleuse. Michelle Reynouard stand im Eingang zum Schleusenwärterhaus, als Moulin ihr den Durchsuchungsbeschluss entgegenhielt.

Ein Mann trat nun hinzu und streckte ihm seine Karte entgegen. „Das geht nicht", sagte er laut und hastig, „dass sie die Schleuse stilllegen. Sie ist die Hauptschlagader, das Herzstück am Canal du Midi. Wir können das nicht zulassen. Wir können die Boote, die hier durchfahren wollen, nicht einfach zurückschicken. Es gibt ja keine Umleitung. Es gibt keine andere Möglichkeit, vom Étang de Thau in den Kanal zu gelangen."

Moulin betrachtete kurz die Karte. Danach war der Mann ein gewisser Jacques Perrier vom Wasserstraßenamt. „Wir haben es hier mit einem schweren Tötungsdelikt zu tun", sagte Moulin unbeirrbar. „Das hier ist vermutlich ein Tatort, verstehen Sie? Die Schleuse ist deshalb beschlagnahmt. Sie können sich schon mal darauf vorbereiten, dass wir die Schleusenkammer leer pumpen."

Perrier stieg die Zornesröte ins Gesicht. Aber gegen den richterlichen Durchsuchungsbeschluss konnte er nichts ausrichten und musste sich in die Situation fügen.

„Sie können ja gleich zur Pressekonferenz kommen, 16 Uhr vor dem Commissariat de Police", fügte Moulin noch hinzu. „Da werden wir den Hinweis noch einmal groß verkünden, dass die Rundschleuse wegen der andauernden Ermittlungen bis auf Weiteres gesperrt bleibt."

„Bis auf Weiteres? Was soll das heißen?"

„So lange, bis wir gefunden haben, was wir suchen", sagte Moulin.

„Das kann Tage dauern", lenkte Perrier ein. „Wir können die Schleusenkammer nicht einfach leer pumpen", erläuterte der Wasserbau-Ingenieur die Problematik. „Das Südtor ist nur zur Schleusenkammer hin ausgerichtet, weil hier immer der höhere Wasserstand ist. Wenn in der Kammer aber das Niveau unter den Meeresspiegel sinkt, kann es passieren, dass das Tor dem größeren Wasserdruck aus Richtung des Stichkanals nicht mehr standhält."

„Dann lassen Sie sich etwas einfallen!", sagte Moulin.

„Dafür müssten wir den Stichkanal abriegeln. Das kann Tage dauern."

„Je eher Sie damit anfangen, desto schneller werden wir mit der ganzen Angelegenheit fertig werden."

Jacques Perrier fühlte sich vor eine große Herausforderung gestellt. Selbst wenn sie alle zur Verfügung stehenden Leute zusammentrommeln würden, könnten sie erst Anfang nächster Woche die Schleusenkammer komplett leeren. Die alte Runde war in ihrer jetzigen Form fast 50 Jahre alt. Die letzte Revision lag gut zehn Jahre zurück, und eigentlich wäre die Nächste auch erst wieder in zehn Jahren dran gewesen. Aber er setzte sich noch am selben Tag mit dem nächsten VNF-Bauhof in Verbindung und ordnete die unverzügliche Abriegelung des Stichkanals an, trotz Urlaubszeit und Krankenstände, auch wenn die Bauarbeiter aus Toulouse anrücken müssten.

23.

„Mache dir keine Sorgen", sagte Gerd zu Michelle. „Alles wird gut."

Die schöne Schleusenwärterin sah etwas kraftlos aus, verständlich nach dem Verhör am Morgen, der erkennungsdienstlichen Behandlung und nun dem Durchsuchungsbeschluss.

„Ich habe nichts mehr zu verbergen", sagte sie, „ich habe dir und dem anderen die Wahrheit erzählt. So habe ich es erlebt. Und so war es auch gewesen."

„Ich glaube dir", wiederholte Gerd. „Wir suchen jetzt Mosaiksteinchen um Mosaiksteinchen zusammen, um das ganze Mordgeschehen zusammenzusetzen, und ich glaube, wir sind verdammt gut davor, das Bild bald komplett zu haben. Es fehlt nur noch ein Teil, ein wichtiges Teil: die Mordwaffe."

Michelle blickte ihn fragend an: „Das Messer?"

Er bat sie noch, ihre Wohnung weitgehend in dem aktuellen Zustand zu lassen und nicht großartig umzuräumen oder gar etwas wegzuwerfen oder mögliche Spuren zu verwischen. Es sei möglich, dass die Spurensicherung noch das eine oder andere in Augenschein nehmen wolle. „Aber ich vermute mal, dass die das heute nicht mehr schaffen. Die haben in der Wohnung von Noiret noch genug zu tun. Wir wollen nichts als die Wahrheit herausfinden." Er beugte sich zu ihr hinüber und flüsterte ihr etwas ins Ohr, eine Art Zauberspruch. Tatsächlich flammte ein Lächeln über ihre Mundwinkel. Sie nickte. „Bis später", hauchte er ihr noch zu. Dann fuhr er mit Moulin zurück zur Polizeizentrale in Agde.

24.

Vor dem Commissariat waren gut drei Dutzend Journalisten versammelt, Kamerateams und Radioreporter. Eine Tischreihe mit sechs Plätzen und entsprechend vielen Mikrofonen war aufgestellt, die Kamerateams und Radioleute hatten weitere Mikrofone platziert. An dem Tisch nahmen nun Henri Gabin, Abteilungsleiter aus Sète, Jean-Baptiste Moreau, Pressesprecher, Renée Lebrun, Roland Fuzeau, Bürgermeister von Marseillan, und Jeanne Beaux, Bürgermeisterin von Agde, Platz.

Moreau eröffnete die Konferenz. „Wir haben es mit einem brutalen, dreifachen Mord zu tun, offenbar einem Familiendrama in Marseillan, bei dem eine 31 Jahre alte Frau und ihre beiden Kinder, sechs und vier Jahre alt, getötet wurden. Aber mehr kann Ihnen nun Renée Lebrun sagen. Sie leitet die Ermittlungen vor Ort."

„Ich glaube, wir können offen sagen, wann und wie die Familie umgekommen ist, vermutlich am Montagabend. Die beiden Kinder sind durch gezielte Messerstiche ins Herz ermordet worden, der Mutter wurde die Kehle durchgeschnitten." Renée Lebrun machte eine künstliche Pause, auch um den Journalisten Gelegenheit zu geben, alles mitzuschreiben. Trotz des heftigen Arbeitstages wirkte sie ziemlich souverän angesichts Dutzender Kameras, Videogeräte, Audiorecorder, Handys, die auf sie gerichtet waren.

„Wir gehen davon aus, dass der 34 Jahre alte Ehemann beziehungsweise Vater für die Tat verantwortlich ist. Allerdings ist er ebenfalls tot. Wir haben ihn am Dienstagmorgen aus dem Hérault gefischt. Deshalb können wir über mögliche Motive wie Eifersucht oder eine akute Ehekrise noch nichts sagen. Da stehen wir noch am Anfang unserer Ermittlungen. Auch über die Todesursache des Mannes können wir aus ermittlungstaktischen Gründen keine Angaben machen. Wir haben aber Hinweise darauf, dass es auch ein unglücklicher Unfall gewesen sein könnte."

Pocher hatte sehr wohl mitbekommen, was diese Ausdrucksweise zu bedeuten hatte. Auch Renée war von der Unschuld Michelles überzeugt und wollte die Öffentlichkeit genau in diese Richtung lenken. Weitere Details nannte sie nicht, nur den mutmaßlichen Ort des Unglücks, die Rundschleuse.

Bevor Fragen der Journalisten zugelassen wurden, ergriff Gabin das Wort: „Ich bitte Sie zu berichten, dass als ein mutmaßlicher Tatort die Schleuse bis auf Weiteres nicht mehr zugänglich ist. Wir bedauern es außerordentlich, zu dieser Maßnahme greifen zu müssen und dadurch den Verkehr auf dem Canal du Midi zu unterbrechen, aber wir haben es hier mit einem schweren Verbrechen zu tun, wie es im ganzen Département lange nicht mehr vorgekommen ist. Wir müssen weiter ermitteln, um den genauen Tathergang zu rekonstruieren."

Nun war wieder Moreau an der Reihe: „Ich glaube, mehr können wir im Augenblick noch nicht zu dem Fall sagen." Er war geübt in dieser Formulierung, den Satz hatte er schon bei einem Dutzend Pressekonferenzen gesagt. „Wenn Sie noch Fragen haben, bitte!"

Eine Frau meldete sich: „Jaqueline Prevét, AFP", stellte sie sich kurz vor. „Können Sie den Fundort des Mannes etwas näher eingrenzen, ich meine, der Hérault ist ziemlich lang?"

„Das war hier in Agde", sagte Renée Lebrun direkt.

„War er ertrunken?", fragte die Journalistin nach.

„Dazu können wir derzeit noch nichts sagen", blockte Lebrun ab und ließ ihre Blicke über die Journalisten schweifen.

Moreau ließ einen anderen Journalisten zu Wort kommen, der sich gemeldet hatte.

„Charles Persée, Midi Libre", stellte er sich vor. „Ist das nicht ein gewaltiger Eingriff in den Verkehr und den Tourismus, wenn Sie die Schleuse sperren? Ich meine, da herrscht doch reger Bootsverkehr. Der wird ja abrupt unterbrochen, und es gibt keine Umleitung. Dürfen Sie das überhaupt?"

„Wenn es um polizeiliche Ermittlungsarbeit an vermeintlichen Tatorten von Schwerverbrechen geht, lassen wir auch Autobahnen, Bahnhöfe oder Flughäfen absperren", antwortete Gabin. „Na ja, die Freizeitkapitäne, die vom Étang de Thau hierherkommen, müssen eben umkehren, aber der Étang de Thau ist doch auch schön. Genauso wird es den Freizeitkapitänen auf dem Canal du Midi ergehen. Für die nächsten Tage heißt es vor der Schleuse von Agde:

umdrehen! Das tut uns außerordentlich leid, aber das ist nun mal so. Außerdem haben wir sämtliche Häfen und Schleusen und die Bootsverleiher hier am Canal du Midi umgehend informiert, dass die Schleuse von Agde vorübergehend gesperrt ist."

Moreau ergänzte: „Außerdem ist eine entsprechende Pressemitteilung unterdessen an Ihre Redaktionen rausgegangen."

Ein Mann vom Rundfunk meldete sich zu Wort: „Pierre Brest, Radio Un. Wenn ich das richtig verstanden habe, dann haben Sie zuerst die Leiche des Mannes gefunden und dann das Massaker in Marseillan, das kann man ja wohl so bezeichnen. Wie sind Sie auf den Zusammenhang gekommen?"

Renée Lebrun blickte fragend Gabin an. Der nickte. „Nun, nachdem wir die Leiche aus dem Hérault identifiziert hatten, sind wir zu seiner Wohnung in Marseillan gefahren und haben dort das Horrorszenario entdeckt."

Mit mehr Informationen wollte die Polizei nicht herausrücken, wie immer. Aber die Journaille hatte einen echten Krimi im Kasten. Die Leute vom Tresen standen noch kurz für Interviews zur Verfügung, nachdem es in der Gesamtrunde keine Fragen mehr gegeben hatte. Reporter wollten von Roland Fuzeau wissen, was dieses Verbrechen nun für seine beschauliche Gemeinde bedeutete. Oder die Bürgermeisterin von Agde wurde interviewt und gefragt, ob sie mit Einbußen im Tourismus rechnen müsse. „Quatsch!", sagte Jeanne Beaux. „Agde ist voll von Touristen, die Kanalfahrer sind ohnedies nur von marginaler Bedeutung. Und wenn sie jetzt nicht weiterkommen, bleiben sie vielleicht sogar länger in der Stadt. Es ist zwar bedauerlich, wenn die Schleuse gesperrt ist, aber das trifft nur die Leute, die auf dem Kanal unterwegs sind, das sind nicht unsere eigentlichen Feriengäste. Die Mehrheit wird das gar nicht mitkriegen. Es geht hier darum, ein schlimmes Verbrechen aufzuklären. Ich stehe voll und ganz hinter unseren Ermittlern."

25.

Am Abend zappte sich Renée Lebrun durch die verschiedenen Nachrichtensendungen. Sie war in einigen Beiträgen im Bild gewesen und durchaus zufrieden mit sich. Sie sah gut aus und schien souverän. Sie hatte sich keinen Versprecher geleistet.

Die Hauptnachrichten hatten ihren Tenor übernommen, die Nachricht über das Familiendrama in Marseillan. Andere Sender arbeiteten schon mit suggestiven Bildern von dem abgesperrten Haus der Familie in Marseillan und von der abgesperrten Schleuse von Agde. Sie genoss die Aufmerksamkeit. Sie schenkte sich einen Chardonnay ein und ging auf die Terrasse hinaus.

Normalerweise hielt sie sich sehr zurück, was Ermittlungen betraf, aber diesmal sagte sie ihrem Mann stolz, dass sie innerhalb von anderthalb Tagen einen Hammermordfall aufgelöst hätte, mithilfe eines neuen Kollegen aus Deutschland.

Paul umarmte seine Frau, dann holte er sich seinerseits ein Glas Chardonnay. Paul und Renée genossen den lauen Abend auf der Terrasse mit Blick aufs Mittelmeer. Der anstrengende Arbeitstag war vorbei. Allmählich verflogen die Bilder von den getöteten Kindern und der Frau, der die Kehle durchgeschnitten worden war. Nach 15 gemeinsamen Jahren waren Renée und Paul ein gut eingespieltes Paar. Jeder kannte jeden bis ins Detail.

26.

Gerd Pocher hatte die Fernsehnachrichten in seinem Hotelzimmer verfolgt. Er war froh darüber, dass die Todesumstände des mutmaßlichen Mörders im Vagen geblieben waren. Von Michelle war nicht die Rede gewesen. Dennoch waren im Hintergrund Bilder von dem abgesperrten Tatort in Marseillan aufgetaucht und offenbar Archivszenen aus der Rundschleuse. „Ich glaube trotzdem, dass es besser ist, wenn du bis auf Weiteres hierbleibst", sagte er. „Die Schleuse steht nun im Rampenlicht. Ich möchte nicht, dass die Journalisten-Meute über dich herfällt. Der kleinste Hinweis darauf, dass du etwas damit zu tun haben könntest, würde dich schnell zur Komplizin machen. Schlagzeilen wie ‚Das Geheimnis der Schleusenwärterin' oder ‚Die Rächerin von Agde' würden dich da hineinreißen und unnötig in die Öffentlichkeit zerren."

Michelle kuschelte sich an ihn heran. In seiner Umarmung fühlte sie sich sicher und geborgen. Er strich ihr sanft über den Rücken und ließ sich in einen wunderbaren Traum entgleiten. Ganz behutsam drehte er sie zu sich, küsste sie auf den Mund, auf die Augen, auf die Stirn. Er küsste ihren schlanken Hals, ihre kleinen Brüste. Ganz sanft streichelte er über ihren Bauch.

Michelle hatte die Augen geschlossen und gab sich ebenfalls einem wunderbaren Traum hin und ließ sich in einem angenehmen Atemstrom zerfließen. „Weißt du was?", flüsterte sie. „Es ist verrückt. Irgendetwas ganz tief in meiner Seele hat mir gesagt, dass wir zusammengehören."

27.

Anders als tags zuvor lag sie noch an seiner Seite, als Gerd an diesem Donnerstagmorgen erwachte, in einem schlichten Hotelzimmer in Agde. Er strich ihr über den Rücken und vernahm ein leises, zufriedenes Stöhnen. Er zog sie ganz dicht zu sich heran, als ob er sich vergewissern wollte, dass das alles kein Traum gewesen war. Michelle drehte sich zu ihm um, umklammerte ihn, senkte ihre Lippen auf die seinigen. Sie versanken erneut in einer Umarmung und wälzten sich in ihren Glücksströmen.

Endlich kam Gerd wieder zu Bewusstsein, zur Vernunft zurück, in die Wirklichkeit. „Komm", sagte er, „zieh dich an!" Er selbst sprang aus dem Bett, ging ins Bad, duschte sich ab und kehrte, sich mit einem Handtuch abtrocknend, zurück ins Zimmer. Michelle hauchte ihm im Vorbeigehen einen Kuss zu und verschwand ebenfalls in dem Bad, dessen Boden und Wände weiß gekachelt waren. Das Duschbecken war als Halbrund in einer Ecke installiert und durch eine zweiflügelige Klarglastür zu schließen. Ansonsten gab es im Bad ein Waschbecken mit großzügigen Ablagen, Aufhängestangen mit frischen Handtüchern und eine Kloschüssel. Ein Schild wies die Gäste darauf hin, dass sie gebrauchte Handtücher auf dem Boden liegen lassen sollten, wenn sie sie gewaschen haben wollten. Wenn sie hingegen damit einverstanden wären, dass sie die Handtücher weiterhin benutzen wollten, sollten sie sie auf den Haltern hängen lassen. „Kein Mensch muss an jedem Tag ein frisch gewaschenes Handtuch haben. Der Umwelt zuliebe", stand in kleineren Buchstaben auf der Tafel.

Später saßen sie auf der Veranda des Hotels und frühstückten. „Blutiges Familiendrama in Marseillan", hatte der Midi Libre getitelt. „Junge Familie ausgelöscht", hieß es beim Hérault Tribune. „Massaker am Ètang de Thau", umriss es Le Quotidien. Gerd war mit den Schlagzeilen zufrieden. Die Rundschleuse kam allenfalls in der Unterzeile vor mit dem Hinweis auf laufende Ermittlungen.

„Ich muss mir noch ein paar Sachen besorgen", sagte Michelle. „Ich habe ja außer den Kleidern, die ich am Leib habe, nichts dabei." Sie streifte ihre nassen Haare aus dem Gesicht.

„Später", sagte Gerd. „Jetzt gehen wir zusammen zur Polizei. Ich glaube, es ist wichtig, dass du mit Renée Lebrun sprichst. Du musst ihr alles erzählen, was du über Claude Noiret weißt. Danach gehen wir zur Schleuse. Dann kannst du die Sachen einpacken, die du für ein paar Tage brauchst." Er schlürfte den Kaffee aus und stellte die Tasse ab. „*Allons-y!*" *Er war* im Begriff, aufzustehen und sie bei der Hand zu nehmen.

„Nicht nötig", hörte er plötzlich eine Stimme hinter sich, die Stimme von Renée Lebrun. „Darf ich?", fragte sie höflich und schob sich einen Stuhl an den Tisch. „Renée Lebrun", stellte sie sich vor. „Commandante de Police. Madame Reynouard, vermute ich." Sie rief nach dem Service und bestellte für sich einen Kaffee mit Milch. „Ich dachte, es ist besser, wenn wir hier in ungezwungener Atmosphäre ins Gespräch kommen als in der muffigen Amtsstube im Commissariat."

Die Polizeibeamtin maß die junge Schleusenwärterin. Sie war ihr zum ersten Mal persönlich begegnet. Sie war jung und wirkte fast noch mädchenhaft, dachte sie.

„Sie haben zu Protokoll gegeben, dass Sie, sagen wir mal, eine Affäre mit Claude Noiret gehabt haben. Sie müssen nicht auf meine Fragen antworten, aber um den Fall abzuschließen, hätte ich gerne etwas mehr über ihn erfahren. Wie haben Sie ihn kennengelernt? Was war er für ein Mensch? Haben Sie gewusst, dass er verheiratet war und zwei Kinder hatte?"

Michelle Reynouard blickte sie ernsthaft an, zuckte kurz die Schultern und senkte dann den Blick. „Wir haben uns in einer Bar kennengelernt, hier in der Altstadt, unten am Hérault. Claude hat mich halt angestarrt und dann auf einen Apéritif eingeladen. Ich fand, dass er gut aussah, na ja, er wirkte zunächst sympathisch."

„Wann war das?", wollte Lebrun wissen.

Pocher erhob sich, nickte Michelle zu und fasste Renée Lebrun an die Schulter. „Ich muss los, ich glaube, Pierre wartet schon auf mich."

„*À plus tard*", sagte sie ihm hinterher und wandte sich wieder der jungen Frau zu.

„Das muss Anfang Juni gewesen sein", sagte Michelle Reynouard. „Ich glaube, wir haben nicht so viel geredet. Er ließ ziemlich bald durchblicken, was er von mir wollte. Und ich Idiotin ließ mich darauf ein und ließ ihn gewähren, als er mich unvermittelt küsste." Tränen standen ihr plötzlich in den Augen. Aber sie blieb ruhig und gefasst. Sie war Single gewesen, „*célib*", sagte sie, neu in Agde und hatte gehofft, einen netten Freund gefunden zu haben. Kurz darauf waren sie Arm in Arm zu ihrem Schleusenwärterhäuschen hinaufgegangen.

„War da noch mehr, außer mit ihm zu schlafen? Worüber haben Sie gesprochen?"

Madame Reynouard überlegte. „Er sei verrückt nach mir, hat er gesagt, immer wieder." Nein, an dem Abend habe er nicht viel von sich erzählt. „Ja, wir hatten Sex, sonst nichts", fuhr sie fort. „Gegen Mitternacht ging er fort. Ich hatte keine Anschrift, keine Telefonnummer. Ich glaube, er hatte mir noch nicht einmal seinen Nachnamen gesagt."

„Es war also eine ganz spontane Bekanntschaft", meinte Lebrun. „Es ging zunächst nur um Sex, um ein bisschen Spaß im Bett. Und weiter?"

Die nächsten Tage habe sie ganz normal auf der Schleuse gearbeitet. Es habe kein Lebenszeichen mehr von ihm gegeben. Sie hatte sich beinahe schon damit abgefunden, dass es bei der einen Begegnung geblieben wäre und sie ihn nie mehr wiedersehen würde. „Aber nach einer Woche stand er plötzlich wieder vor der Tür." Sie ließ ihn herein. Eigentlich wollte sie nicht sofort mit ihm ins Bett gehen, aber er habe sie einfach ins Schlafzimmer gedrängt. Er sei verrückt nach ihr, habe er nur gesagt. Später hatte er ihr erzählt, dass er noch etwas zu erledigen hätte, dann würde er zu ihr zurückkehren. Wieder blieb er für eine Woche verschwunden, ohne Lebenszeichen, ohne Anschrift, ohne Telefonnummer.

„Ich merkte, wie sich meine Gefühle für ihn in ihr Gegenteil verkehrten. Das konnte er mit mir nicht machen, dachte ich mir. Ich hatte jegliches Vertrauen in ihn verloren. In der ersten Nacht war ich vielleicht ein bisschen in ihn verschossen, weil er so direkt war, geradezu stürmisch. Aber richtig verliebt war ich nicht, wenn Sie wissen, was ich meine."

Madame Lebrun schaute sie verständnisvoll an. „Sie brauchen sich keine Vorwürfe zu machen. So etwas kann schon mal vorkommen. Was war weiter?"

„Als er das nächste Mal kam, wiederum etwa eine Woche später, wollte ich mit ihm Schluss machen. Ich wollte ihn nicht mehr wiedersehen, habe ich ihm gesagt. Ich habe es tatsächlich so gesagt.

Aber er ließ sich nicht darauf ein. Ich habe ihm unmissverständlich gesagt, dass ich jetzt keinen Sex mit ihm haben wollte, dass ich keinen Sex mehr mit einem Mann haben wollte, den ich nicht näher kennenlernen konnte. Aber er hat mir einfach die Kleider vom Leib gerissen. Ich hatte plötzlich Angst vor ihm."

Renée Lebrun griff ihre Hand. Die junge Frau war etwas aufgeregt. „Er hat Sie also vergewaltigt. Sie hätten auch zur Polizei gehen können, um ihn anzuzeigen." Aber, fuhr Lebrun fort, sie habe vermutlich Angst davor gehabt, dass die Polizei sie vielleicht nicht vor ihm schützen könne und ihr womöglich nicht glauben würde, schließlich habe sie ja kurz zuvor noch einvernehmlichen Geschlechtsverkehr mit ihm gehabt. „Aber mehr noch", hob Lebrun ihre Stimme, „Sie hatten Angst, dass er Sie nicht nur wieder vergewaltigen und Ihnen Schmerzen zufügen würde, sondern dass er Ihnen mehr antun könnte, nicht wahr?"

Madame Reynouard nickte.

„Mensch, mein Kind", wechselte Lebrun nun den Tonfall. „Sie haben verdammt Glück gehabt, dass Sie lebend aus der Sache herausgekommen sind. Noiret neigte zur Gewalt. Er hatte vermutlich seine Frau und seine Kinder misshandelt, wie wir herausgefunden haben. Wir gehen davon aus, dass er seine Familie brutal ermordet hat, bevor er sich auf der Flucht an Sie gewendet hat. Sie hatten das Auto, das er brauchte, um schnell weit wegzukommen von hier." Der weiße Peugeot 106, der auf dem Schleusengelände stehe, sei doch ihr Auto, oder?

Madame Reynouard bestätigte das.

„Noiret ist uns nicht ganz unbekannt. Schon als Jugendlicher hatte er wegen Handgreiflichkeiten vor Gericht gestanden. Auch wegen Vergewaltigung war er schon in Erscheinung getreten. Das Verfahren war allerdings eingestellt worden, weil das Opfer damals, eine 20-Jährige, sich in Widersprüche verstrickt und am Ende das Gericht Zweifel hatte, dass der Geschlechtsverkehr nicht doch einvernehmlich gewesen sei." Danach sei er allerdings polizeilich nicht mehr in Erscheinung getreten, bis jetzt. „Wenn Sie ihm nicht das Messer aus der Hand getreten hätten und er nicht so unglücklich gestürzt wäre, dann säßen wir beide jetzt nicht hier, ist Ihnen das klar? Dann wären Sie jetzt tot! Oder Sie wären als Geisel in seiner Gewalt auf einer verzweifelten, aber aussichtslosen Flucht quer durch Frankreich!"

Tränen flossen nun wieder über das Gesicht der jungen Frau, Tränen der Erleichterung. Sie schluchzte.

„Es ist alles gut", versuchte Renée Lebrun sie zu trösten. *„Tout va bien!"* Sie lehnte sich etwas zurück und trank ihren Kaffee. „Wie oft haben Sie ihn noch getroffen bis zu jener schicksalhaften Nacht?", wollte sie noch wissen.

Einmal noch, wieder nach einer Woche, also Mitte Juli, da habe er sie noch einmal vergewaltigt. Diesmal nannte sie das Geschehen, das sie über sich hatte ergehen lassen, gleich beim Namen. „Danach habe ich ihn tatsächlich nicht mehr gesehen, bis er in der Nacht von Montag auf Dienstag plötzlich mit einem Messer vor mir auftauchte. Was dann geschah, habe ich Ihren Kollegen schon erzählt."

„Ich habe es angehört", sagte Lebrun und fasste die junge Frau wieder bei der Hand. „Ich habe noch eine Frage. Sie müssen sie nicht beantworten. Was ist zwischen Ihnen und Gerd Pocher?"

Madame Reynouard schluchzte erneut los, aber es war, als wenn sich ein Lachen da hineinmischte. „Ich mag ihn", sagte sie dann. „Er hat mir in einer schwierigen Situation Hoffnung gegeben und Vertrauen. Ich glaube, ich habe mich etwas in ihn verliebt. Er ist ein lieber Mensch. Er kann einem zuhören, und er nimmt einen ernst. Können Sie das verstehen?" Sie sprach mit der Polizeibeamtin mit einem Mal so, als ob sie sich seit Ewigkeiten kannten und beste Freundinnen wären. „Er hat mir meinen Lebensmut zurückgegeben. Ich konnte doch nicht bis zu meinem Lebensende die Schleuse bedienen und so tun, als ob nichts geschehen wäre. Was sagen Sie? Ist das jetzt schlimm?"

Lebrun spitzte den Mund und schüttelte den Kopf. „Ich kann Ihnen nicht verbieten, sich in einen Kollegen zu verlieben. Ich kenne ihn ja noch nicht wirklich, aber so viel kann ich Ihnen schon sagen: Bei ihm sind Sie mit Sicherheit besser aufgehoben als bei so einem Typen wie Noiret."

Ob Gerd in sie verliebt sei, wollte Madame Reynouard nun wissen.

„Ha", lachte Lebrun laut auf. „Bis über die Ohren!" Es hatte sich also doch herumgesprochen, dass zwischen Pocher und Reynouard mehr lief als nur ein väterliches Freundschaftsverhältnis oder polizeilicher Opferschutz.

„Kommen Sie", forderte die Kriminalkommandantin die junge Frau auf. „Ich bringe Sie zur Schleuse."

28.

Auf dem Schleusengelände waren inzwischen Riquet und seine Leute eingetroffen. Hauptaugenmerk war einer der Festmachpoller, derjenige, der dem Schleusenwärterhaus am Nächsten lag. Riquet kauerte vor dem etwa 30 Zentimeter großen Metallpoller, kratzte mit einem Skalpell an der Unterseite und ließ den Staub in ein Plastikbeutelchen rieseln.

Dann richtete er sich wieder auf. „*Salut!*", begrüßte er Renée Lebrun. „Schon möglich, dass das hier Blutspuren sind." Er hielt ihr den Beutel entgegen. Ein Kollege fotografierte alles. Dann nahmen sie die Wohnung in Augenschein. Es gab auf den ersten Blick nichts Auffälliges zu sehen.

Michelle Reynouard ging in die Küche und fragte, ob sie eine Kanne Kaffee kochen dürfe. „*Bonne idée*", sagte Renée Lebrun. „Am besten für die ganze Mannschaft. Wo sind Pocher und Moulin eigentlich?"

„Drüben beim Ruderclub", sagte Riquet. „Sie haben den Fischer dabei, dem das Boot gestohlen wurde."

29.

Der Wärterin der Schleuse von Bagnas war aufgefallen, dass es in der Nacht von Montag auf Dienstag eine Schleusung gegeben haben musste. Madame Piqueras war 75 Jahre alt und betreute die Schleuse praktisch ehrenamtlich. Die rüstige Rentnerin hatte darin eine verantwortungsvolle Aufgabe für ihren Lebensabend gefunden. Ihr Mann hatte ja auch noch nicht die Fischerei an den Nagel gehängt. So fuhr sie täglich um acht Uhr von ihrer Wohnung in Marseillan mit dem Fahrrad zur Schleuse und abends um 19 Uhr wieder zurück. Roger Maccaron von der Gendarmerie in Marseillan hatte sie befragt.

Als sie um 19 Uhr nach Hause gefahren sei, sei das Niveau der Schleuse auf dem Stand des Étang de Thau gewesen. Das untere Tor habe sie offengelassen. „Da kommt ja sowieso keiner mehr", hatte sie gesagt. Als sie aber am nächsten Morgen zum Dienst zurückgekehrt sei, habe die Schleuse auf dem Niveau des Hérault gestanden, und das obere Tor war geöffnet. Jemand müsse also in der Nacht hochgeschleust haben.

„Geht das denn so einfach?", hatte Maccaron gefragt.

„Na ja, schwierig ist das nicht", hatte die Frau gelacht. „Meinen Sie, ich könnte das in meinem Alter sonst noch machen?"

„Ich meine, ist die Technik über Nacht nicht abgeschaltet?"

„Doch", hatte Madame Piqueras geantwortet. „Aber jeder kann ja ins Schleusenhäuschen gehen und die Maschinerie wieder anschalten. Das Türschloss ist schon lange kaputt. Und was soll es auch? Es gibt ja nichts zu holen."

Dann war Maccaron mit ihrem Mann Antoine Piqueras weitergefahren zum Hérault.

Dass das sein Boot sei, konnte er gleich bestätigen, und er inspizierte sein Gefährt. Es schien den Untergang unbeschadet überstanden zu haben. Marco Wolgrebe und Dimitrij Woganow hatten mit Hand angelegt, um das Boot zu lenzen. Becherweise hatten sie alles restliche Wasser herausgeschöpft. Die Spurensicherung hatte das Boot freigegeben. Pocher und Moulin begrüßten den alten Fischer mit der sonnengegerbten Haut und dem faltigen Gesicht.

Er brauche jetzt nur noch etwas Sprit, sagte Piqueras. Das seien mehrere Kilometer bis Marseillan, die wolle er nun nicht rudern. Zweitaktgemisch eins zu fünfzig, fügte er noch hinzu. Maccaron besorgte bei der nächsten Tankstelle einen Kanister mit dem gewünschten Gemisch, brachte ihn zum Boot und verabschiedete sich wieder Richtung Marseillan. „Wir brauchen jeden Mann", sagte er noch zu Moulin. „Um den Tatort herum wimmelt es von Reportern. Wir können das Haus nicht mehr aus den Augen lassen. Die gieren förmlich danach, in das Haus einzudringen, um noch die letzten Blutflecken vor die Kamera zu kriegen."

„Lassen Sie ja keinen rein!", rief ihm Moulin noch hinterher.

„Hat das jetzt noch ein Nachspiel?", wollte Wolgrebe von Pocher wissen.

Der blickte die deutschen Studenten nachdenklich an. „Na ja, das Ganze ist ja noch einmal glimpflich ausgegangen. Das Boot hat offensichtlich keinen Schaden genommen. Strafrechtlich betrachtet handelt es sich ja nicht um Diebstahl, wenn man ein fremdes Boot etwas hin und her bewegt und dann praktisch an derselben Stelle liegen lässt. Den mutmaßlichen Dieb haben wir ja, und der ist nun tot. Ihr habt das Boot ja nur versenkt. Das könnte man schon als einen gefährlichen Eingriff in die Schifffahrt ahnden. Vielleicht war in der Nacht noch ruhestörender Lärm dabei, aber in der Hinsicht liegt uns keine Anzeige vor. Bleibt noch Sachbeschädigung: Aber offenkundig ist der Kahn wieder flott."

Pocher blickte zu Moulin hinüber. „Was sollen wir mit den beiden Jungs machen?"

„Sie sollen mit anpacken, den Nachen wieder zurück ins Wasser zu befördern, dann lass sie laufen."

Der alte Mann, die beiden Studenten, Pocher, Moulin und Henri Treinte, der ebenfalls zur Stelle war, packten nun das Boot und hievten es mit vereinten Kräften auf den Hérault zurück. Piqueras bestieg sein Boot und betankte den kleinen Motor. Er musste drei-, viermal an der Startleine ziehen. Dann spuckte der Motor eine schwarze Wolke in den Fluss, die dann blubbernd aus dem Wasser aufstieg, und lief sich knatternd ein. Der Außenborder hatte offensichtlich die Zeit unter Wasser dichtgehalten. Piqueras winkte den am Ufer Stehenden zu, legte den Gang ein und setzte rückwärts auf den Hérault hinaus, wendete und fuhr zum anderen Ufer hinüber, wo er schließlich in der Einfahrt zum Kanal Richtung Étang de Thau verschwand.

„Ihr könnt gehen", sagte Pocher zu den beiden Jungs.

30.

Auch bei der Schleuse hatten sich ein paar Fotografen und Kamerateams postiert, außerhalb der Absperrung. Sie hatten sich an der Zufahrt zu dem Ruderclub aufgestellt, gegenüber dem Schleusenwärterhaus. Hier waren ein Parkplatz an der Hauptstraße und ein Obststand mit Pfirsichen, Aprikosen und Melonen.

Moulin hielt an und schritt zu den Journalisten. „Hier gibt es nichts zu sehen."

„Aber wir haben ein Recht darauf, zu erfahren, was es mit der Schleuse auf sich hat", sagte einer und hielt ihm einen Presseausweis entgegen.

Moulin betrachtete den Ausweis und sagte weiter: „Monsieur Blanc, wir haben es hier mit laufenden Ermittlungen zu tun. Wir können Ihnen zurzeit noch nicht sagen, wonach wir suchen. Wir gehen allerdings davon aus, dass der Mörder von Marseillan hier zu Tode gekommen ist. Aber das haben Sie bereits gestern Abend berichtet, und es stand heute auch in allen Zeitungen. Wenn wir mehr wissen, werden wir Sie benachrichtigen. Bitte, packen Sie Ihre Sachen ein!"

„Wieso sind Sie sich sicher, dass hier ein möglicher Tatort ist?", entgegnete der Reporter. „Wenn ich mich recht erinnere, war gestern noch unten an der Hérault-Brücke ein Uferstück an einem Bootsanleger mit Absperrband verziert. Ich tippe mal darauf, dass dort die Wasserleiche gefunden worden war."

„Da liegen Sie wohl richtig. Das hat sich inzwischen auch herumgesprochen. Mehr gibt es aber dazu nicht zu sagen."

Moulin kehrte zum Wagen zurück, fuhr über die Kanalbrücke und bog auf das Schleusengelände ein.

Riquet beäugte nun den kleinen Peugeot, der hier abgestellt war. „Wann sind Sie eigentlich zum letzten Mal mit Ihrem Wagen gefahren?", fragte er die junge Frau, die gerade herbeigelaufen kam und ihm eine Tasse Kaffee reichte.

Madame Reynouard musste nachdenken. „Ende letzter Woche, glaube ich, war ich zum Einkaufen zum Supermarkt gefahren. Eigentlich benutze ich den Wagen nur selten."

Riquet gab sich mit der Antwort zufrieden. Nichts deutete darauf hin, dass der Wagen während der vergangenen Tage, während der sich das ganze Verbrechen abgespielt haben musste, bewegt worden wäre. Er nahm einen Schluck Kaffee. Auch die Beule in der Heckklappe schien schon älter zu sein.

Michelle Reynouard schritt nun auf Gerd Pocher zu, ganz nah heran, griff seine Arme und neigte ihren Kopf langsam auf seine Brust. Er umarmte sie und drückte die junge Frau fest an sich. Dann kehrte sie in ihre Wohnung zurück und packte ein paar Kleidungsstücke, Wäsche und so weiter, zusammen. Renée Lebrun begleitete sie ins Schlafzimmer. Das Bett war ordentlich hergerichtet. Nichts deutete mehr auf die vier Nächte mit Noiret hin. Die letzte davon lag auch schon drei, vier Wochen zurück, dachte sie an die bangen Stunden, die die junge Frau hier zu erleiden hatte.

Nur ein achtlos in einer Nische hinter dem Kleiderschrank abgelegtes Stück Stoff erregte plötzlich die Aufmerksamkeit der Polizistin. Sie hob es vorsichtig auf und zeigte die Camouflage-gemusterte Unterhose Madame Reynouard.

Sie reagierte etwas erschrocken. „Oh", entfuhr es ihr. „Das muss er beim letzten Mal hier vergessen haben. Ich hatte nicht darauf geachtet, wie er sich angezogen hatte. Er hatte es offenbar so eilig gehabt, dass er seine Unterhose vergessen hatte. Und ich war nur noch froh, dass er weg war. Sie war mir allerdings auch nicht aufgefallen seither."

Madame Lebrun überreichte das Stück Riquet. „DNA-Spuren und so."

Mit spitzen Fingern, als ob man auf einer Unterhose Fingcrabdrücke hinterlassen könnte, steckte der Kriminal-Techniker die Hose in eine Plastiktüte und notierte: Männerunterhose, Schlafzimmer, Schleusenhaus.

Dann packte Riquet seine Sachen. Das Schleusenhaus gab nichts Verdächtiges mehr her, und er sah keinen Anlass, in den privaten Sachen von Michelle Reynouard herumzuschnüffeln. Außerdem stand jede Menge Laborarbeit vor ihm, Analysen der gefundenen Gegenstände, insbesondere der Kleider der Wasserleiche und der Sachen in der Reisetasche an Bord des Fischerboots.

Renée Lebrun nahm den deutschen Kriminalhauptkommissar beiseite. „Monsieur Pocher." Sie unterbrach sich selbst. „Ach, wir waren hier ja schon beim Du, ist das Okay, Gerd? Pass bitte auf die junge Frau auf! Wir dürfen jetzt keinen Fehler machen. Ihre Aussage bleibt zwar durchaus plausibel. Aber wir ermitteln in alle Richtungen. Sie ist immer noch verdächtig, doch mehr Hand angelegt zu haben, als sie zugibt. Gefährlicher aber ist, wenn sie zufällig oder auch nicht in die Fänge der Journaille gerät."

Sie deutete auf das gegenüberliegende Ufer der Schleuse, wo einige Kameraleute immer noch der Dinge harrten. „Wenn jemand Wind von ihrer Geschichte bekommt und das in die Öffentlichkeit trägt, bevor wir der Schleusenkammer auf den Grund gegangen sind, hat sie vor Staatsanwaltschaft und Gericht ganz schlechte Karten. Die würden ihre Geschichte nicht ohne Weiteres glauben und vielleicht auf die Idee kommen, dass sie Noiret absichtlich auf den Festmachpoller gestürzt habe. Ob Notwehr oder nicht, das wäre ein Tötungsdelikt. Um den Prozess würde sie nicht herumkommen."

Renée sah ihn mit etwas schrägem Blick an und zog ein süffisantes Lächeln auf ihr Gesicht. „Sie braucht Polizeischutz, rund um die Uhr, ich denke mal, dafür bis du der beste Mann."

Pourqoui moi?, wollte Gerd fragen und bemerkte in dem Moment, dass er schon angefangen hatte, auf Französisch zu denken. Aber er sagte lieber nichts.

Es war mittlerweile früher Nachmittag. Eine Kolonne Baufahrzeuge erreichte die Schleuse. Der schwere Konvoi hielt an der Avenue Raymond Pitet auf der Seite des Stichkanals. Ein Mitarbeiter des Wasserstraßenamtes kam zum Schleusenhaus hinunter. Es war Jacques Perrier. Er erläuterte den ermittelnden Polizeibeamten kurz die Vorgehensweise.

Er hatte eine Planskizze der Schleuse dabei, breitete sie aus und zeigte auf die Stelle, an der sich der Stichkanal ein paar Meter unterhalb des Schleusentores verjüngte. „Also hier errichten wir eine Wassersperre. Wenn wir heute mit der Einrichtung der Baustelle fertig werden, können wir morgen die Nadeln einrammen und im Laufe des Tages die Sperre fertig machen. Dann können wir noch am Wochenende die Schleuse leer pumpen."

„Dann legen Sie man los", sagte Renée Lebrun und verabschiedete sich Richtung Polizeistation. Pierre Moulin folgte ihr. Bis auf zwei Polizeibeamte, die zur Sicherung der Schleuse abgestellt waren, und dem Trupp Arbeiter, der nun dabei war, eine Baustelle unten am Kanal einzurichten, waren Michelle und Gerd allein an der Schleuse zurückgeblieben.

Sie küssten sich auf den Mund, und dann fragte Gerd, ob sie bereit sei. Sie nickte, holte ihren Koffer aus dem Schlafzimmer und nahm ihre Handtasche. „Können wir mit deinem Wagen fahren?", fragte er. „Ja, klar", sagte sie. „Wenn er denn anspringt." Er nahm sie bei der Hand und den Koffer in die andere. Sie schlossen hinter sich die Tür. Gerd übergab den Schlüssel einem Polizeibeamten, der neben der Tür auf und ab ging. „Passen Sie auf das Schleusenhaus auf!"

Dann begleitete er Michelle zu ihrem Auto hinüber und verstaute den Koffer unter der Heckklappe. Michelle setzte sich ans Steuer und startete den Motor. Überraschenderweise sprang er sofort an. Sie blickte Gerd fragend an. „Ins Hotel", sagte der. „Wir machen das höchst offiziell."

Sie wendete und fuhr auf die Zufahrt hinauf. Durch die Baufahrzeuge, die die eine Straßenseite blockierten, war es etwas schwierig, nach links in die Avenue Raymond Pitet einzubiegen, aber ein Kleinwagen hielt vorausschauend an, um sie vorzulassen. Michelle bog in die Hauptstraße ein. Im letzten Moment bemerkte Gerd, dass der Kleinwagen, der sie hatte einfädeln lassen, ein auffälliges Firmenlogo hatte. Was war das noch?, fragte sich Pocher. Irgendetwas mit Midi, ja, Midi Libre, schoss es ihm durch den Kopf.

Sie waren bereits über die Bahnschranke gefahren und an der Abzweigung Richtung Bahnhof angekommen, als Gerd unvermittelt sagte: „Fahr geradeaus, nicht zum Hotel!" Er griff ihr ins Lenkrad, um sie davon abzuhalten, rechts abzubiegen. Im letzten Moment bemerkte er allerdings, dass es eine Einbahnstraßenregelung gab und es ihnen nicht anders möglich war, als Richtung Bahnhof rechts einzubiegen.

Er drehte sich um. Der Kleinwagen, ein Citroen C1, folgte ihnen. „Ich kenne mich hier noch nicht gut aus, wo könnten wir mal hinfahren?", fragte er. „Scheiße", sagte er auf Deutsch und fuhr dann französisch fort. „*Merde*, ich glaube, wir werden verfolgt."

Michelle fuhr die Rue de la Digue entlang und einfach am Hotel vorbei und bog dann nach rechts auf die Landstraße Richtung Béziers. Kurz danach folgte ein Kreisverkehr.

„Pass auf, fahr einmal komplett um den Kreisverkehr."

Michelle tat, wie es Gerd angewiesen hatte. *„Et maintenant?"*, fragte sie nach einer Runde.

„Noch eine Runde!", sagte Gerd, und das brachte schon den Beweis. Der C1 blieb ihnen auf den Fersen. „Jetzt meinetwegen da hinunter." Gerd zeigte auf die Straße, die Richtung Süden zum Hérault führte.

Gerd rief Pierre an und erklärte ihm die Situation.

„Oh, eine Verfolgungsfahrt durch Agde", sagte der. „Ich lasse mir was einfallen, wo seid ihr jetzt?"

Gerd nannte ihm die Position, kurz vor der Hérault-Brücke an der Hauptstraße Richtung Sète. Da es ziemlich viel Verkehr gab, kamen sie nur langsam voran. Auf der Hérault-Brücke gab es immer Stau, ohne dass es dafür einen Grund gab. Der C1 hielt sich immer dicht hinter ihnen. Am Steuer saß offenbar eine Frau mit dunkler Sonnenbrille, die mit ihrer Handykamera fotografierte oder filmte. Gerd richtete seinerseits sein Handy unauffällig nach hinten und machte ein paar Schnappschüsse. Kaum fünf Minuten später klingelte sein Telefon.

„Werdet ihr immer noch verfolgt?", wollte Pierre wissen.

„Ja", sagte Gerd. „Es ist ein gelb-weißer Citroen C1 mit der Aufschrift Midi Libre oder so ähnlich. Am Steuer sitzt eine Frau mit Handy. Das Kennzeichen habe ich noch nicht erkennen können bei der Ruckelei hier auf den französischen Straßen."

„Fahrt einfach Richtung Cap d'Agde", sagte Pierre. „An der Hauptstraße von der D 612 hinunter ins Ferienzentrum ist zufällig eine allgemeine Polizeikontrolle, ich werde die Kollegen anfunken und ihnen Anweisung geben, den C1 herauszufischen. Das gibt mindestens ein dickes Knöllchen wegen Handy am Lenkrad und so. Mit welchem Auto seid ihr unterwegs?"

„Mit einem weißen Peugeot 106." Gerd fragte Michelle nach dem Kennzeichen und gab es Pierre durch.

Etwa zehn Minuten später bogen sie von der D 612 Richtung Cap d'Agde ab. Der weiße C1 hinter ihnen tat das Gleiche. Michelle wurde langsamer, als sie sich der Polizeikontrolle näherten. Der Polizeibeamte mit der roten Kelle winkte sie freundlich lächelnd vorbei und sprang hinter ihnen auf die Fahrbahn. Die Verfolgerin musste scharf abbremsen und wohl oder übel den Anweisungen des Polizisten folgen und rechts heranfahren.

Unwillkürlich musste Gerd lachen über den gelungenen Witz. Er war auf einmal richtig fröhlich, als er Michelle seinen Arm über die Schultern legte und fragte: „Was machen wir jetzt in Cap d'Agde?"

„Ich war hier nicht oft", sagte Michelle. „Das ist ein reines Touristendorf, nur Ferienhäuser, Appartements, Hotels, ein paar Campingplätze, Geschäfte, Bars, Restaurants und natürlich endlose Strände. Aber es gibt auch ein großes FKK-Gelände. Da war ich schon einige Male. Das ist schon in Ordnung. Es ist einer der schönsten Strände Frankreichs."

„Dann lass uns etwas am Strand entlanglaufen." Insgeheim lachte er sich immer noch eins darüber ins Fäustchen, wie die hartnäckige Reporterin nun ihre Papiere zeigen musste, vielleicht versuchte sie, mit ihrem Presseausweis Eindruck zu machen, aber die Polizei würde ihr genauso hartnäckig erklären, dass sie dabei beobachtet worden sei, wie sie während der Fahrt mit dem Handy fotografierte, sie würde nach ihrem Handy verlangen und darauf den Beweis betrachten und köstlich ausweiden, zumal die exakte Uhrzeit der letzten Filmaufnahmen vermerkt wäre. Da waren locker 200 Euro fällig. Und die Spur zu ihnen würde sich auf den Großparkplätzen von Cap d'Agde verlieren.

Eng umschlungen spazierten Michelle und Gerd am Ufer des Mittelmeeres entlang. Es wirkte irgendwie kitschig. Aber Michelle hatte zu einer gewissen Fröhlichkeit zurückgefunden, und Gerd war einfach bereit, alles herzugeben, um an der Seite dieser Frau zu sein. Zum ersten Mal seit Jahren war er wieder am Mittelmeerstrand. Es war ihm gleichgültig, dass es ausgerechnet in Cap d'Agde war.

Es waren viele Urlauber am Strand, sie saßen an den Bars oder lagen im Schatten der Sonnenschirme. Aber kaum jemand war im Wasser. Da fuhren nur wenige Segelboote und einige Stehpaddler auf dem klaren, tiefblauen Wasser. Der Wind wehte immer noch aus Nordwest. Gerd zog sich Schuhe und Socken aus und machte die Probe aufs Exempel. Das Mittelmeer war eisig kalt, obwohl die Sonne immer noch vom blauen Himmel stach.

Sie liefen nun barfüßig am Meeressaum entlang, bis sie an eine Mole kamen, hinter der die Einfahrt zu einem kleinen Hafengelände mit Sport- und Spaßbooten war. Hinter der Mole auf der anderen Seite der Hafeneinfahrt begann eine Strandzone, an der es offenbar verpönt war, bekleidet zu sein. Es war hier zwar auch keiner im Wasser, aber die vielen Menschen, die sich hier im Schatten der Sonnenschirme entspannten, waren alle splitternackt. Was war auch dabei?, dachte sich Gerd, aber er schlug vor, umzukehren. Nackt am Wasser zu laufen und seine Hosen, Hemd und Schuhe unter dem Arm zu tragen, kam ihm irgendwie doof vor. Außerdem musste man für das Nudistendorf Eintritt bezahlen, und man hätte das ganze Hafengelände umrunden müssen.

Er drückte Michelle an sich, umarmte sie und sagte nach einer Weile: „Du bist wunderschön. Wir sollten diesen Augenblick nie mehr vergessen. Ich fühle mich wie zu neuem Leben erwacht. Ich bin der glücklichste Mensch, wenn ich dich an meiner Seite habe." Er blickte ihr lange in die dunklen Augen. „Es ist, als ob ich ein langes Leben nach dir gesucht hätte, auf viele Umwege geraten bin wie einst Odysseus. Und jetzt habe ich dich gefunden."

Wenn jetzt die Sonne vor ihnen am Horizont des Mittelmeeres untergegangen wäre, hätte man das Bild kitschiger nicht haben können. Aber die Sonne stand noch mäßig hoch über dem Land in westlicher Richtung. Für Sonnenuntergänge stimmte die Himmelsrichtung nicht. Die war eher für geniale Sonnenaufgänge in den Herbst- und Wintermonaten geeignet. Michelle und Gerd liefen zurück zum Auto, das sie an der Hafenmole geparkt hatten, am Quai de l'Estacade.

Der Jachthafen von Cap d'Agde war verzweigt und gigantisch, Tausende Boote säumten die Anlegestege, kleine, mittlere und große Jachten, Segelboote schaukelten leicht im Wind. Manchen Booten war es anzusehen, dass nur Millionäre sich so einen wassersportlichen Prunk leisten konnten. Einige hatten große Salons und Sonnenterrassen, auf denen sich Bikini-Schönheiten rekelten, auf anderen standen kleine Gesellschaften und schlürften Cocktails. Eine schnittige Segeljacht hatte einen golden lackierten Rumpf, ein älterer Herr mit weißem Hemd, weißer Hose und weißen Schuhen sprang über den Bugspriet auf die Kaimauer, gefolgt von einer jungen, schlanken Schönheit, der er nun die Hand reichte, um ihr kavaliersmäßig an Land zu helfen. Sie trug ein hellblaues Sommerkleid, das ihr nur knapp über den Po reichte und so ihre langen Beine umso mehr zur Geltung brachte.

Ein vergleichsweise kleines Segelboot fuhr in den Hafen ein. Die Fock war aufgerollt. Der Skipper holte das Großsegel ein und verzurrte es am Baum, während eine Frau, beide waren mittleren Alters, am Steuerrad stand und die Jacht langsam in das verzweigte Hafenlabyrinth lenkte.

„*Tiens!*", sagte Michelle und zeigte auf das Segelboot. „Ungefähr in der Größenordnung war auch unsere Jacht gewesen." Sie beobachtete, wie der Skipper, der das Großsegel verzurrt hatte, ins Cockpit hinabstieg und die Frau am Steuerrad umarmte. Die beiden wirkten gegenüber den vielen Seeleuten, die immer ein wenig angeberisch taten, als gehöre ihnen die Welt, bescheiden und mit sich zufrieden.

„Eigentlich ist es doch schade, dass ich die Jacht verkauft habe", erzählte Michelle. „Damals war ich in Paris, und im ersten Jahr nach dem Tod meiner Eltern war ich derart orientierungslos, dass eine Jacht im Hafen von Sanary-sur-Mer einfach eine Last war. Mit Liegegebühren und Unterhaltung, das über die große Distanz, wollte ich nichts mehr am Hut haben. Die Jacht hieß übrigens Etoile du Matin."

Sie erinnerte sich daran, dass sie, als ihre Eltern noch lebten, auch manche schöne Stunden an Bord verlebt hatte, dass sie sogar einen Segelkursus absolviert und einen Sportbootführerschein gemacht hatte.

„Aber jetzt lebe ich an der Küste", fuhr Michelle verträumt fort. „Jetzt könnten wir doch wieder ein Segelboot haben. Was meinst du?"

Der Gedanke hatte etwas Verlockendes. All die Jachten hier weckten Sehnsüchte und Träume, selbst zu der Schar der Auserwählten zu gehören, die sich die Freiheit erlauben konnten, mit ihren Sportbooten auf dem Mittelmeer zu kreuzen und dorthin zu segeln, wo der Wind sie hintrieb. „Ich habe keine Ahnung vom Segeln", sagte Gerd.

„Das macht nichts, ich kann es dir beibringen."

Gerd schlug vor, irgendwo essen zu gehen. Aber er kannte sich nicht aus in den engen Gassen von Agde.

Michelle hingegen meinte, dass sie nun lieber ins Hotel zurück wolle. Da gebe es auch eine gute Küche. Außerdem brauchte sie dann nicht mehr zu fahren und könne zum Essen einen Wein trinken. Sie kehrten zum Wagen zurück und fuhren Richtung Bahnhof. Gerd lehnte während der Fahrt seinen Kopf verträumt an die Schulter der Fahrerin. Trotz all der widrigen Umstände fühlte sich auch Michelle glückselig, stimmte ein Lied an und steuerte gelassen den Wagen zum Hotelparkplatz. Gerd holte den Koffer aus dem Kofferraum, und sie checkten offiziell ein, Zimmer 12.

„Können wir noch einen Tisch haben im Restaurant?", fragte Gerd Pocher den Rezeptionisten.

„Saal, Veranda oder draußen auf der Terrasse?"

„Draußen auf der Terrasse", sagte Gerd und trug den Koffer die Treppe hinauf. Er legte sich erschöpft auf das Bett, während Michelle ihre Sachen in den Kleiderschrank räumte und dabei wieder ein Lied vor sich her sang, diesmal einen Rock-Klassiker aus den 1970er-Jahren. So alt war sie ja noch nicht. „He", sagte er, „woher kennst du dieses Lied?"

Michelle ließ sich nicht beirren und sang weiter. *„Take me now baby here as I am, pull me close, try and understand, desire is hunger is the fire I breathe, love is a banquet on which we feed"* – bis sie zu dem Refrain kam, den Gerd mitbrummen konnte. *„Because the night belongs to lovers, because the night belongs to lust. "* Gerd lauschte ihr gerne, sie kannte den englischen Text auswendig und hatte eine schöne Stimme, anders als Patti Smith natürlich und mit einem eigenwilligen französischen Akzent. Er war fasziniert von ihr. Den letzten Refrain sangen sie gemeinsam. Dann sagte Michelle, dass sie in ihrer Jugend zwar mit der aktuellen Musik der 2000er-Jahre groß geworden sei, aber gerne auch immer wieder alte Klassiker der Rock-Geschichte gehört habe.

„Ich bin übrigens Fan der Rolling Stones", sagte sie. „Als Mädchen hatte ich noch Klavierunterricht, ganz klassisch, so, bis ich 13, 14 war, Etüden von Bach, Schubert oder Mozart, Saint-Saëns war mir zu kompliziert. Eigentlich wollte ich noch Gitarre lernen, aber dazu bin ich irgendwie nicht mehr gekommen. Aber Blockflöte habe ich schon in der Grundschule gespielt. Und ich war gut in Musik in der Schule. Außerdem nehme ich jetzt Gesangsunterricht." Sie hatte ein grünes Kleid übergestreift. „Gehen wir?"

Als sie die Treppe hinabgingen, hielt Michelle kurz inne. Sie blickte Gerd an und sagte: „Ich möchte, dass du immer bei mir bleibst."

Gerd war klargeworden, in welche Situation er geraten war. Michelle hätte seine Tochter sein können. Er konnte sie aber nicht wie eine Tochter adoptieren, dazu wäre sie zu alt gewesen. Er hatte sich in sie verliebt. Und das sagte er auch. Er liebte sie, weil sie schön war und eine erotische Ausstrahlung hatte, aber er liebte sie auch, weil sie eben seine Tochter hätte sein können, so wie er seine Kinder liebte, zwei Jungs und ein Mädchen.

Sie saßen auf der Terrasse und ließen sich einen Apéritif kommen, einen Weißwein des Hauses. Außerdem bestellten sie als Vorspeise kaltes Ratatouille und als Hauptgericht Entenbrust mit Orangensoße, dazu sollte es Kartoffelkroketten geben. Mit der Wahl des Desserts wollten sie sich noch Zeit lassen.

Gerd erzählte Michelle, wie er sich vor drei Jahren von seiner Frau getrennt hatte und beschrieb seine drei fast erwachsenen Kinder. Jonas studiere mittlerweile in Tübingen, Jasmin habe gerade Abitur gemacht und wisse noch nicht, was sie tun wolle, und Jens gehe noch zur Schule. „Außerdem spiele ich Gitarre", sagte Gerd unvermittelt, „Jazz-Gitarre, Rhythmus und Solo."

Kurz darauf wurde das Ratatouille serviert. Auf dem Bahnhofsvorplatz spuckten Taxen Reisende aus und nahmen neue auf. Es war ein Kommen und Gehen, Busse fuhren die Menschen in die kleinen Dörfer an der Küste, die sich in den vergangenen Jahrzehnten in gigantische Vergnügungsparks verwandelt hatten.

„*Ah, bon appetit!*", rief jemand vom Trottoir herüber, wie im Vorbeigehen. Es war Pierre, der nun an ihrem Tisch stehen blieb. Er hatte ein etwa fünf Jahre altes Kind an der Hand. „Wir sind auf dem Weg zum Bahnhof", sagte er und zwinkerte. „Schwiegermutter kommt zu Besuch." Neben ihm hatte eine blonde Frau angehalten, die ebenfalls ein Kind an der Hand hielt, ein Mädchen. Sie trug ein weites, beigefarbenes Kleid, das unter dem Busen gereffelt war und sich unverhohlen stark über einen unübersehbaren Babybauch wölbte.

Pierre stellte kurz seine Familie vor, seine Frau Katja, Tochter Marie und Sohn Maurice. „Wir müssen weiter", sagte Pierre. „Der Zug kommt gleich. *Bonne soirée!*" Die Familie schlenderte weiter über den großen belebten Platz zum Bahnhofsgebäude hinüber.

Michelle und Gerd waren inzwischen beim Hauptgang, Entenbrust mit Orangensoße, dazu Kroketten, als, wie zu erwarten, Familie Moulin wieder an ihrem Tisch vorbeiflanierte, in umgekehrter Richtung wie vorhin. Dieses Mal führte eine ältere Frau, offensichtlich Pierres Schwiegermutter, beide Kinder an der Hand. Pierre zog einen Rollkoffer hinter sich und seine Frau schob einen unübersehbaren Babybauch vor sich her.

„He, Pierre", winkte Gerd seinen Kollegen zu sich. „Wann ist es denn soweit?"

„O", sagte Pierre, „das kann jetzt jederzeit losgehen. Aber wir nehmen das ganz gelassen und entspannt."

Seine Frau lächelte freundlich und strich sich mit einer Hand über die Bauchwölbung. Dann gingen sie ein paar Meter weiter die Avenue Victor Hugo hinunter, wo Pierre einen Parkplatz für seinen Wagen gefunden hatte. Er versenkte den Koffer im Kofferraum, befestigte die Kinder in ihren Sicherheitssitzen. Für Schwiegermutter wurde es nun eng auf der Rückbank, aber sie war ziemlich schlank. Moulin wohnte in einem Neubaugebiet am Ostrand von Agde, Richtung Sète.

Crème brulée rundete das Menü ab. Michelle hatte inzwischen ihr zweites Glas Weißwein erhoben und träumte sich in Gerds Arme und mit ihm auf eine kleine Segeljacht, auf der nur sie beide die ganze französische Küste entlangsegelten. Es gab etwas, das ihr vom Augenblick ihrer ersten Begegnung an unterbewusst ein Zeichen gegeben hatte, als ob sie Gerd in einem früheren Leben schon einmal begegnet war.

Sie hatte natürlich nur noch bruchstückhafte und ungefähre Erinnerungen an ihre frühe Kindheit. Sie konnte sich nicht mal mehr an ihren ersten Schultag erinnern, geschweige denn an die Zeit davor. Aber es gab eine Szene in ihrem Kopf, die aus der Zeit davor stammte. Sie war drei Jahre alt gewesen, als sie sich einmal träumend in ihr Spiel verloren hatte, an einem riesigen Strand eimerchenweise Burgen baute. Als sie sich nach einer Weile und fünf wohlgeformten Sandkegeln umschaute, hatte sie bemerkt, dass ihre Eltern nicht mehr da waren und sofort laut zu heulen angefangen, weil sie sich so verlassen vorgekommen war.

Ein fremder Mann hatte ihren kleinen sandigen Körper aufgenommen und sie auf den Armen gewiegt. Irgendwie hatte es sie wohl getröstet, und sie hatte zu weinen aufgehört. Es war wie ein Traum, und dann war wieder ihr Vater zur Stelle gewesen. Er war nur ganz kurz ins Meer gelaufen, um sich etwas abzukühlen. Er hatte sie vielleicht die ganze Zeit im Blick gehabt, aber er war eben nicht da gewesen, als sie sich plötzlich so allein gelassen gefühlt hatte, und sie hatte ihre Eltern nicht erkennen können in der Menge der Badenden, als der fremde Mann sie auf den Arm genommen und sie augenblicklich beruhigt hatte. An Details konnte sie sich allerdings nicht erinnern. Die Szene war immer schemenhaft geblieben.

31.

Nach einer Weile öffnete sich die Tür einer Wohnung in Frontignan. Renée Lebrun hatte die Wohnadresse der Frau ausgemacht, die Claude Noiret vor acht Jahren wegen Vergewaltigung angezeigt hatte, sie wollte mehr wissen über den vermeintlichen Mörder von Marseillan. „Madame Perrier?", fragte sie und zeigte ihren Dienstausweis.

Die junge Frau wirkte etwas überrascht.

„Es geht um Claude Noiret", sagte Renée Lebrun. „Kannten Sie ihn?"

Manouche Perrier zögerte eine Weile, dann fragte sie: „Was ist mit ihm?"

„*Il est mort*", sagte Lebrun. „Er hat vermutlich auch seine Frau und seine beiden Kinder umgebracht."

„Kommen Sie herein", bat die Frau schließlich die Kriminalbeamtin in die Stube. Sie nahmen in einem schlicht eingerichteten Wohnzimmer Platz. Madame Lebrun schaute sich um und bekam den Eindruck einer recht gewöhnlichen Wohnung, in der unablässig der Fernseher lief. Madame Perrier griff nach der Fernbedienung auf einem Beistelltisch und schaltete endlich den Fernseher aus, in dem gerade eine beliebte Sitcom lief.

„*Alors*", sagte Lebrun. „Es ist lange her, Sie haben ihn wegen Vergewaltigung angezeigt. Sie müssen nichts erzählen. Aber ich möchte mir ein Bild von ihm machen. Kannten Sie ihn? Warum wurde er freigesprochen, damals?"

„Er ist tot?", fragte die junge Frau.

„*Oui*", sagte Lebrun. „Wir haben ihn am Dienstagmorgen tot aus dem Hérault gefischt. Wahrscheinlich war er auf der Flucht tödlich verunglückt. Wir gehen davon aus, dass er zuvor seine Frau und seine beiden Kinder erstochen hat. Wussten Sie, dass er verheiratet war und zwei Kinder hatte?"

Madame Perrier nickte. Sie habe davon gehört. Aber sie hatte seit dem Gerichtsprozess keinen Kontakt mehr zu ihm gehabt. Sie habe es aus ihrem Bekanntenkreis erfahren. „*Mais*", korrigierte sie sich selbst.

„Später haben wir uns noch einmal zufällig getroffen, hier in Frontignan, aber ich glaube, da war er noch nicht verheiratet."

„Kannten Sie Noiret?"

Madame Perrier blickte unentschieden umher. „Stört es Sie, wenn ich eine Zigarette rauche?", fragte sie nun höflich.

Renée Lebrun dachte, dass es zwar unhöflich, aber vielleicht auch eine Art Solidaritätserklärung wäre, wenn sie sie ebenfalls um eine Zigarette bitten würde, abgesehen davon, dass es ihre dritte Zigarette innerhalb kurzer Zeit war und sie damit ihren durchschnittlichen wöchentlichen Zigarettenkonsum bereits überschreiten würde.

„S'il vous plaît!", bot die Frau ihr eine Zigarette an.

Die Kripobeamtin nahm eine. „Merci beaucoup." Sie steckte sie an und blies den Rauch in die Luft. Dann gab sie das Feuerzeug Madame Perrier zurück, die nun ihrerseits eine Zigarette entzündete und den Rauch aus ihrem Mund herausquellen ließ.

Sie schien immer noch unsicher zu überlegen, was sie sagen sollte. Dann nickte sie, nahm einen Zug aus der Zigarette und sagte: „Oui, ich habe ihn gekannt. Claude und ich waren ein paar Monate zusammen. Ich war, glaube ich, auch etwas verliebt in ihn. Aber zunächst war es nur eine recht lose Beziehung. Wir trafen uns vielleicht einmal die Woche. Ja, wir haben miteinander geschlafen. Ich konnte ja nicht ahnen, was für ein Mensch er wirklich war. Er hat nie viel von sich selbst erzählt. Er war besitzergreifend, er wollte vögeln. Er hat mich genommen, und ich hatte geglaubt, das sei Erfüllung und er sei der Mann für mich. Ich war noch jung und unerfahren, wissen Sie, ich hatte mich völlig darauf eingelassen."

Madame Perrier nahm einen Zug aus der Zigarette. Dann sei eine Wohnung im selben Haus, in dem er wohnte, frei geworden, und da sei sie eingezogen. Sie hätten dadurch eine Art Wohngemeinschaft gehabt, in Agde. „Aber ich hatte mich getäuscht. Anstatt dass wir uns näherkamen, entfernte sich Claude von mir. Über seine Vorgeschichte hatte er immer noch nicht viel erzählt. Ich wusste nichts über seine Familie, seinen Werdegang habe ich nie kennengelernt, außer dass er offenbar nicht viel gelernt hatte und als Erntehelfer bei der Weinlese arbeitete und einen Job als Lagerarbeiter bei Nouilly Prat hatte."

Madame Perrier und Madame Lebrun ihr gegenüber zogen den Rauch ihrer Zigaretten ein. Dann fuhr Madame Perrier plötzlich fort:

„Claude begann zu trinken, keinen Wein, geschweige denn Nouilly Prat. Er trank Whisky oder Marc. Nach wenigen Wochen habe ich mit ihm Schluss gemacht. Er hatte mich geschlagen. Immer wenn er angetrunken war, wurde er auch gewalttätig."

Eine Weile war das auch gut gegangen. Er hatte Abstand gewahrt, obwohl sie noch Nachbarn im selben Haus waren.

„Eines Abends, es muss in der Zeit der Fußballweltmeisterschaft oder Europameisterschaft gewesen sein, kam er zu mir herein und fragte, ob wir zusammen Fußball gucken könnten. Was sollte ich dagegen haben? Fußball gucken fand ich harmlos."

Madame Perrier drückte im Aschenbecher ihre Zigarette aus.

„Er ging noch einmal fort, ich glaube, um eine Flasche Whisky zu kaufen. Pünktlich zum Anstoß kam er wieder, ich glaube, das Spiel begann um Viertel vor neun. Der Abend verlief zunächst ganz entspannt. Ob das Fußballspiel aufregend war, weiß ich nicht mehr, ich weiß auch nicht mehr, wer gegen wen gespielt hat."

„Frankreich gegen Italien", sagte Renée Lebrun. „0:2 verloren. Ich habe nachgeschaut, welches Spiel am Tatabend war."

„Nach dem Spiel fasste er mir zwischen die Beine", fuhr Madame Perrier leise schluchzend fort. „Aber das habe ich in der Gerichtsverhandlung auch schon alles erzählt, und ich musste ja die Wahrheit sagen, und ich musste auch bestätigen, dass ich die ganze Zeit nur mit einem langen T-Shirt bekleidet war, dass ich also kein Höschen anhatte, denn das hatte Claude behauptet, und danach hatte der Richter gefragt und dann der Staatsanwalt und dann Claudes Verteidiger. Ich durfte ja nicht lügen, und es stimmte einfach. Ja, ich hatte die ganze Zeit kein Höschen an."

„Hatte er getrunken?"

„*Oui*", sagte Madame Perrier. „Aber das habe ich vor Gericht auch gesagt, ungefähr eine halbe Flasche Whisky. Aber ich habe ihm ganz klar gesagt, dass ich jetzt nicht mit ihm schlafen wollte. Er solle mich in Ruhe lassen. Ich schob seine Hand weg, dann packte er mich und schüttelte mich und befahl mir, die Beine breit zu machen. Ich hatte Angst. Ich ließ ihn machen. Ich hatte wirklich Angst, er könnte mich umbringen. Ja, ich hatte Todesangst."

„Hatten Sie auch getrunken?"

„*Oui, vin rouge*", sagte Madame Perrier. „Aber das habe ich auch vor Gericht ausgesagt. Ich war aber nicht betrunken. Ich hatte wirklich große Angst, als Claude über mich herfiel. Ich werde es nie mehr vergessen. Und ich ließ ihn machen. Ich kannte ihn ja. Ich wusste, dass er sich wieder beruhigen würde, wenn er abgeschossen hätte, und er kam recht schnell. Tatsächlich ließ er mich dann in Ruhe, zog seine Hosen hoch und ging in seine Wohnung hinauf."

Madame Perrier steckte sich eine weitere Zigarette an.

„Ich wollte mir das nicht weiter gefallen lassen. Gleich am nächsten Morgen bin ich zur Polizei gegangen und habe Anzeige erstattet. Ich habe die ganzen Untersuchungen über mich ergehen lassen. Der Gynäkologe stellte Spermaspuren sicher. Auch das Sofa, auf dem es geschehen war, haben die Leute nach Spuren untersucht."

„Aber vor Gericht wurde er freigesprochen."

„Er hat eiskalt gelogen", sagte die junge Frau. „Er hat glatt behauptet, die Initiative sei von mir ausgegangen, ich hätte nach dem Fußballspiel das T-Shirt hochgezogen und ihn aufgefordert, es mir zu besorgen. Damit kam er durch. Es stand Aussage gegen Aussage. Im Zweifel für den Angeklagten, also wurde das Verfahren eingestellt."

„*Enfin*, Sie mussten zugeben, dass sie ein Fußballspiel lang, also mindestens eindreiviertel Stunden, quasi halbnackt neben ihm gesessen hatten", sagte Madame Lebrun. „Das ließ wohl Zweifel an Ihrer Glaubwürdigkeit zu. Aber ich glaube Ihnen, dass Sie aus Angst, er würde Ihnen etwas antun, mit ihm geschlafen haben. Sie waren ihm körperlich unterlegen. Es war eine gefühlte Vergewaltigung. Es gab für das Gericht wahrscheinlich auch deshalb keine zwingende Beweislast, weil Sie wenige Wochen zuvor ja noch einvernehmlichen Verkehr mit ihm gehabt hatten. Warum also nicht auch nach dem Spiel Frankreich gegen Italien?"

„Aber es war eine Vergewaltigung."

„Was passierte danach? Ich meine, Sie lebten weiterhin im selben Haus."

„*Non*", sagte Madame Perrier. „Ich bin zu meinen Eltern zurückgezogen, bis ich eine neue Wohnung gefunden hatte, diese hier in Frontignan."

„Darf ich fragen, was Sie beruflich machen?"

„Ich arbeite in einem Supermarkt als Kassiererin", sagte sie. „Und an manchen Abenden in der Saison, vor allem an den Wochenenden, mache ich den Service in einem Restaurant unten in Frontignan-Plage."

Ob sie danach noch Beziehungen gehabt hätte zu anderen Männern, wollte Madame Lebrun noch wissen.

Madame Perrier nickte. „Es war noch vor dem Gerichtstermin, als ich einen netten Mann kennenlernte, einen Gast im Le Poisson Rouge. Er war neu in der Gegend. Wir sind heute noch zusammen." Sie zeigte auf eine Bildergalerie an der Wand, auf der sie mehrfach an der Seite eines jungen, kurzhaarigen Mannes abgebildet war. Auf einem trug er sie auf den Armen, auf einem anderen standen sie Arm in Arm am Strand, dann wieder saßen sie auf einer Bank irgendwo in den Bergen.

„Was macht er?"

„Clément ist Heizungsbauer und Installateur", sagte die Frau. „Er arbeitet bei einer größeren Firma hier in Frontignan. Außerdem ist er bei der Freiwilligen Feuerwehr. Wir wollen bald heiraten und ein kleines Häuschen kaufen. Ich meine, das könnte doch passen, wo wir schon fast acht Jahre zusammen sind und uns immer noch lieben."

„Hatte Noiret Freunde?", fragte Madame Lebrun. „Ich meine jemanden, mit dem er vielleicht bis zuletzt noch Kontakt gehabt haben könnte."

Madame Perrier überlegte kurz. Dann verneinte sie. In der kurzen Zeit, als sie zusammen waren, seien keine Freunde aufgetaucht. „Ich kann mich nicht daran erinnern, dass er mich je jemandem als seine Freundin vorgestellt hat."

Renée Lebrun erinnerte die Geschichte an die Affäre von Michelle Reynouard mit Claude Noiret. Aber sie erklärte noch nicht die Frage, warum der Mann seine Familie ausgelöscht hatte. Alle Indizien deuteten darauf hin, dass Noiret an der Seite von Philine mindestens sieben Jahre lang ein unauffälliges Familienleben geführt hatte. Sie hatten zwei Kinder bekommen. Was hat Noiret angetrieben, die Affäre mit Michelle Reynouard zu beginnen, warum hat er seine Frau und Kinder erstochen? Sie hielt es für wahrscheinlich, dass er in den vergangenen Wochen und Monaten wieder mehr getrunken hatte, was eine größere Gewaltbereitschaft erklären würde.

Der Lagermeister bei Noilly Prat hatte eine entsprechende Andeutung gemacht, dass Noiret zu der Zeit, als es zu dem Vergewaltigungsprozess gekommen war, ein kleines Alkoholproblem gehabt hätte. Seitdem er mit Philine zusammen war, hätte er das aber im Griff gehabt. Er sei zuverlässig gewesen und hilfsbereit. Aber vor etwa zwei oder drei Monaten habe er einmal eine Fahne gehabt, als er zur Arbeit gekommen war.

32.

Als Gerd und Michelle am nächsten Morgen zum Frühstücksraum herunterkamen, stieß er leise einen Fluch aus. Im Vorbeigehen durch die Halle erhaschte er bei einem Blick auf die Tageszeitungen, die auf einem Tischchen ausgebreitet waren, ein Foto von der Rundschleuse. Er nahm den Midi Libre an sich und starrte auf das Titelbild. Es zeigte die Szene, wie er mit dem Rollkoffer in der einen und Michelle an der anderen Hand vor dem Schleusenwärterhaus Richtung Auto ging. Außerdem war einer der Polizeibeamten im Bild, der neben dem Hauseingang stand. Das Bild war zwar zu unscharf, um sie identifizieren zu können, außerdem zeigte es sie von schräg hinten, aber der Polizeibeamte war deutlich zu erkennen. Offensichtlich war das Bild oben von der Straßenbrücke über den Kanal aus aufgenommen, also aus einer Entfernung von mindestens 20 Metern.

„Schleusenwärterin festgenommen", titelte das Blatt, und das Bild dazu suggerierte in der Tat mehr ein Abführen als ein Händchenhalten, obwohl Handschellen natürlich nicht zu erkennen waren.

„Dringender Verdacht in Zusammenhang mit dem Massaker von Marseillan", dichtete die Zeitung in der Unterzeile.

„Von Yvonne Picon", las Gerd etwas erstaunt den Artikel.

„Agde. Gestern Nachmittag wurde überraschend die junge Wärterin der Schleuse von Agde festgenommen. Die 24 Jahre alte Michelle R. wurde von einem Kriminalbeamten abgeführt. Beide fuhren in einem weißen Kleinwagen von dem Schleusengelände davon. Nähere Einzelheiten wollte die Kriminalpolizei nicht bekannt geben. Auf Nachfrage sagte Jean-Baptiste Moreau, Polizeisprecher in Sète, allerdings: ‚Es hat keine Festnahme gegeben.'

Offenbar steht die Festnahme im Zusammenhang mit dem Massaker von Marseillan und dem Fund einer Leiche im Hérault, dem mutmaßlichen Mörder von Marseillan. Bisher hatte die Polizei auf einer Pressekonferenz nur mitgeteilt, dass die Ermittlungen auf dem Gelände der Rundschleuse damit wohl in Zusammenhang stünden, ohne Details oder konkrete Verdachtsmomente mitzuteilen.

Bisherigen Ermittlungen zufolge hatte ein 34 Jahre alter Mann in Marseillan seine Frau, 31, und die Kinder, 4 und 6 Jahre alt, erstochen, bevor er vermutlich auf der Flucht unter mysteriösen Umständen im Hérault ertrunken ist. Seit gestern wird deshalb die Rundschleuse von Kriminaltechnologen unter die Lupe genommen.

Außerdem haben am Stichkanal unterhalb der Schleuse Bauarbeiten begonnen. ‚Wir errichten hier eine Sperre‘, sagte Jacques Perrier von der VNF, der Wasserstraßenverwaltung in Frankreich. Das könne einige Tage in Anspruch nehmen. Ob die Baumaßnahme in Zusammenhang mit den polizeilichen Ermittlungen stehe, wollte er weder bestätigen noch dementieren.

Der Polizeisprecher wollte auch keine Angaben darüber machen, warum die Schleusenwärterin gestern nach Cap d'Agde gebracht wurde. Der Fall bleibt weiterhin mysteriös."

„Aha", sagte Gerd. „Yvonne Picon war offenbar die eifrige Reporterin, die uns gestern nach Cap d'Agde gefolgt war. Aber wieso kommt sie an deinen Namen? In der Pressekonferenz ist von dir nie die Rede gewesen."

Das mit der Namensnennung, auch wenn der Nachname abgekürzt war, fand Pocher unmöglich, mit dem Rest der Geschichte hätte er sich abfinden können, auch wenn sie bei den Haaren herbeigezogen war, nur um den blutverschmierten Fall, an dem sie seit Tagen dran waren, journalistisch am Kochen zu halten.

„Zufall", sagte Michelle. „Sie kannte mich wohl noch." Michelle erzählte, dass diese Reporterin vor einigen Monaten, als sie noch neu auf der Schleuse war, ein Porträt von ihr machen wollte. Eigentlich hatte sie nichts dagegen, und auch die VNF war damit einverstanden. Warum sollte die Zeitung nicht ein Porträt von ihr bringen? „Wie sieht der Alltag einer Schleusenwärterin aus und so." Eigentlich hätte sie ja nichts zu verbergen gehabt. Deshalb kannte sie ihren Namen und ihr Alter.

„Weil ich dann aber beschlossen hatte, ihr die wüstesten Geschichten aus meiner Jugend zu erzählen, muss sie wohl gemerkt haben, dass das alles erlogen war." Sie lachte herzlich auf, als sie sich daran erinnerte, wie sie der Reporterin weismachen wollte, dass sie eigentlich Rennfahrerin werden wollte, aber es in der Formel eins keinen Platz für Frauen gegeben habe. Dann habe sie die Geschichte erfunden, wie sie mit 15 Jahren allein die Welt umsegelt habe, einschließlich der Passage von Cap Hoorn, und wie sie sich wochenlang nur von selbst gefangenem Fisch ernährt hätte. Außerdem hatte sie noch eine Geschichte aufgetischt, dass sie in ihrem früheren Leben als Seiltänzerin in einem Zirkus mitgereist sei. Außerdem habe sie angeblich vorgehabt, als Sängerin Karriere zu machen. Wenigstens daran war aber ein Gran Wahrheit gewesen, weil sie tatsächlich angefangen hatte, Gesangsunterricht zu nehmen.

„Nein", sagte sie, „von meinem wirklichen Leben, von den ziellosen Jahren im Pariser Studentenmilieu, von dem Flugzeugabsturz meiner Eltern, ich wollte damals nicht, dass davon etwas in der Zeitung steht. Der Artikel ist nie erschienen."

„Aber sie erinnerte sich jetzt an deinen Namen und dein Alter."

„Das war das Einzige, das von dem, was ich ihr erzählt habe, stimmte, abgesehen davon, dass ich mittlerweile 25 bin."

33.

Nach dem Frühstück waren sie zur Place René Subra hinaufgefahren. Michelle folgte Gerd ins Polizeigebäude, als sich ihnen eine Frau in den Weg stellte.

„Keine Fragen, keine Antworten", wehrte Pocher augenblicklich ab. Offensichtlich hatte ihnen wieder diese Yvonne Picon aufgelauert.

„Madame Reynouard", hielt sie nun Michelle direkt ein Diktiergerät vor den Mund. „Können Sie ein Wort über ihre Festnahme sagen?"

Pocher drängte sich nun dazwischen. „Gardienne Reynouard", korrigierte er die Anrede, „Police Nationale." Und er grinste breit, während der Reporterin die Kinnlade herunterklappte. Er war selbst etwas überrascht, wie überzeugend ihm diese Lüge über die Lippen gegangen war und wie spontan er damit die Journalistin mit ihren eigenen Waffen geschlagen hatte. Jedenfalls wurden sie weiter nicht mehr von ihr belästigt.

Der Zeitungsartikel hatte bereits im Commissariat für helle Aufregung gesorgt.

Gabin überlege, ob es möglich wäre, eine Gegendarstellung zu verlangen, sagte Renée Lebrun. Aber dann sei er zu dem Schluss gekommen, dass das nur unnötiges weiteres Aufsehen erregen würde. Er wolle sich in einem persönlichen Brief an die Autorin wenden, um ihr eine Rüge auszusprechen, weil sie die Ermittlungen gefährdet habe.

„Wir arbeiten gegen die Zeit, aber uns sind die Hände gebunden. Die Absperrung des Stichkanals wird wohl den ganzen Tag in Anspruch nehmen", hielt Lebrun einen Lagebericht. „Erst dann können wir mit dem Leerpumpen der Schleusenkammer beginnen. Wir müssen uns also darauf einrichten, am Sonnabend zu arbeiten. Wenn alles nach Plan läuft und weitere Erkenntnisse aus der Gerichtsmedizin und den technischen Labors vorliegen, können wir am Montag eine weitere Pressekonferenz anberaumen, um die abschließenden Ergebnisse der Öffentlichkeit mitzuteilen."

Angesichts der großen journalistischen Aufmerksamkeit habe Gabin angeordnet, die Schleuse abzuschirmen. Er wolle dadurch vermeiden, dass die Filmteams jeden Krümel mitfilmten, den seine Leute einsammelten.

Sie setzten sich ins Besprechungszimmer, an der Pinwand hatte sich nicht mehr viel geändert. Der Weg vom Tatort in Marseillan zum Fischerhafen, die Fahrt mit dem gestohlenen Kahn über den Étang de Thau in den Canal du Midi bis zum Ufer des Hérault war rekonstruiert mit jeweils ungefähren Zeitangaben. Das passte alles zusammen. Mittlerweile war von Hydrologen der VNF auch die Möglichkeit bestätigt worden, dass durch mehrmaliges Ablassen der gefüllten Schleusenkammer in den Stichkanal die Strömung ausreichend gewesen sein könnte, um eine schwimmende Leiche innerhalb etwa einer halben Stunde bis zur Einmündung in den Hérault treiben zu lassen.

Dann kam eine weitere Nachricht aus der Technik hinzu. Untersuchungen der Bekleidung der Wasserleiche hatten zweifellos ergeben, dass sie blutbefleckt war, „und zwar ordentlich", wie Riquet sich ausdrückte. „Das Blut stammt ziemlich wahrscheinlich von seiner Frau. Letzte DNA-Analysen stehen noch aus", beendete Lebrun ihren Vortrag.

Sie schritt in dem Besprechungszimmer auf und ab, dann bat sie Pierre, ihr zu folgen. Die beiden gingen zum Eingangsbereich. Dort stand so ein Blech-Flic, also eine lebensgroße Polizeifigur, die die rechte Hand mit gestrecktem Zeigefinger gehoben hatte. Na ja, wenn man von der anderen Seite schaute, war es die linke Hand. „Pack mal mit an", forderte sie Pierre auf, und sie schleppten die sperrige Figur hoch ins Besprechungszimmer und stellten sie in einem freien Bereich auf.

„Was soll das?", fragte Pierre. Auch Gerd zeigte sich etwas irritiert. Solche Figuren werden in der Regel an Kreuzungen postiert, um Autofahrer darauf aufmerksam zu machen, dass sich etwa die Verkehrsführung oder die Vorfahrtsregelung geändert hat. „Machst du jetzt Witze?"

„Ich finde den Blechkollegen irgendwie dekorativ", wandte Gerd ein. „Das lockert ungemein die strenge Atmosphäre auf, die hier immer herrscht, weil wir hier immer wieder mit den noch offenen Fragen in einem zu lösenden Fall konfrontiert werden."

Renée bat Michelle herein, die die ganze Zeit an Pochers leerem Schreibtisch gewartet hatte. „Michelle", sagte sie, „würden Sie sich zutrauen, die entscheidende Szene aus der Mordnacht nachzustellen?"

„Was meinen Sie damit?"

„Na ja, ich meine die Szene, wie Sie Noiret das Messer aus der Hand getreten haben und wie er dann rücklings auf den Poller gestürzt ist. Ich weiß, dass es nicht leicht ist, eine Szene nachzustellen, in der ein Mensch tatsächlich zu Tode gekommen ist." Aber es sei für Renée Lebrun wichtig. Es gehe darum, ihre Glaubwürdigkeit gegenüber der Staatsanwaltschaft zu unterstreichen.

Sie umfasste die Blechfigur, als ob sie mit ihr tanzen wollte. „Also, das hier ist jetzt Claude Noiret", sagte Lebrun, „und die ausgestreckte Hand ist die Hand mit dem Messer." Sie fasste Michelle an der Taille und schob sie zu der Figur hin. „So ungefähr könnten Sie ihm gegenübergestanden haben."

„Nein, so!" Michelle trat einen Schritt zurück. Sie war angespannt und musste nachdenken. Sie hatte die Szene versucht, aus ihrem Gedächtnis zu spülen, aber natürlich war sie noch da. Sie gestikulierte mit den Armen, als ob sie die Umherstehenden zur Ruhe ermahnen wollte, schloss die Augen und versuchte sich zu konzentrieren. Sie hatte genau den richtigen Abstand zu der Hand mit dem erhobenen Zeigefinger. Sie atmete tief durch, immer wieder.

Die umstehenden waren verstummt und betrachteten die junge Frau, die immer noch unentschlossen wirkte, ob sie angesichts der furchtbaren Erinnerung in Tränen ausbrechen, hilflos aufgeben oder die gleiche Entschlossenheit an den Tag legen sollte wie in ihrer Schilderung der schicksalhaften Nacht. Sie ließ sich Zeit.

Mit einem Mal drehte sie sich leicht nach rechts, nahm mit dem rechten Bein vom Boden aus Schwung und drehte sich blitzschnell auf dem linken Fuß nach links, wobei sie ihr rechtes Bein in die Höhe schnellen ließ, dass es schepperte. Durch den heftigen, gezielten Tritt gegen die Hand drehte sich der Blechpolizist zwei-, dreimal um seine eigene Achse, ehe er rücklings zu Boden ging und mit dem Kopf auf einem Aktenschrank aufschlug. Die zweidimensionale Figur legte sich auf die flache Seite und wippte noch etwas hin und her, bis sie verstummte.

Michelle war völlig aufgewühlt. Renée nahm sie in den Arm. „Das haben Sie gut gemacht, hervorragend!"

Pierre und Gerd waren beeindruckt von dieser Vorführung. Damit hatte niemand gerechnet.

„Ist etwas?" Henri Treinte, durch den scheppernden Lärm aufmerksam gemacht, war ins Zimmer gestürmt.

„Nur ein Test", sagte Lebrun. „Pierre und Gerd, ihr könnt jetzt die Figur wieder hinuntertragen ins Foyer, und biegt die Hand wieder einigermaßen gerade. *Chapeau!*", sagte sie anerkennend zu Michelle. „Sie haben gerade meine letzten Zweifel ausgeräumt, dass Ihre Version dieser Szene nicht der Wahrheit entspricht. Ich hoffe für Sie, dass die Staatsanwaltschaft das genauso sieht. Möglich, dass wegen der Schwere des vorausgegangenen Verbrechens und der akuten Gefährlichkeit des Mörders die Staatsanwaltschaft davon absieht, gegen Sie ein Verfahren zu eröffnen wegen fahrlässiger Tötung. Es war wohl Notwehr. Ein kleines Risiko besteht noch darin, wie die Staatsanwaltschaft den Umstand bewertet, dass Sie die Leiche erst einmal fortgespült haben, anstatt die Polizei zu rufen. Aber deswegen brauchen Sie sich keine Sorgen zu machen."

Michelle Reynouard fühlte sich nun wieder sicherer, sie ahnte, dass diese unsägliche Geschichte bald zu Ende ging. Sie wollte schnellstmöglich einfach nur noch Schleusenwärterin sein.

„Leute!", trommelte Renée die Truppe zusammen, also Gerd und Pierre. „Wir machen für heute Feierabend. Es gibt einen freien Nachmittag für alle, dafür sehen wir uns morgen um 8 Uhr an der Schleuse." Sie machte im Besprechungsraum das Licht aus und ging noch kurz in ihr Büro.

34.

Als Gerd vor die Tür trat, mit Michelle an seiner Seite, wollte er seinen Augen nicht trauen. Da stand ein Wagen, der ihm sehr bekannt vorkam, direkt vor dem Eingang, wo eigentlich absolutes Halteverbot war. Es war sein Wagen, der silberfarbene Toyota mit dem Kennzeichen K-GP 67. Jasmin stieg auf der Fahrerseite aus dem Wagen und lief auf ihren Vater zu.

„Überraschung!", jubelte sie, als sie bemerkte, wie verdutzt Gerd immer noch in der Eingangstür des Polizeigebäudes stand. Die Überraschung war in der Tat gelungen. Damit hatte er am wenigsten gerechnet. Noch weniger hatte er damit gerechnet, dass sich nun auch Jonas aus dem Wagen erhob. Er hatte offenbar hinter seiner Schwester gesessen, und es stiegen zwei weitere junge Leute aus dem Toyota, die Pocher nicht kannte.

Nachdem sie ihren Vater mit herzlicher Umarmung begrüßt hatte, stellte Jasmin die junge Unbekannte als Jutta vor und den Mann als Lukas. „Wir sind vorgestern hier angekommen", erzählte Jasmin. „Wir haben unsere Zelte in Palavas-les-Flots auf einem Campingplatz aufgeschlagen. Dann waren wir gestern in Montpellier bei der Polizei. Dort konnte man uns zunächst aber nicht weiterhelfen." Erst nach vielen Nachfragen und ihrem beharrlichen Auftritt habe sie schließlich Auskunft bekommen. Sie würde Gerd Pocher in Agde finden. „Und heute Morgen sind wir gleich losgefahren."

Jonas nahm seinen Vater ebenfalls einmal in den Arm. Dann blickte er zu Michelle hinüber. „Michelle", stellte Gerd Pocher die Frau an seiner Seite vor. „Nennt sie Michelle!" Er überlegte kurz, wie er seinen Kindern erklären sollte, dass sie mehr für ihn bedeutete als eine flüchtige Bekanntschaft. „Sie ist meine Freundin", drückte er sich aus, was wiederum bei Jasmin und Jonas für erstaunte Gesichter sorgte. Michelle war kaum älter als sie selbst.

„Lasst uns gehen, Hier könnt ihr nicht parken!", sagte Gerd. „Kennst du irgendwas Schönes, wo man eine Kleinigkeit essen kann?", fragte er Michelle.

Spontan fiel ihr eine Brasserie oben am Canal du Midi ein, La Guinguette, direkt am Hochwasser-Sperrwerk. „Das ist aber etwas außerhalb." Sie erklärte den jungen Leuten den Weg. Aber offensichtlich konnten sie so schnell ihren Ausführungen nicht folgen. Dazu reichten ihre Französischkenntnisse wohl noch nicht. Gerd spielte aber gerne den Interpreteur und übersetzte Michelles Angaben. Er musste es für sich selbst auch übersetzen, um es zu verstehen.

Die jungen Leute bestiegen den Wagen und fuhren schon einmal los, die Route de Marseillan hinaus, direkt hinter der Brücke über den Kanal links ab stießen sie auf das Café an dem Sperrwerk, wo der Kanal in den Hérault mündete, schräg gegenüber von dem Gelände des Ruderclubs.

Als Michelle den Peugeot starten wollte, hielt Gerd ihre Hand fest. Er beugte sich über sie, umarmte und küsste sie und brach plötzlich in Tränen aus. Er schluchzte noch eine ganze Weile und hielt ihre Hand auf seine Wange, während er sein Gesicht noch in ihren Busen vergraben hatte. Dann richtete er sich wieder auf, atmete einmal tief durch.

Seit der ersten Liebesnacht hatte er dieses intensive Gefühl der Leidenschaft, das alles andere überlagerte, das alles andere verdrängte, aber es war auch mit Ängsten durchsetzt, mit Verlustängsten, dass das genauso schnell wieder vorbei sein könnte. Mit jedem Tag an ihrer Seite aber wuchs diese Leidenschaft, diese Zuneigung, ein tiefes Gefühl der Zusammengehörigkeit. Er hätte vor Glück in die Luft springen können, tat es aber nicht, stattdessen hatte er in einem Mordfall ermittelt, bei dem offen war, was sie damit zu tun hatte. Jetzt war es der Überraschungsbesuch seiner Kinder, der dieses brodelnde Fass voller Glücksgefühle zum Überlaufen brachte.

Michelle blickte ihn mit verliebten Augen an und küsste ihn auf die verheulten Augen, sog die salzigen Tränen von seinen geröteten Wangen. „Je t'aime", hauchte sie auf seinen Mund und presste ihre Lippen darauf, wie um diesen Schwur zu besiegeln.

Nach diesem lang andauernden Kuss in einem Auto auf dem Parkplatz der Polizeistation von Agde kehrten sie nur allmählich, wie aus einem tiefen Rausch, ins Alltagsgeschehen zurück. Michelle startete nun den Wagen und fuhr fröhlich aus der Stadt hinaus Richtung Canal du Midi.

Hand in Hand betraten sie die Terrasse der kleinen Brasserie, wo die vier jungen Leute schon auf sie warteten.

„Wie seid ihr denn auf die Schnapsidee gekommen?", wollte Gerd von seinen Kindern wissen.

Noch am Montagnachmittag, an dem Tag, als sie ihn morgens zum Flughafen gebracht hatte, sei Jasmin nach Tübingen gefahren, um ihren Bruder zu besuchen. Sie sei auf einmal neugierig gewesen, wie sich das so anfühle mit dem Studentenleben. Am Abend hätten sie sich mit ein paar Leuten getroffen, die Jonas von der Uni her kannte. In Tübingen sei sonst nicht viel los gewesen. Die meisten Studenten waren verschwunden, verreist oder so. „Und dann haben wir spontan beschlossen, auch zu verreisen. Ich hatte ja dein Auto, Reisegepäck hatte ich dabei, da ich mich schon darauf eingerichtet hatte, für ein paar Tage unterwegs zu sein", erzählte Jasmin.

„Ach so", versuchte sie die Zusammenstellung der Truppe zu erklären: „Lukas und Jutta waren noch mitgekommen auf die Bude von Jonas. So hat sich das einfach ergeben, dass sie auch mitfahren wollten. Ich meine, sie blieben über Nacht, und wir testeten aus, ob wir uns wohl verstehen würden. Ich glaube, Jonas kannte Jutta schon etwas länger." Lukas war der Einzige, der nicht nur in Tübingen studierte, sondern auch zuvor schon in der Gegend gewohnt hatte und immer noch wohnte, bei seinen Eltern. Er konnte zwei kleine Zelte besorgen. Noch am Dienstagmittag seien sie einfach losgefahren, zunächst bis Vienne, dann über Landstraßen an den Cevennen entlang nach Palavas-les-Flots. „Wir dachten natürlich, wir würden dich in Montpellier finden. Aber gut. Agde geht auch."

Sie schlürften ausgelassen ihren Milchkaffee und aßen eine Kleinigkeit, während aus der Ferne laute Geräusche einer Baustelle zu vernehmen waren, ein unaufhörliches Klopfen und Hämmern. Die Kinder, der Begriff, den Pocher immer verwendete, wenn von seinen Kindern die Rede war, schien ihm plötzlich unangemessen: Die jungen Leute erzählten von ihrer Reise und davon, dass sie noch am Mittwochabend ins Mittelmeer springen wollten, aber nicht weiter als bis zu den Knien vorgedrungen waren. Das Wasser sei so eiskalt gewesen, dass es wehtat.

„Lukas", sagte Gerd Pocher, „was machst du denn so?" Er hatte bemerkt, dass der junge Mann offensichtlich Gefallen an seiner

Tochter gefunden hatte, aber hier am Tisch etwas verlegen wirkte. Er war sich ziemlich sicher, dass er mit Jasmin geschlafen hatte. Aber als Vater in seiner Situation musste er besonders verständnisvoll dafür sein, zumal seine Tochter immerhin 19 Jahre alt war und über sich selbst bestimmen konnte, mit wem sie ins Bett geht. Sie hatte bestimmt auch schon früher Sex mit anderen Jungs gehabt. Sie hatte es ihm nicht erzählt. Er hatte aber auch nie konkret danach gefragt. Bei Jonas war es etwas anders gewesen. Er hatte damals, er war gerade 18 und wieder einmal komplett blank, seinen Vater um Geld gebeten, ein paar Euro nur. Es sei dringend. Er sei mit seiner Freundin verabredet und müsse schnell noch was besorgen. „Präservative, nehme ich an", hatte er gesagt und bemerkt, wie seinem Sohn die Schamesröte ins Gesicht gestiegen war, als er den Fünf-Euro-Schein dankend entgegengenommen hatte. Am nächsten Tag hatte er danach gefragt, wie die Nacht gewesen sei. Und Jonas hatte zufrieden genickt.

„Ich studiere Germanistik", sagte Lukas, „wie Jonas. Wir sind im gleichen Semester."

Auch Jutta stellte sich als Germanistik-Studentin, demnächst im dritten Semester, vor. Sie komme aus Aachen.

35.

Am Ufer des Stichkanals war schweres Gerät aufgefahren. Mit einem Kran wurde ein langes Stahlrohr mit etwa 20 Zentimetern Durchmesser auf den Grund des Kanals senkrecht aufgestellt und dann mit einem pneumatischen Hammer in den Boden getrieben. Es folgten weitere Rohre, eines neben dem anderen. Sie wurden am oberen Ende jeweils miteinander verschweißt. Bis zum Abend waren etwa 40 solcher Röhren in den Boden des Kanals getrieben, bis diese stählerne Sperre von einem zum anderen Ufer reichte. Die Rohre waren nicht ganz gleichmäßig und lotrecht versenkt worden, aber auf Schönheit sollte es den Verantwortlichen auch nicht ankommen.

Der Wasserbau-Ingenieur befand, dass es möglichst schnell gehen sollte, und am Ende würde es reichen, um den Zweck zu erfüllen. Die Arbeiter befestigten am oberen Ende eine große Plastikplane in der Art, wie man sie von Lastwagen her kennt. Mit der Plane wurde die Sperre auf der Seite zum unteren Hérault hin abgedichtet. Sie reichte ein paar Meter von der Sperre entfernt bis auf den Grund des Kanals. Um sie zu beschweren, wurden als Letztes Sandsäcke am Fuß der Sperre herabgelassen.

Als das Bollwerk komplett war, machte der Bautrupp Feierabend. Nachdem den ganzen Tag über der Hammerlärm der Ramme die Szene bestimmt hatte, war nun nur noch das Brummen der Autos auf der Avenue Raymond Pitet zu vernehmen, ab und an ein Hupen oder das Vorbeirattern eines Zuges. Ein anderer Bautrupp hatte den ganzen Tag daran gearbeitet, rund um das Schleusengelände zwei Meter hohe Bauzäune zu errichten, bespannt mit undurchsichtigen Plastikplanen, auch entlang des Brückengeländers an der Straße über den Kanal.

36.

Als sie in fröhlicher Urlaubsstimmung etwas gegessen hatten, machte Gerd Pocher den Vorschlag, dass sie die jungen Leute ja nach Palavas-les-Flots zurückbegleiten könnten. „Ich habe heute Nachmittag frei", sagte er. „Was hältst du davon?", fragte er Michelle. Es war schließlich ihr Wagen, mit dem er sich nun chauffieren ließ.

„*Pourquoi pas?*" Sie war einverstanden. In Agde konnten sie ohnedies an dem Tag nichts mehr ausrichten. Also machten sie sich auf den Weg. Nach etwa einer Stunde erreichten sie den Campingplatz Montpellier Plage in Palavas. Er war nicht weit vom Strand entfernt. Jonas empfing sie am Eingang zum Campingplatz und führte sie zu der Stelle, an dem sie ihre kleinen Zelte errichtet hatten, unterhalb einer großen Platane.

„Setzt euch auf die Wiese", sagte Jasmin. „Stühle oder so etwas haben wir hier nicht."

Lukas kam hinter ihr aus dem Zelt gekrochen und hockte sich neben sie. Aus dem Nachbarzelt kam schließlich Jutta dazu. Sie hatte sich schnell einen knallgelben Bikini angezogen. „*Vamos a la playa!*", sagte sie auf Spanisch. Sie nahmen ein paar Handtücher unter den Arm und gingen nun zum Strand hinüber. Lukas hatte einen Sonnenschirm besorgt, den man in den Sand spießen konnte. Sie ließen sich einfach an einer Stelle nieder. Platz war hier genug.

37.

Yvonne Picon trat aus dem Gebäude des Midi Libre und wirkte etwas niedergeschlagen. Die Journalistin hatte vom Chef einen auf den Deckel bekommen, weil sie Behauptungen aufgestellt hatte, die nicht ganz der Wirklichkeit entsprochen hatten und offensichtlich zu unbeabsichtigten Vorverurteilungen und unnötigen Identifizierungen in einem Mordfall führen könnten. Sie hatte außerdem gewusst, dass ihr Chef Michel Lagarde mit Henri Gabin von der Polizei befreundet war. Ja, sie war etwas über die Stränge geschlagen, aber das war kein Grund für eine Abmahnung, dachte sie. Sie blickte über die Straßenszene und versuchte, wieder eine arbeitsmäßige Struktur in den Rest des Tages zu bekommen und überlegte, wie sie es nun anstellen würde, um ihr journalistisches Talent unter Beweis zu stellen und ihre Unentbehrlichkeit beim Midi Libre.

Als sie immer noch unentschlossen vor dem Eingang zum Zeitungsgebäude stand, sprach sie ein etwas älterer Mann unvermittelt an: „Madame Picon, glaube ich. Sie sind doch Journalistin, nicht wahr?" Die Frau nickte, sagte aber nichts. Der Mann, Mitte 50, meinte, dass er eine interessante Geschichte für sie habe, eine ganz exklusive Geschichte, ein Hammer.

Die Journalistin dachte sich nichts dabei, eine gute Geschichte konnte sie jetzt gebrauchen, und ging erst einmal darauf ein. „Ich weiß etwas über die Rundschleuse, was außer mir keiner weiß", machte er die Frau neugierig und gewann ihr Vertrauen. „Steigen Sie ein", forderte er sie auf, in seinen Mercedes einzusteigen und hielt ihr die Beifahrertür auf. „ich zeige Ihnen was." Nichts ahnend nahm die Journalistin das Angebot an und setzte sich auf den Beifahrersitz.

„Ich werde Ihnen alles erklären, wenn es soweit ist. Sie werden es als Erste erfahren. Aber vorher müssen Sie mir sagen, was Sie davon wissen, was in der Rundschleuse los ist." Der Mann legte seinen Sicherheitsgurt an und startete den Motor.

Sie fuhren durch Agde, und Yvonne Picon sagte, dass sie nicht mehr wüsste, als im Zusammenhang mit einem brutalen Mord in Marseillan an der Rundschleuse ermittelt werde. „Ich vermute, dass der Mörder in der Schleuse zu Tode gekommen ist", sagte sie, als der Wagen langsam die Avenue Raymond Pitet hinauffuhr. Im Vorbeifahren war zu erkennen, dass ein Bautrupp große Metallrohre in den Stichkanal rammte. Der Mann fuhr zwar zunächst ganz langsam an der Baustelle vorbei, beschleunigte dann aber in Höhe der abgesperrten Schleuse und fuhr weiter Richtung Bessan. Kurz vor Bessan hielt er an einer Kreuzung am Seitenstreifen in unmittelbarer Nähe des Héraults.

Er sprang aus dem Wagen, lief zur Beifahrerseite und packte die Frau fest am Arm. „Pardon, ich muss Sie bitten, jetzt umzusteigen, zu Ihrer eigenen Sicherheit." Er zerrte sie aus dem Sitz, zog sie zum Wagenheck, wo die Kofferraumklappe geöffnet war. Yvonne Picon versuchte sich zu wehren, aber gegen den kräftigen Mann war sie machtlos. Er schubste sie gegen das Heck des Wagens, dass sie rücklings in den Kofferraum fiel. „Ihr Telefon!" Der Mann streckte seine Hand aus. Die Frau schüttelte den Kopf. Sie wollte um Hilfe rufen, aber es war weit und breit niemand zu sehen. Bevor Autos vorbeifuhren und vielleicht etwas Verdächtiges bemerkten, griff der Mann in ihre Gesäßtaschen, fischte ein Smartphone heraus, schaltete es aus und warf die Kofferraumklappe zu.

Er setzte sich ans Steuer zurück und fuhr weiter. Yvonne Picon lag mit angewinkelten Beinen auf dem Rücken und fingerte an den Wänden des dunklen Kofferraums, ob es irgendeinen Schalter gebe, um den Gepäckraum von innen zu öffnen. Sie realisierte, dass es aussichtslos war. Sie bekam es mit der Angst zu tun. Sie ahnte, dass sie gerade entführt wurde, hatte aber keine Ahnung warum. Vielleicht wollte der Mann sie vergewaltigen, misshandeln, jemanden erpressen. Aber wen?

Sie war nicht verheiratet, hatte keine Kinder. Sie war 39 Jahre alt und mit Leib und Seele Journalistin. Sie überlegte, ob sie mit ihrer Berichterstattung jemandem zu nahegetreten sein konnte, ob es vielleicht jemanden geben konnte, der sich an ihr rächen wollte. Tausend Dinge aus der Vergangenheit schossen ihr durch den Kopf, eine kurze Affäre mit einem TV-Serien-Helden, aber das lag fünf Jahre zurück, das Gespräch am Vormittag mit dem Lokalchef, weil sie die Geschichte mit der Verhaftung der Schleusenwärterin gebracht und jetzt erfahren hatte, dass sie eigentlich eine Polizistin sei. Aber was hatte das alles jetzt mit ihrer Entführung zu tun? Sie konnte sich keinen Reim darauf machen. Sie versuchte nur, einen klaren Kopf zu behalten. Sie dachte auf einmal an ihre Eltern, die sie seit Weihnachten nicht mehr gesehen hatte. Dann versuchte sie, sich die Fahrweise des Wagens zu merken. Nach einer Weile ging es offenbar bergan und bergab. Es war schwer, in der Dunkelheit des Kofferraums – es machte keinen Unterschied, ob sie die Augen geschlossen oder geöffnet hatte – etwa die Geschwindigkeit auszumachen. Aber sie hatte den Eindruck, dass der Wagen nicht sehr schnell fuhr. Sie waren vielleicht auf kleinen, abgelegenen Straßen unterwegs. Sie bemerkte allerdings, dass es einige scharfe Kurven gab, vielleicht auch nur Abzweigungen auf verschlungenen Wegen. Sie hatte auch kein Gefühl mehr für die Zeit. Waren sie fünf Minuten gefahren, oder war bereits eine halbe Stunde vergangen? Es kam ihr sehr lang vor, als es am Ende der Fahrt etwas holprig wurde.

Minutenlang fuhr der Wagen offenbar auf unbefestigten Wegen, bis er schließlich anhielt und der Motor abgestellt wurde. Sie vernahm Geräusche, ein blechernes Scheppern, das sich anhörte wie das Schließen eines Eisentores, eines Garagentores, dann schnellte der Kofferraumdeckel hoch.

Obwohl die Garage nicht besonders hell beleuchtet war, musste Yvonne Picon blinzeln, denn sie war etwas geblendet. „Kommen Sie." Der Entführer reichte ihr die Hand und half ihr aus dem Kofferraum. Dann deutete er auf eine Tür, legte die Hand auf ihr Schulterblatt und führte sie in die weiteren Räume eines augenscheinlich größeren Anwesens.

„Wer sind Sie?", wollte die Journalistin wissen.

„O, das tut erst mal nichts zur Sache", sagte der Unbekannte, den sie noch nie gesehen hatte. Er führte sie in eine Art Empfangshalle. An den Wänden hingen Porträts der Schönen dieser Welt, Hollywood-Stars, Models, sorgfältig auf Bilderrahmen aufgezogen. In einem weiteren Raum gab es eine Art Tresen und bequeme Sessel. Auf dem Tresen stand die Statuette einer halb nackten Frau, etwa einen Meter ragte sie empor. Die Arme waren abgebrochen.

„Mögen Sie Ihre Brüste?", fragte er unvermittelt.

Yvonne Picon kam diese Frage etwas merkwürdig und ziemlich indiskret vor. Was gingen dem Mann ihre Brüste an und ob sie mit ihnen zufrieden war? Sie hatte an ihrem Busen nichts auszusetzen und mochte es auch, wenn sie dort gestreichelt wurde, was aber seit Längerem nicht vorgekommen war, außer von ihr selbst. Ihr Busen war zwar nicht besonders groß, dafür aber noch einigermaßen fest wie vor 20 Jahren. Sie antwortete nicht. Aber sie bemerkte, dass in einer Nische des Raums Fotos von nackten Brüsten an den Wänden hingen, paarweise angeordnet.

„Wussten Sie, dass es viele Frauen gibt, die ihre Brüste nicht mögen?", fuhr der Fremde fort. „Sehen Sie, denen helfe ich. Die meisten von ihnen wollen schöne, hervorstehende Brüste, eine auffällige Oberweite. Dann bekommen sie von mir ein Silikonkissen eingepflanzt. Dann sind sie mit ihrer Figur zufriedener, finden sich aufregender den Männern gegenüber. Aber es gibt auch Frauen, die sich mit einem übergewichtigen Busen plagen, der weit zu den Seiten herabhängt, wenn er denn aus den BH-Körbchen gelassen wird. Dann wird etwas Bindegewebe entfernt und die Haut gestrafft. Bei einigen gelingt es sogar, den Busen so auszurichten, dass er wieder steht, und die Narben sieht man nur, wenn man ganz genau hinguckt. Dafür bin ich bekannt. Deshalb kommen sie zu mir, oder sagen wir besser, kamen sie zu mir. Ich habe alles gemacht, was mit Schönheitschirurgie zu tun hat, von der dauerhaften Entfernung der Schambehaarung bis zum Aufspritzen verführerischer, voller Lippen, von der Verschmälerung und Ausrichtung von Nasen bis zur Wiederherstellung eines Jungfernhäutchens."

Yvonne Picon hatte immer noch keine Ahnung, was der Fremde von ihr wollte. Sie verlor keinen Gedanken daran, daraus eine Geschichte zu machen, obwohl das, was er gesagt hatte, den Stoff für eine interessante Reportage hergeben würde. Sie dachte nur darüber nach, wie sie sich aus ihrer Lage befreien könnte, und ahnte, dass sie gefangen war, dass sie nicht einfach wegrennen, durch die Tür laufen und um Hilfe rufen könnte. Alles schien gepflegt, aber auch hermetisch abgeriegelt.

„Machen Sie sich keine Sorgen", sagte er, „an Ihrem Busen habe ich kein Interesse." Plötzlich klang seine Stimme verärgert: „Ich will, dass die Schnüffler von der Rundschleuse verschwinden."

Er reichte ihr ihr Smartphone und schaltete es an. „Wenn Sie eine dringende Nachricht an Ihre Firma schicken, an wen würden Sie sie schicken?"

Die Frau musste überlegen: An den Lokalchef, an ihren besten Kollegen oder ans Sekretariat? „Ans Sekretariat", sagte sie, „das ist immer besetzt, per Mail."

„*D'accord*", sagte er. „Dann geben Sie den Code ein und starten Ihr Mail-Programm und schreiben:

Wenn nicht bis heute Abend, 24 Uhr, die Untersuchungen an der Rundschleuse eingestellt und die Bauarbeiten abgebrochen sind, seht ihr mich nicht mehr lebend wieder. Ich bin in der Gewalt eines skrupellosen Verbrechers. Er hat gedroht, mir die Arme abzuschneiden, wenn seine Forderung nicht erfüllt wird."

Der Mann überlegte kurz, diktierte dann weiter. „Ja, schreiben Sie ruhig: In Todesangst, Yvonne Picon. Und schicken Sie das ab."

Er fragte sie noch, ob sie vielleicht schon in der Redaktion vermisst werde, riss ihr das Smartphone aus der Hand und schaltete es aus.

„Wahrscheinlich nicht", antwortete sie. „Wir machen schon mal länger Mittag. Außerdem könnte ich auch beruflich unterwegs sein, um eine Geschichte zu recherchieren." Zufälligerweise erwarte heute niemand eine aktuelle Geschichte von ihr, die am nächsten Tag im Blatt stehen müsste. Sie versuchte, Zeit zu gewinnen, abzulenken.

38.

Es war kaum jemand im Wasser. Das Mittelmeer war immer noch eiskalt. Nur ein paar Stehpaddler zogen im seichten Wasser ihre Bahnen. Weiter draußen fuhren Segelschiffe und Motorboote umher, aus dem Hafen von Palavas heraus und wieder zurück. Einige Mütter waren am Strand, die ihre kleinen Kinder im Sand buddeln ließen und sie dabei eifrig mit Sonnenschutzmittel einrieben. Ein bunt bekleideter Mann kam mit einem Bauchladen den Strand entlang und wollte selbst gemachten Silberschmuck verkaufen, Kettchen, Armbänder.

Gerd lag glücklich, wie er war, auf dem Bauch, Michelle dicht neben ihm, sie blinzelte ihn an, drehte sich auf den Rücken, richtete sich auf und streifte sich ihr T-Shirt vom Leib, dann ließ sie sich wieder auf den Sand sinken und schloss die Augen. Ihre nackten Brüste wölbten sich leicht zum blauen Himmel. Die schlanken Beine hatte sie leicht angewinkelt.

„Deine Kinder finde ich sehr sympathisch", sagte sie auf einmal und strich mit der Hand über Gerds Rücken. Gerd hatte seine Kleidung anbehalten. Er blickte zu ihr herüber und sah, dass sie die Augen immer noch geschlossen hatte. „Jasmin ist nett", fuhr sie fort. Dann öffnete sie plötzlich die Augen, beugte sich über ihn und drückte ihm einen Kuss auf den Mund.

Er drehte sich um, richtete sich halb auf und sah, dass Jasmin ebenfalls Oben ohne da saß. Er hatte, obwohl er ihr Vater war, Jasmin seit Ewigkeiten nicht nackt gesehen, mindestens seit ihrer Pubertät. Er hatte ja mitgekriegt, wie sie sich verändert hatte, als ihr Brüste gewachsen waren und sie irgendwann mal mit 13 oder 14 Jahren triumphierend an den Frühstückstisch gekommen war und laut gerufen hatte: „Ich hab sie!" Sie hatte ihre Tage gemeint, ihre erste Menstruation, und damals geglaubt, sie sei jetzt eine erwachsene Frau.

Dass Jasmin nun an der Seite eines jungen Germanistikstudenten saß, könnte sie vielleicht dazu ermuntern, sich endlich selbst um einen Studienplatz zu kümmern. Warum nicht auch in Tübingen? Jonas und Jutta waren zum Wasser hinuntergelaufen und ließen sich die Füße kühlen.

Die Gelegenheit schien günstig, zwei frisch verliebte Kinder: Sie würden ihm seine Beichte nicht verübeln. Gerd fühlte sich seiner Tochter und sogar seinem Sohn gegenüber so vertraut, so nah wie schon lange nicht mehr.

Er bat seine Tochter, ihren Bruder herbeizurufen, er wolle ihnen etwas sagen, was die beiden anderen nicht unbedingt mitbekommen sollten. Sollten sie dennoch lauschen, wäre es aber auch nicht schlimm.

„Jonas, kommst du mal?", rief Jasmin.

Als sich seine Kinder neben ihm in den Sand gehockt hatten, die anderen beiden hielten sich tatsächlich etwas zurück, weil die Situation schon eine Art Familienbesprechung vermuten ließ, nahm er sich den Mut.

„Ich muss euch etwas beichten", hob Gerd an. „Ihr wisst ja, dass sich Mama und ich seit Jahren nicht mehr verstanden haben. Unser Verhältnis ist vielleicht sogar wieder etwas besser geworden, seit ich aus unserem Haus ausgezogen bin. Eine weitere Trennung, also eine formelle Trennung brauchten wir bisher nicht. Wir haben nie darüber gesprochen. Ich bin einfach ausgezogen, und gut war es. Ihr wisst sicher auch, dass Mama eine Affäre hatte oder noch hat, mit einem Arbeitskollegen. Meint ihr, ich hätte das nicht mitgekriegt? Es war mir aber egal, ich war selbst erstaunt, mit welcher Gelassenheit ich das hingenommen hatte, dass sie mit einem anderen Mann ins Bett ging. Ich wollte euer Vater bleiben und ein entspanntes Verhältnis zu eurer Mutter behalten. Und das will ich immer noch. Ich habe große Achtung vor ihr. Dass aus euch vernünftige, fröhliche und auch sinnliche junge Erwachsene geworden sind, habt ihr mehr ihr zu verdanken als mir."

Gerd konnte sich nicht daran erinnern, dass er jemals ein so intimes und offenes Familiengespräch mit seinen Kindern geführt hätte. Michelle hatte von alledem nichts verstanden. Sie konnte kein Deutsch. Aber sie spürte, worum es ging.

„Wisst ihr, wenn Mama jetzt auf mich zugekommen wäre, um über eine Scheidung zu sprechen", fuhr Gerd fort, „hätte es mir nichts ausgemacht. Ich hätte ihrem weiteren Lebensglück nicht im Weg stehen wollen. Ich glaube, wir wären uns schnell einig gewesen. Aber bisher war davon nie die Rede gewesen."

Gerd hielt einen Augenblick inne und betrachtete seine Kinder, ob sie nun vielleicht traurig würden. Aber sie hatten seinen Ausführungen ernst und aufmerksam und verständnisvoll gelauscht. Ihre Urlaubsstimmung war nicht verflogen.

„Jetzt", setzte Gerd seinen Vortrag fort, als ob er es zu sich selbst sagte, „jetzt habe ich aber einen Scheidungsgrund." Er ließ seine Kinder nur kurz im Unklaren darüber, welcher Art ein Scheidungsgrund hätte sein können, und nannte ihn beim Namen: „Michelle."

Nun wandte er sich auf Französisch an die halb nackte Frau neben sich. „Weißt du, was ich meinen Kindern gerade erzählt habe? Ich habe ihnen gesagt, dass ich dich liebe und der glücklichste Mann der Welt sei."

„Papa." Jasmin kam näher heran. Sie drückte ihm einen dicken Kuss auf die Wange. „Und du bleibst immer unser bester Papa."

Tränen der Rührung traten in seine Augen. Er umarmte seine Tochter und strich ihr durch das leicht gewellte Haar. Dann stand er auf, klopfte sich den Sand aus dem Hemd und der Hose. Auch Michelle erhob sich. Sie schritt auf Jasmin zu und nahm sie wie eine beste Freundin in den Arm. Jonas hielt sich etwas im Hintergrund.

„Kommt", sagte Gerd, „lasst uns in den Ort gehen. Ich gebe allen ein Eis aus."

Er hatte plötzlich eine Eingebung, eine Erklärung dafür, wieso ihm Michelle bei der ersten Begegnung so vertraut vorgekommen war. Ihre Gestalt, ihr leichtfüßiger Gang, ihre Gliedmaßen hatten eine gewisse Ähnlichkeit mit dem Wesen seiner eigenen Tochter. Sie hatten die gleichen Konturen bis zu dem Detail ihrer leicht übertrieben breiten, sehr weiblich wirkenden Beckenzonen im Gegensatz zu den mädchenhaft zierlichen Oberkörpern.

39.

Beim Sortieren und Weiterleiten der eingehenden E-Mails stieß Adèle Berteaud auf die Nachricht von Yvonne. Die Sekretärin konnte sich keinen Reim machen auf die Mitteilung. Sollte das ein schlechter Scherz sein? Das mit dem Armeabschneiden fand sie eher amüsant, als dass sie den Ernst der Lage erkannte. Sie versuchte sie zu erreichen, aber die automatische Stimme am anderen Ende der Verbindung sagte nur, dass der Teilnehmer nicht zu erreichen sei und dass sie eine SMS schicken würden, sobald der Teilnehmer wieder erreichbar sei.

Das machte sie dann doch etwas stutzig. Yvonne war eigentlich immer auf Empfang. Sie schickte die E-Mail weiter an Michel Lagarde, erhob sich von ihrem Schreibtisch und ging zu seinem Büro hoch. „Salut. Ich habe dir gerade eine Mail geschickt, von Yvonne Picon. Sie ist ganz merkwürdig." Sie traf ihn an, als er gerade noch mit einem Bericht genau über diese Mitarbeiterin an die Personalleitung beschäftigt war.

Lagarde blickt die Sekretärin verdutzt an, aktivierte sein Mail-Programm auf dem Rechner und las das Schriftstück. „Wenn nicht bis heute Abend, 24 Uhr, die Untersuchungen an der Rundschleuse eingestellt und die Bauarbeiten abgebrochen sind, seht ihr mich nicht mehr lebend wieder. Ich bin in der Gewalt eines skrupellosen Verbrechers. Er hat gedroht, mir die Arme abzuschneiden, wenn seine Forderung nicht erfüllt wird. In Todesangst, Yvonne Picon."

„Er hat mir gedroht, mir die Arme abzuschneiden", wiederholte Lagarde die Zeile. „Na, das kann sich doch nur eine Journalistin ausgedacht haben, die gerade eine Abmahnung erhalten hat. Das ist doch reine Phantasie." Sie sollte weiterhin versuchen, Kontakt mit ihr aufzunehmen. Solche Spinnereien würden ihm gerade nicht in den Kram passen, tat er die Angelegenheit ab. Als die Sekretärin den Raum wieder verlassen hatte, rief er dennoch seinen Freund Henri Gabin an, um von dem Kripochef in Sète zu hören, was von so einer kruden Botschaft zu halten sei. Nach dem kurzen Gespräch schickte er die Botschaft an den Polizeichef weiter.

Nach einer Viertelstunde meldete der sich zurück: „Michel, als Polizei müssen wir die Nachricht erst einmal ernst nehmen. Wenn es sich später als schlechter Scherz entpuppt, umso besser. Habt ihr Platz für ein paar unserer Leute? Ich schicke ein mobiles Einsatzkommando, denn es handelt sich offensichtlich um eine Entführung. Das braucht natürlich seine Zeit."

„*D'accord*", antwortete Michel, „sicher ist sicher. Wenn du das sagst."

„Ob wir auf die Forderung eingehen, werden wir dann sehen. Dazu ist die Botschaft in der Tat noch zu dürftig."

Ein Kommando mit Spezialisten in Sachen Entführung machte sich unterdessen auf den Weg nach Agde.

40.

Arm in Arm schlenderte Gerd mit Michelle Schritt für Schritt langsam voran, während Jonas zum Camping zurücklief, um Handtücher und Sonnenschirm abzulegen und für Jutta ein Kleid zu holen. Seine Schwester und die beiden anderen warteten auf ihn, dann liefen sie pärchenweise Hand in Hand den Strand zum Ort hinunter, um Gerd und Michelle einzuholen. Kurz vor der Mündung des Lez ins Mittelmeer hatten sie zu ihnen aufgeschlossen.

Gerd war zufrieden mit sich selbst. Er war glücklich darüber, wie unbeschwert seine Kinder waren, wie sie ihr junges Leben zu genießen schienen und wie sie es ihm nachsahen, dass er sich so heftig in eine Frau verliebt hatte, die kaum älter war als sie selbst. Michelle war gerade sechs Jahre älter als seine Tochter. Und er fühlte sich selbst in dieses Alter zurückversetzt, zumindest in seiner aktuellen Gefühlswelt. Er hätte sich nicht gewundert, wenn er allen Blödsinn mitgemacht hätte, den junge Leute in diesem Alter noch machten.

Es war wie ein Neustart ins Liebesleben, nach vielen frustrierenden und depressiv machenden Jahren einer gescheiterten Ehe. Die neue Frau an seiner Seite war eine Fee. Sie hatte ihn verzaubert. Sie hatte ihm die einmalige Chance gegeben, noch einmal von vorn anzufangen, dort, wo er sich vor rund 23 Jahren schon einmal befunden hatte, als er damals Barbara kennengelernt hatte.

Natürlich war er damals auch in Barbara verliebt gewesen wie in die anderen Mädchen, mit denen er zuvor zusammen gewesen war. Er war bereits bei der Polizei, Barbara war noch an der Hochschule gewesen. Sie wollte Grundschullehrerin werden. Sie wollte vor allem selbst Kinder haben. Sie hatte es sogar noch geschafft, ihr Examen abzulegen, bevor Jonas in ihr Leben trat und alles Familienleben auf den Kopf stellte. Die ersten Jahre waren sie wirklich glücklich gewesen. Gerd war ein stolzer Papa gewesen, umso stolzer, als Jasmin zur Welt gekommen war. Das dritte Kind Jens, etwas später Jonas' Einschulung, Kindergeburtstage, seine Beförderung zum Kriminaloberkommissar, später zum Kriminalhauptkommissar, das waren aufregende Jahre gewesen.

Als Jens eingeschult worden war, war Barbara in den Schuldienst eingetreten. Dadurch hatten sie es nun auch finanziell auf ein Niveau geschafft, das es ihnen erlaubte, im Süden der Stadt ein einfaches Einfamilienhaus zu bauen. Der Lebenstraum war perfekt erschienen. Nach dem Umzug ins fertige Eigenheim hatte sich etwas zwischen ihnen verändert, ganz allmählich nur. Während äußerlich das Familienleben fröhlich weitergegangen war, mit Kindergeburtstagen, Schularbeiten machen, zum Fußballclub gehen, sonntags auf dem Sportplatz stehen, hatten sich Barbara und Gerd innerlich voneinander entfernt. Die Erotik war irgendwie abhandengekommen. Gerd hatte in seiner Frau nur noch die Mutter seiner Kinder gesehen, eine gute Mutter zwar, sie war zudem immer eine kluge Frau, aber im Bett war nichts mehr gelaufen.

Im Laufe der Zeit waren sie sich wegen jeder Kleinigkeit in die Haare geraten, hatten sich nur noch gestritten, sodass sie sich manchmal mäßigen mussten, wenn eins der Kinder in der Nähe war. Wenn nicht mehr Liebe, dann war es wenigstens die Vernunft gewesen, die gemeinsame Verantwortung gegenüber den Kindern, die das gemeinsame Leben dennoch aushalten ließ. Letztlich war es auch nur vernünftig gewesen, dass sich Gerd schließlich eine eigene Wohnung genommen hatte. Sie hatten schon zuvor lange nicht mehr in einem Zimmer geschlafen. Gerd hatte sich nachts auf eine Liege in dem kleinen Büro zurückgezogen, was den Kindern nicht entgangen war und später auch nicht ihren jeweiligen Eltern.

Dass er sich noch einmal in eine Frau verlieben könnte, hatte er nicht ausschließen wollen. Er hatte sich sogar danach gesehnt, der Gedanke daran, einmal wieder in den Armen einer geliebten Frau zu liegen, war immer präsenter geworden. Dass er sich nun aber so heftig in Michelle verliebt hatte, schien ihm immer noch unfassbar, wie ein Lebenseingriff durch höhere Gewalt, er fühlte sich wie von einem Wirbelsturm vor sich hergetrieben, als sei er unausweichlich wie zufällig in eine Naturkatastrophe geraten, die allerdings genau das Gegenteil einer Katastrophe war.

Die jungen Menschen schlenderten an der Promenade am Lez entlang, dem Quai Paul Cunq. Auf einer der belebten Terrassen,

L'Alaska nannte sich das Café, ließen sie sich nieder. Auf dem Fluss herrschte reger Verkehr, kleine Sportboote fuhren auf und ab, am Ufer hatten Fischerboote festgemacht. Vor einigen dieser Kähne verkauften Fischer ihre frischen Fänge, Dorade, Lotte, Loup de Mer. Kisten mit Fischernetzen unterstrichen das maritime Flair, aber von dem Charme eines alten Fischerdorfes war nichts mehr übrig. Überall waren Bars und Restaurants. Es gab ein Casino, und in dem ehemaligen Wasserturm hatte man ein modernes Kongresszentrum eingerichtet. In der Arena gab es beinahe allabendlich Shows oder Popkonzerte, daneben war die ganze Saison über Jahrmarkt.

Zum Meer hin überquerte ein Sessellift den Lez, in einem riesigen Jachthafen hatten Hunderte Sportboote festgemacht. An den Stränden entlang waren Appartementhäuser und Hotels, nach Osten hin beinahe ohne Unterbrechung bis La Grande-Motte und Le Grau du Roi, wobei Le Grau du Roi bereits zum Département Gard gehörte.

41.

„Waren auch Männer unter ihren Patienten?", fragte Yvonne Picon, als ob sie ihren Entführer in eine andere Richtung lenken, in seiner Eitelkeit schmeicheln wollte.

„Selbstverständlich", kam er auf das Thema zurück. „Aber Männer haben es nicht so sehr mit der Schönheit. Wissen Sie, es gibt zwar welche, die sich das Gesicht etwas verjüngen lassen wollen, aber bei den meisten männlichen Patienten geht es um die Manneskraft. Die einfachste Hilfe bei funktionaler Erektionsstörung ist eine Art Kunststoffstab, der in den Schwellkörper eingepflanzt wird. Der gibt den Männern ausreichend Standkraft, um in die Vagina eindringen zu können, andererseits bleibt er elastisch genug, dass sie nicht mit einer Dauererektion herumlaufen müssen. Aber es gibt da noch viel raffiniertere Prothesen und Implantate, die den Penis in unerregtem Zustand baumeln lassen, dass man sich damit getrost auf dem FKK-Strand blicken lassen könnte. Wenn der Mann dann mit einer Frau ins Bett geht, legt er einen unter der Haut unsichtbaren Schalter um, und ein künstlicher Schwellkörper wird aus einem implantierten Reservoire mit einer Flüssigkeit vollgepumpt. Der Penis steht dann aufrecht wie eine eins."

Er führte die Frau nun weiter durch einen Flur und öffnete mit einem Schlüssel eine weitere Tür, stieß sie auf und bat sie einzutreten. „Hier können Sie sich einen Augenblick ausruhen. Machen Sie es sich gemütlich!" Dann schloss er hinter ihr die Tür ab.

Das Zimmer schien freundlich und hell. Es war zwar offenbar ein Zimmer für Patienten, die hier in Behandlung gewesen waren, aber es hatte nichts von einer sterilen Krankenhausatmosphäre. Yvonne Picon schaute sich um. Was blieb ihr auch anderes übrig?

Das Bett war offenbar frisch bezogen, das Gestell war aus weiß lackiertem Holz. Auch die Möbel waren weiß lackiert, die Wände hingegen in Ockerfarben und in Wischtechnik gestaltet. Neben dem Bett war ein Nachttischschrank. Es gab einen Kleiderschrank, einen Schreibtisch mit zwei Schubladen und einen Stuhl, unter dem Fenster einen Beistelltisch und einen Sessel. An den Wänden hingen wenige Bilder, aber keine Fotos von Schönheiten wie in der Eingangshalle, sondern Drucke von französischen Klassikern, Cezanne wohl und ein Monet. Sie öffnete den Kleiderschrank. Da hing ein weißer Frotteebademantel auf einem Bügel, und in einem Fach waren mehrere weiße Frotteehandtücher sauber gestapelt.

Sie trat durch eine Tür in einen angeschlossenen Raum, wo sie ein Duschbad vermutete, suchte nach einem Lichtschalter und war überrascht, wie geräumig und ausgesprochen geschmackvoll das Bad gestaltet war. Boden und Wände waren bis zur Decke mangofarben gekachelt, in einer Nische befand sich eine groß dimensionierte, offene, ebenerdige Dusche, davor waren ein Bidet und eine ebenso hellblaue Toilettenschüssel mit einer Brille, die wiederum die Farben der Wände aufnahm, angebracht. Das gleichfarbige Waschbecken war groß mit chromblinkenden Armaturen. Darauf standen eine Porzellanschüssel in Form einer Jakobsmuschel mit einem Stück frischer Lavendelseife und ein Seifenspender, ebenfalls aus Porzellan, außerdem ein Flacon, offenbar mit Parfum. Der Spiegel oberhalb des Waschbeckens war relativ groß und hatte an den Rändern eingravierte Vignetten.

Yvonne Picon mochte das alles nicht beruhigen, sie war nicht freiwillig in diesem Luxusappartement. Sie verspürte zwar das Bedürfnis, sofort die Dusche auszuprobieren, aber sie löschte das Licht, ging ins Zimmer zurück und trat an das Fenster. Es war vergittert wie in einem Gefängnis. Es ließ sich allerdings öffnen.

Sie ließ die warme Nachmittagsluft herein und versuchte, etwas von dem Anwesen, in dem sie gefangen war, zu erspähen, presste ihr Gesicht gegen die Gitterstäbe. Weit konnte sie nicht schauen, denn die Umgebung war bergig und bewaldet. Von dem Anwesen konnte sie nur wenig erkennen, nur dass es sich äußerlich um einen alten Hof handeln musste. Es konnte schon möglich sein, dass der fremde Mann hier eine Art Schönheitsfarm betrieben hatte, in aller Abgeschiedenheit. Auf dem Gelände war sogar ein Schwimmbecken, schön sauber in Marmorplatten eingefasst, für einen Individualurlaub abseits aller Touristenzentren, inmitten der Natur – oder eben für geheime Aufenthalte im Zusammenhang mit Schönheitsoperationen.

Yvonne Picon warf sich rücklings aufs Bett. Sie war verzweifelt und heulte. Sie wusste nicht, wo sie war, der fremde Mann hatte sie eingesperrt und ihr Mobiltelefon beschlagnahmt.

42.

Die Sonderkommission Entführung hatte sich im Konferenzraum der Zeitungsredaktion eingerichtet. Sie verkabelten einige Rechner miteinander, während die Mitarbeiter der Zeitung ihrem Tagesgeschäft nachgingen. Langsam füllten sich die Lokalseiten der Samstagsausgabe.

Henri Gabin war ebenfalls nach Agde gekommen und versuchte, mit Michel Lagarde die Botschaft des Entführers zu entschlüsseln.

Die Formulierung der Drohung, die Arme abzuschneiden, war ungewöhnlich. Das erforderte schon viel Phantasie. Den Hals abzuschneiden, wäre unauffällig gewesen, aber warum ausgerechnet die Arme?

„Jemandem die Arme abschneiden zu wollen ist doch nicht normal", sagte Michel Lagarde.

„Und die Forderung, die Arbeiten an der Rundschleuse einzustellen, ist ebenso hirnrissig", eiferte sich Henri Gabin. „Das ist mir in meiner ganzen Karriere noch nicht vorgekommen, dass ein Entführer versucht hatte, die Einstellung einer Baustelle zu erzwingen."

„Was ist mit der Rundschleuse?", fragte Lagarde.

„Das bleibt unter uns: Wir suchen die Tatwaffe, mit der der Mörder von Marseillan seine Familie hingerichtet und auf seiner Flucht die Schleusenwärterin bedroht hatte."

„Das zu verhindern, daran dürfte niemand ein Interesse haben außer dem Mörder selbst, aber der ist offenbar tot", schloss Lagarde. „Es geht um etwas anderes. Es muss etwas anderes in der Rundschleuse verborgen sein. Aber was?"

„Du kannst gut kombinieren, Michel. Wir wissen es nicht. Wir suchen bloß nach einem Messer, das die Tatwaffe ist."

„Aber was ist, wenn der Entführer seine Drohung wahrmacht und Yvonne Picon die Arme abschneidet? Das Leben einer Kollegin steht auf dem Spiel! Auch wenn ich sie eben wegen ihrer Falschmeldung abgemahnt habe, Fake news haben in unserem Blatt einfach nichts verloren, dazu stehe ich natürlich, dennoch mag ich sie irgendwie. Sie ist eine gute Journalistin. Das bleibt unter uns." Lagarde fasste sein Gegenüber an den Oberarm und blickte ihn ernsthaft an: „Ich stehe auf sie. Ich will, dass sie am Leben bleibt. Gebt der Forderung nach und räumt die Baustelle!"

Gabin kratzte sich verlegen an der Stirn. „Yvonne Picon und du?", fragte er neugierig und etwas schmunzelnd nach.

„*Non*", sagte Michel Lagarde. „Nicht, was du denkst. Wir pflegen einen kollegialen Umgang. Aber es ist mir durchaus schon einmal durch den Kopf gegangen. Warum nicht? Sie macht immer noch eine gute Figur, und sie ist Single, soweit ich weiß, so wie ich."

Ob sie nicht mit Tauchern nach der Tatwaffe suchen könnten, fragte der Redaktionsleiter.

Dafür sei das Wasser zu trübe und das Ding, wonach sie suchten, zu unscheinbar, die Stecknadel im Heuhaufen. „Wir mussten auf Nummer sicher gehen. Und ich fürchte, es ist ohnedies zu spät", sagte Gabin.

„*Non*", sagte Lagarde. „Dafür ist es nie zu spät."

„Ich meine, es ist zu spät, um bis 24 Uhr die Baustelle zu räumen. Das ist ein Ding der Unmöglichkeit." Dass er, Lagardes Gedanken aufgreifend, nun auch wissen wollte, was die Rundschleuse denn außerdem zu verbergen haben könnte, sagte er nicht. Wenn sie auf die Forderung des Entführers eingehen würden, könnten sie es nicht erfahren. Gabin sicherte allerdings zu, alles kriminaltechnisch Erdenkliche in Bewegung zu setzen, um Yvonne Picon lebend und unversehrt zu finden. „Wir sind bereits auf der Suche, aber zugegeben, wir tappen noch im Dunkeln."

43.

Der Schlüssel drehte sich im Schloss, und die Tür sprang auf. Yvonne Picon lag immer noch auf dem Bett, richtete sich auf und blickte zur Zimmertür. Der Fremde trat mit einem Tablett herein wie ein Oberkellner. Es fehlte nur, dass er noch ein Küchenhandtuch über dem angewinkelten Unterarm trug.

„Ich will nur, dass es Ihnen in den letzten Stunden Ihres unversehrten Daseins gut geht", sagte er. „Das hatte ich ganz vergessen." Er stellte eine Flasche Mineralwasser auf den Schreibtisch und eine kleine Flasche Weißwein, außerdem hatte er drei Croissants, eine Schale mit Butter und ein Schälchen mit Crème de Marron abgestellt. „Sie haben vielleicht doch etwas Hunger, entschuldigen Sie, dass ich Sie sozusagen in der Mittagspause entführt habe. Sie haben ja noch nichts gegessen."

„Sie hatten mich entführt mit einem Trick", sagte die Gefangene unvermittelt. „Sie haben gesagt, Sie hätten eine Geschichte, die vielleicht interessant sein könnte. Wo ist die Geschichte?"

Der Mann setzte sich in den Sessel am Fenster und fixierte mit seinen Blicken die Frau auf dem Bett, mit der Aufforderung, sich am spärlichen Büffet zu bedienen. Yvonne Picon schritt tatsächlich zum Schreibtisch und biss ein Stück von einem Croissant ab, nahm es in die Hand und setzte sich wieder aufs Bett.

„*Oui, oui*", sagte der Mann. „Das hatte ich gesagt, deswegen sind Sie nun hier. Ich will mal so sagen: In der Schleuse von Agde ist ein Schatz verborgen, von dem nur ich etwas weiß. Und wenn der gefunden wird, bevor ich ihn geborgen habe, bin ich erledigt. Ich war einfach gezwungen, dagegen etwas zu unternehmen. Und es war ein Zufall, dass Sie nun meine Geisel sind. Es geht schlicht um ein Menschenleben, um Ihr Leben. Wenn einer Regierung die Rettung eines toten, aber eines historisch wertvollen Schatzes nicht 50 Millionen wert ist, so frage ich Sie jetzt, was die Rettung eines Menschen wert ist."

„Sie verlangen 50 Millionen?", fragte Yvonne Picon. „Das ist eine Unsumme. Das kann ernsthaft keiner bezahlen."

„*Non*", sagte der Mann, während Yvonne Picon von dem Croissant einen Bissen nahm. „Jetzt verlange ich nur, dass die Baustelle an der Rundschleuse geräumt wird. Ich habe keine Geldforderungen gestellt. Ich habe es auch nicht mehr nötig. Mit meiner Schönheitsklinik habe ich in den vergangenen Jahren ein Vermögen verdient. Glauben Sie mir, die Leute, vor allem die Frauen, sind bereit, Tausende Euro zu bezahlen, um einen attraktiveren Busen zu bekommen oder eine gerade Nase. Das geht natürlich alles privat und sehr diskret und nicht über eine gesetzliche Krankenkasse. Aber der Schatz gehört jetzt mir."

Um welchen wertvollen Schatz es gehe, wollte Yvonne Picon nun ganz konkret wissen. Sie konnte sich immer noch keinen Reim darauf machen.

„Das erkläre ich Ihnen später", sagte der Fremde. „Und Sie haben es ja selbst geschrieben, wenn bis Mitternacht nicht alle Bauarbeiten an der Schleuse zurückgenommen sind, sind Sie an der Reihe."

Das hatte etwas Unheimliches.

Der Mann fügte noch etwas hinzu, das darauf hindeutete, wie er wohl den Kontakt zur Redaktion herstellen könnte, ohne dass sein Standort sofort durch die Polizei geortet werden könnte. Er machte ein Foto von der Frau. Das schickte er an die Redaktionsadresse mit dem erneuten Hinweis darauf, dass er der Frau die Arme abschneiden würde, wenn nicht augenblicklich die Untersuchungen an der Rundschleuse eingestellt würden. Die Mail ging über den Umweg mehrerer russischer und weißrussischer Server, sodass der Mann sich einigermaßen sicher fühlen konnte, nicht entdeckt zu werden, aber er hatte ein Gespür dafür, dass sie ihm vielleicht schon dicht auf den Fersen waren.

44.

Während Leguerne versuchte, den Absender der E-Mail ausfindig zu machen, offenbar war sie über einen russischen Provider verschickt worden, saßen Henri Gabin und Michel Lagarde in dem kleinen Büro des Lokalchefs. Es war durch Glaswände von dem übrigen Büro abgeteilt.

Sie starrten eine Weile schweigend vor sich hin. Gabin fingerte an seiner Kaffeetasse. Lagarde raufte sich die Haare. Dann sagte er seinem Freund erneut, dass er seine Mitarbeiterin wegen der Geschichte mit der Schleusenwärterin und der angeblichen Verhaftung gerügt hatte. „Eigentlich schreibt Yvonne ganz ordentlich. Sie hat einen Hang zu den bunten Geschichten, schreibt gerne über Prominente und Halbprominente, die sich in Cap d'Agde tummeln. Dass sie mit der Schleusengeschichte derart danebenlag, kann ich nicht nachvollziehen. Außerdem hatte sie gestern noch ein Knöllchen bekommen wegen Telefonierens am Steuer."

„Michel", sagte Henri Gabin, „so ganz daneben lag sie noch nicht einmal. Aber das bleibt jetzt unter uns: Die Schleusenwärterin war in der Tat an dem Tod des Familienmörders von Marseillan beteiligt, allerdings war es vermutlich Notwehr oder ein unglücklicher Unfall, dass der Mann tot in die Schleusenkammer gestürzt und in den Hérault abgetrieben war. Wir gehen allerdings davon aus, dass sie unschuldig ist. Anderslautende Berichte gefährden aber die Beweiskraft gegenüber der Staatsanwaltschaft, verstehst du das?"

Lagarde schaute ihn verblüfft an. „Gibt es einen Zusammenhang zu der Entführung? Will der Entführer etwa verhindern, dass der Mordfall restlos aufgeklärt wird, um so der Schleusenwärterin eins auszuwischen? Wer könnte ein Interesse daran haben?"

„Ich glaube, nein", sagte Gabin. „Da steckt etwas anderes dahinter. Und das werden wir herauskriegen." Er nahm einen Schluck Kaffee und schien zu überlegen. Entführer würden in der Regel Geldforderungen stellen oder die Freilassung von Häftlingen fordern und mit dem Tod der Geisel drohen. Aber die Forderung, eine

Baustelle zu räumen und damit zu drohen, der Geisel die Arme abzutrennen, hatte er noch nicht erlebt.

„Selbst wenn ich es wollte", fuhr Gabin fort, „kann ich auf die Forderung nicht eingehen. Es ist schon zu spät. Es ist schier unmöglich, bis Mitternacht die Schleuse komplett zu räumen. *Je suis vraiement désolé.* Aber ich verspreche dir, dass meine Leute die Frau und ihren Entführer finden, ehe es zu spät ist."

Lagarde war aufgestanden und zum Fenster gegangen. Draußen herrschte geschäftiges Treiben, viele Menschen, Einheimische und Touristen, zogen durch die Altstadtgassen. Auch Gabin hatte sich erhoben und legte ihm seinen Arm kameradschaftlich auf die Schulter.

„Ob du publizistisch etwas daraus machst, überlasse ich dir. Das ist dein Geschäft. Ich rate dir zwar, nichts von dem Entführungsfall zu veröffentlichen, aber es ist ja eine Ausnahmesituation, weil ihr selbst unmittelbar betroffen seid", sagte Gabin. Dann wiederholte er seine Einschätzung und hängte sich wie zum Trost weit aus dem Fenster: „Wir werden Yvonne Picon lebend finden, das verspreche ich dir. Wir haben gute Leute, vertraue uns!"

45.

Am nächsten Morgen redeten Michelle und Gerd nicht viel beim Frühstück in der Veranda des Hotels. Sie waren um 8 Uhr an der Schleuse verabredet. Sie hatten sich aneinander gewöhnt, als ob sie sich seit Ewigkeiten gekannt hatten. Sie hatten großes Vertrauen ineinander gefasst, sodass ihrem Miteinander etwas Selbstverständliches anhing. Michelle hatte noch in Palavas ihre Tage bekommen, was immer mit etwas Bauchschmerzen einherging, Jasmin hatte ihr mit einer Packung Tampons ausgeholfen, und Gerd hatte sich auf der Rückfahrt ans Steuer ihres Kleinwagens gesetzt.

Am Frühstückstisch war sie indes wieder ganz gut gelaunt.

Gerd hatte sich den aktuellen Midi von dem Zeitungstisch mitgenommen und zeigte ihr das Titelbild. „Das bist du ja bei der Arbeit", kommentierte er die Aufmachung. Das Bild zeigte Michelle, wie sie am Rand der Rundschleuse einherschritt. Die Schleusenkammer war mit Wasser gefüllt, und die Schlagzeile lautete: „Rundschleuse wieder in Betrieb." Die Unterzeile erschien auf den ersten Blick harmlos: „Junge Frau entdeckt die Liebe zum historischen Wasserbauwerk".

Gerd las den Artikel laut vor: „Von Michel Largarde und Yvonne Picon.

Agde – Überraschend soll die Rundschleuse von Agde heute wieder ihren Betrieb aufnehmen. Die Ermittlungen um das Massaker von Marseillan sind weitgehend aufgeklärt und abgeschlossen. Die Schleusenwärterin Michelle Reynouard hat nichts damit zu tun. Wir bitten, einen anderslautenden Bericht unserer Ausgabe vom Vortag zu entschuldigen.

Michelle Reynouard ist leidenschaftliche Schleusenwärterin. Sie macht ihren Job geflissentlich und bedient die Schleuse routiniert und hat immer ein offenes Ohr für die durchfahrenden Bootsleute. Sie gibt den Skippern Anweisungen, wo sie festmachen könnten und nimmt auch mal ein Festmachseil entgegen, weil sie weiß, dass auf dem Kanal viele Anfänger unterwegs sind. Die junge Frau, die seit ihrer Jugend begeisterte Seglerin ist und sich auch für den Motorsport interessiert, ist die neue Schleusenwärterin mit Leib und Seele. ‚Das macht richtig Spaß‘, sagt die 24-Jährige.

Sie hat mit der benachbarten Schleuse von Bagnas ein Arbeitsmodell entwickelt, das eine gute Arbeitszeit in der Hochsaison ermöglicht. Auf beiden Schleusen wechseln sich drei Leute ab, Michelle Reynouard wird immer mittwochs und abwechselnd sonnabends vertreten, ansonsten alle zwei, drei Wochen auch sonnabends und sonntags. ‚Das ist doch ein guter Job‘, sagt die junge, fröhliche Frau, die ansonsten nicht viel erzählen will zu ihrer Person, außer dass sie sehr gerne singe und sich auf eine Gesangskarriere vorbereite.

Die Rundschleuse ist ein historisches Bauwerk, ein Denkmal der Ingenieurskunst des 17. Jahrhunderts, auch wenn heute die Schleusentore und Schütze freilich automatisiert sind und einen elektrischen Antrieb haben. Seit etwa zwei Wochen arbeitet die reizende junge Frau am Canal du Midi und lässt die Sportboote passieren. Sie gibt sich davon überzeugt: ‚Das ist schon ein Traumjob.‘“

Es folgten weitere Angaben und Beschreibungen über die Funktionsweise der Schleuse und der Geschichte des Canal du Midi.

Gerd legte die Zeitung beiseite. Michelle und er gingen Hand in Hand die Straße zur Schleuse hinauf. Die Feuerwehr hatte schon Schläuche gelegt. Die Motorpumpe stand auf der Kaimauer in der Nähe des Südtors. Der Ansaugstutzen war vor dem Tor in die Schleusenkammer hinabgelassen. Das Wasser war nur noch auf dem Niveau des unteren Héraults, mithin auf Meeresniveau.

Das Wasser sollte durch einen Schlauch in den Stichkanal jenseits der Absperrung gepumpt werden. Und dann legten die Feuerwehrleute auch schon los. Die Pumpe sprang mit einem Höllenlärm an und spuckte eine schwarze Qualmwolke aus. Dann versteiften sich die Schläuche durch den Wasserdruck. Am unteren Ende ergoss sich das Wasser in einem Strahl in den Kanal und trieb weiter Richtung Hérault und Mittelmeer.

Trotzdem brauchte es eine gefühlte Ewigkeit, bis der Wasserspiegel in der Kammer spürbar sank.

Die Spannung stieg. Michelle stand an der Kaimauer mit leicht gespreizten Beinen und verschränkten Armen, so wie sie all die Tage hier gestanden hatte, um die Sportboote zu beobachten, wie sie festmachen und sich rauf- und runterschleusen ließen. Sie trug wieder eine sehr knappe, kurze Jeanshose, ein hellblaues T-Shirt und eine blaue Schirmmütze. Sie hatte ihre Haare zu einem Pferdeschwanz gebunden, der über einen Verstellriemen an der Hinterseite der Mütze geführt war.

Renée Lebrun betrachtete sie und war immer noch beeindruckt von dieser Frau, die mit einer blitzschnellen Drehung und hoch geschwungenem Bein den Blechpolizisten zu Fall gebracht hatte. Vor einer Fachjury hätte sie für Figur und Haltung die Bestnote verdient gehabt.

Nach einer Stunde war der Wasserstand um etwa 10 Zentimeter abgesunken. Das Wasser war ziemlich trübe, sodass noch lange kein Grund in Sicht kam.

Aber die Schleuse war von Anfang an so konstruiert, dass ein Oval in dem Rund in Nord-Süd-Richtung tiefer war als der Rest der Schleuse. In dieser Position konnten auch Schiffe mit größerem Tiefgang in den unteren Hérault herabgeschleust werden.

Gerds Telefon klingelte. Barbara hatte ihn nicht mehr angerufen, seit er in Südfrankreich war. „Ja, was gibt es?", meldete er sich, löste sich von den anderen und stellte sich in den Schatten des Schleusenwärterhauses und befürchtete schon das Schlimmste, denn in der Vergangenheit hatte Barbara immer dann angerufen, wenn es brannte, wenn sie mit den Kindern im Argen gelegen und gemeint hatte, dass seine väterliche Stimme gebraucht werden würde, um den Nachwuchs zur Raison zu bringen. Immer wieder war Gerd dann auch zur Stelle gewesen und hatte seine Kinder zur Ordnung gerufen. Vor allem hatte er immer wieder an sie appelliert, respektvoll miteinander umzugehen, und meistens war es ihm auch gelungen, den häuslichen Frieden wiederherzustellen, bis sie das nächste Mal über die Stränge geschlagen waren. Meistens war es Jens gewesen, der wie ein Weltmeister gegen seine Mutter argumentiert, ihre Vorschriften und Anweisungen ignoriert und alle Gründe dafür ausgebreitet hatte.

„Jens ist verschwunden", sagte Barbara knapp. „Was soll ich jetzt machen? Soll ich die Polizei alarmieren?"

Barbara klang ziemlich aufgeregt.

„Das hast du ja gerade getan", schmunzelte Gerd und fragte ganz unaufgeregt: „Wo seid ihr überhaupt? Was ist passiert?"

„Also, Jens war gestern auf einer Strandparty, er sollte spätestens um 2 Uhr in der Ferienwohnung sein. Jetzt ist es 10 Uhr, und er ist immer noch nicht da. Ich mache mir Sorgen. Du weißt, dass er manchmal etwas unorganisiert ist. Er meldet sich nicht, und sein Handy ist offenbar abgeschaltet. Seit wir hier sind, stromert er abends herum, geht in Kneipen und trinkt Cola-Korn."

„Mach dir keine Sorgen, Barbara, Jens ist 17, da kann es doch schon mal vorkommen, dass er über Nacht ausbleibt. Wo seid ihr?"

„In Büsum", erinnerte ihn seine Noch-Frau daran, dass sie ihm davon erzählt hatte, dass sie 14 Tage an die Nordsee reisen wollten.

„Und wo ist Kevin?", fragte Gerd.

„Kevin ist nicht mitgekommen", erklärte Barbara die Situation. „Er ist am Tag vor der Abreise mit seinem Fahrrad gestürzt, auf der Severinsbrücke, und hat sich dabei ein Bein gebrochen."

„Ich kümmere mich um den Fall", sagte Gerd und versprach, sich zu melden, sobald er wisse, wo Jens steckte.

Er schritt auf Michelle und Renée zu und erzählte kurz von dem aktuellen Vermisstenfall in einem Urlaubsort an der deutschen Nordseeküste.

„Ich hoffe, dass du den Fall klären kannst, bis wir hier gefunden haben, was wir suchen", munterte Renée ihn auf.

Gerd war mit seinen Kindern auf facebook befreundet, und es sollte sich bald herausstellen, wie nützlich dieses Netzwerk sein konnte, denn als er die ganzen Posts seiner Freunde und Gruppen durchscrollte, stieß er auf einen Eintrag seines Sohnes. Es war mit einem Selfie bebildert, auf dem er ein junges Mädchen im Arm hielt, darüber stand: „Mit Ann K. hier: Seehund-Apotheke". Ann K. war offenbar das junge Mädchen. Dazu gab es eine Zeitangabe des Posts: gestern. Er scrollte weiter und fand kurz hintereinander ähnliche Posts seiner anderen Kinder. Jasmin und Lukas lächelten in die Kamera, über dem Bild war zu lesen: „Mit Lukas Wendel hier: Camping Montpellier, Palavas-les-Flots". Gerd tippte auf den Knopf „gefällt mir" und tat das Gleiche bei einem vergleichbaren Bild mit Jonas und Jutta Krumholz, wie seine Freundin offenbar mit Nachnamen hieß.

Zu dem Post von Jens verfasste er einen Kommentar: „Hübsch!"

Er vermutete, dass die Postings seiner Geschwister mit dem Neid weckenden Ambiente eines Campingplatzes in Südfrankreich und den Glücksgefühle ausstrahlenden Gesichtern Jens animiert hatte, es ihnen gleichzutun. Seine Postings waren sonst in der Regel Videosequenzen von Fußballszenen des 1. FC Köln.

Gerd googelte nach der Seehund-Apotheke und wurde rasch fündig. Er tippte auf das Telefonsymbol, korrigierte die Nummer um die Vorwahlziffern 0049 für Deutschland und zog sich ins Schleusenwärterhaus zurück, um dem Lärm der Tragkraftspritze der Feuerwehr zu entkommen.

Endlich meldete sich eine weibliche Stimme. „Seehund-Apotheke, Johannsen."

„Pocher, Kriminalpolizei", meldete sich Gerd Pocher. „Entschuldigen Sie, ist mein Sohn Jens Pocher zufällig bei Ihnen?"

„Nein", sagte die Frau. „Ich kenne keinen Jens Pocher. Wie kommen Sie darauf?"

„Nun", erklärte Pocher. „Es spricht sich bei facebook herum. Da gibt es einen Post meines Sohnes, mit Ann K. in der Seehund-Apotheke zu sein. Kennen Sie Ann K.?"

„Ann K.?", sagte die Apothekerin. „Das könnte meine Tochter sein, aber sie heißt Annkathrin."

„Hat sie ein oranges T-Shirt mit der Aufschrift TSV Büsum?"

„Ja, hat sie."

„Kann es also doch sein, dass Jens bei Ihnen ist?"

„Ich stehe im Laden", sagte die Frau. „Unsere Wohnung ist eine Etage höher. Ich habe heute Morgen noch nicht in ihr Zimmer geschaut. An Wochenenden und in den Ferien lasse ich sie schon einmal länger schlafen."

„Wie alt ist Ihre Tochter?"

„Sie ist 16, aber morgen wird sie 17."

„Können Sie mal nachschauen, ob Jens bei Ihnen ist?"

„Einen Augenblick bitte, ich habe noch Kundschaft und bin heute Vormittag allein im Laden. Der Laden ist voll, verstehen Sie? Moment, warten Sie! Da kommt sie gerade herein."

Pocher hörte, wie die Frau laut Annkathrin rief. Dann entschuldigte sie sich, weil sie die Kundschaft bedienen müsse und reichte das Telefon offenbar an ihre Tochter weiter mit dem Hinweis, Polizei.

„Wer ist da?", fragte nun eine helle Mädchenstimme.

„Gerd Pocher. Und wer sind Sie?"

„Annkathrin Johannsen", sagte die Stimme.

„Also, mein Sohn Jens wird vermisst", erklärte Pocher die Situation. „Ich habe den Verdacht, dass er bei Ihnen ist."

„Ist das ein Verbrechen?"

„Nein", sagte Pocher. „Aber erstens sollte er um 2 Uhr zu Hause sein, zweitens sollte er immer erreichbar bleiben, und drittens sollte er stets angeben, wo er sich befindet. Also, ist er bei Ihnen?"

„Jens hat erzählt, dass Sie in Südfrankreich seien."

„Bin ich auch, aber seine Mutter ist in Büsum", sagte Pocher. „Also, ist er bei Ihnen?"

„Alles ist gut", sagte das Mädchen. „Ja, er ist hier, vielleicht liegt er noch im Bett, ich weiß es nicht. Jedenfalls lag er eben noch im Bett, als ich in den Laden hinuntergegangen bin. Ist das jetzt so schlimm?"

„Nein, nein", versicherte Pocher. „Es geht nur darum, dass sich seine Mutter Sorgen um ihn macht. Ich habe da weniger Sorgen, aber das ist meine Sache. Ich denke, dass Jens alt genug ist, um zu wissen, was er tut, na ja, ihr gebt doch ein hübsches Paar ab, ich habe schon Verständnis dafür, glauben Sie mir. Trotzdem muss ich nun seiner Mutter mitteilen, wo Jens ist."

„Muss das sein?"

„Ja, das muss sein", sagte Pocher. „Und ich will noch mehr wissen. Habt ihr etwa …"

„Was meinen Sie?", fragte Annkathrin Johannsen. „Ob wir uns geküsst haben? Ja, haben wir. Was sonst noch war, geht Sie nichts an." Damit beendete sie das Gespräch.

Deutlicher hatte sie nicht sein können.

Gerd rief Barbara an.

„Hallo Barbara, kennst du die Alleestraße?"

„Ja", sagte Barbara, „das ist hier die Einkaufsmeile."

„Jens ist in der Seehund-Apotheke."

„Was? Ist das dein Ernst? In einer Apotheke?"

„Bitte, sei ihm nicht böse! Ich glaube, er hat sich in die Tochter der Apothekerin verliebt. Was ist schon dabei? Er ist halt in dem Alter, wo es so richtig kribbelt, wenn man verliebt ist. Vielleicht hat er deswegen die Welt um sich herum vergessen. Das kann doch mal vorkommen." Gerd legte sich mächtig ins Zeug, um Barbara davon zu überzeugen, dass ihr gemeinsamer Sohn doch ein guter Junge sei und bat sie, nachsichtig mit ihm umzugehen. Er erzählte ihr, dass sie gerade auf der Rundschleuse von Agde nach der Tatwaffe eines schweren Verbrechens suchten und fragte seinerseits nach dem Wohlergehen seiner Noch-Frau, und er konnte zwischen den Zeilen ihrer Ausführungen heraushören, dass sie mit dem Kollegen, mit dem sie an die Nordsee gereist war, mehr hatte als ein freundschaftliches Verhältnis. Er hätte wetten können, dass sie es erst in der vergangenen Nacht miteinander getrieben hatten.

Barbara wurde schließlich ernst: „Ich muss mit dir reden, wenn wir wieder zurück in Köln sind. Wann kannst du mal kommen?"

Gerd überlegte und meinte dann, dass er vielleicht in zwei Wochen freie Tage haben könnte, um nach Köln zu fliegen, aber versprechen könne er es nicht.

46.

Früh am Morgen machte sich der Geiselnehmer ans Werk. Er bereitete in aller Ruhe den Operationssaal vor, er öffnete ihr Zimmer und fand Yvonne Picon schlafend. Das war gut, denn so konnte er, ehe sie erwachte, eine Kanüle in die Vene in der linken Armbeuge einführen und aus dem angeschlossenen Tropf die bevorstehende Betäubung einleiten. Die Frau wurde zwar durch den drückenden Schmerz kurz aufgeweckt, der nun ihren linken Arm hinaufkroch, verlor aber sofort wieder das Bewusstsein.

Der vermeintliche Schönheitschirurg hob sie auf ein Rollbett, das zugleich OP-Tisch sein sollte, und schob sie in einen technisch gut ausgestatteten Operationssaal. Er streifte ihr die Bluse, die sie über Nacht anbehalten hatte, vom Leib, wobei er kurz den Infusionsschlauch von der Kanüle abtrennen musste. Er schloss zunächst den Schlauch wieder an, ließ den Zufluss aber abgesperrt. Er musste behutsam sein. Er war kein Anästhesist. Er wusste nur, dass er nur so viel Narkosemittel verabreichen durfte, wie gerade notwendig war, um sie im Dämmerzustand und schmerzfrei zu halten. Er klebte ihr Sonden auf die nackte Brust, die mit einem Apparat verbunden waren, der Herzschlag und Atemfrequenz anzeigte.

Sie atmete ruhig, ihr Puls war auf 39 herabgesunken.

Er musste behutsam sein, ganz sorgfältig. Er wollte sie nicht töten, vorerst nicht. Er hatte zwar alle möglichen medizinischen Gerätschaften, aber er hatte kaum noch Blutreserven. Da war er nicht mehr drangekommen, die Verbindungen nach Rumänien waren seit Wochen abgebrochen, deshalb musste er sicherheitshalber die Schönheitsfarm schließen.

Er maß ihren rechten Arm, ging zu einem Waschbecken, um sich die Hände zu desinfizieren. Er zog Latexhandschuhe über und verrieb Desinfektionsmittel über ihren Oberarm, sorgfältig wusch er den Arm damit ab, von der Schulter bis in den Ellenbogen. Dann zeichnete er mit einem Stift gut unterhalb der Schulter einen Strich rund um den Arm. Das sollte die Schnittstelle sein.

Yvonne Picon hatte eine zierliche Gestalt. Das ließ wenig Fettpolster vermuten, was die Arbeit etwas erschweren würde. Etwa sieben Zentimeter unterhalb der markierten Linie setzte er das Skalpell an und ritzte in die Haut, sodass ein dicker Tropfen Blut herausquoll. Sauber durchtrennte er rundherum die Haut, tupfte das Blut ab, und als er merkte, dass ihr Puls schneller wurde, ging er um das Bett herum und öffnete etwas das Ventil des Tropfes. Die Narkose war wiederhergestellt.

Er löste die Haut äußerst behutsam vom Muskelfleisch. An den Enden befestigte er Klammern, mit denen die Haut zur Schulter hin hochgezogen wurde wie die Pelle einer Wurst. Immer wieder tupfte er das Blut ab und bestrich das rohe Fleisch mit blutungsstillenden Mitteln. Es wirkte. Der Blutverlust hielt sich in Grenzen. Zentimeter um Zentimeter arbeitete er sich vor, rundherum, bis er die Haut in Höhe der Linie gelöst und wie einen engen Strumpf umgestülpt hatte.

Dann kam der schwierigste Teil der Operation. Er musste die Schlagader freilegen und so weit wie möglich aus dem oberen Teil des Arms herausziehen und sie abklemmen. Dann würde er die Schlagader unmittelbar mit der benachbarten Vene verbinden und fest verschweißen, indem er die Enden der Adern über ein kleines Metallröhrchen zog und miteinander vernähte. Offenbar hatte es funktioniert.

Er wartete ab, überprüfte Puls und Atmung. Es schien alles bestens zu laufen, dann öffnete er vorsichtig die Klemme an der Arterie. Das Blut floss augenblicklich in die benachbarte Vene und zurück zum Herzen. Die Überbrückung schien dichtzuhalten.

Er durchtrennte das Muskelfleisch bis auf den Knochen, setzte eine Schelle aus Edelstahl, eine Art zweiteilige Lochscheibe, in die klaffende Wunde und drückte mit ihr das Fleisch und Gewebe in Richtung Schulter, ganz behutsam, sodass der Spalt im Arm breiter wurde, und fixierte die Scheibe an der Schulter. Dann nahm er eine ganz fein gezahnte Säge und durchtrennte den Knochen.

Den abgetrennten Arm wusch er etwas ab, tupfte die Wunde trocken und legte ihn angewinkelt in einen Tiefkühlschrank.

Unterdessen hatte er rund zwei Stunden an der Frau herumoperiert, er musste sich kurz setzen und etwas ausruhen, bevor er weitermachte. Er verschraubte dann eine Art Kappe aus Edelstahl auf dem offen liegenden Ende des Oberarmknochens. Bis jetzt war alles gut gelaufen. Er hatte alles im Griff. Er löste die Metallscheibe, sodass sich das Muskelfleisch wieder etwas über das Knochenende mit der Metallmuffe hinausschob. Er beobachtete die Brücke an der Hauptschlagader. Sie hatte gehalten. Wichtig war jetzt nur, dass sich keine Gerinnsel gebildet hatten und in den Kreislauf gelangt waren.

Dann löste er die zur Schulter hochgezogene Haut, streifte sie zur Wunde herab. Damit konnte er nun den Armstumpf verschließen. Das war seine Spezialität, er schnitt den Hautlappen passend, um die Wunde nur mit einer unscheinbaren Naht zu verschließen. Er war fasziniert von seinem Werk. Die Operation war zu seiner Zufriedenheit verlaufen. Er schaute die Frau, die ruhig atmete, noch eine ganze Weile an, bevor er eine feste und sterile Mull-Manschette, wie eine Mütze, über dem Armstumpf befestigte und ihn mit einem Verband am Oberkörper fixierte, wobei er den anderen Arm der Frau frei ließ.

Als er sich nun sicher war, dass die große Wunde geschlossen und alle Blutungen gestillt waren, entfernte er den Schlauch von der Kanüle, richtete den Oberkörper der Frau auf und streifte den Ärmel der Bluse über den verbliebenen linken Arm. Er ließ sie behutsam zurücksinken und knöpfte die Bluse zu. Er hatte genug von ihrem Busen gesehen, kein Fall für einen Schönheitschirurgen. Er schob sie in das Zimmer zurück, hob sie aufs Bett und verließ das Zimmer. Er schätzte, dass es noch zwei bis drei Stunden dauern würde, bis sie aus der Narkose erwachte.

47.

Renée Lebrun, Pierre Moulin und Gerd Pocher betrachteten etwas gelangweilt, aber dennoch gespannt die langwierige Prozedur. Auch Henri Gabin hatte auf sein Wochenende verzichtet und war nach Agde gekommen. Eigentlich hätte er alles für Schwachsinn halten und die Sache abblasen müssen, aber er war von der Unbedingtheit Renée Lebruns überzeugt gewesen, mit der sie die Tatwaffe am Grund der Schleusenkammer vermutete. Außerdem musste er nun annehmen, dass sich noch etwas anderes Interessantes in der Schleusenkammer verbarg.

Nach weiteren Stunden schimmerte tatsächlich Grund durch, aber nur in Richtung der beiden oberen Schleusentore nach Westen und Osten. In der Mitte blieb das Wasser undurchsichtig. Allerdings war zu hoffen, dass es jetzt, da die Wasserpfütze sich rasch verjüngte, schneller gehen würde.

In Richtung des Tores zum Canal du Midi hin ragte nun ein Fahrrad aus dem Wasser. Es hatte schon viel Rost angesetzt und schien schon länger dagelegen zu haben. Vermutlich war es bei einem ungeschickten Anlegemanöver über Bord gegangen. Viele der Hausboote führten Fahrräder mit, die nicht immer an Deck gesichert waren.

Es sollten noch weitere nützliche wie unnütze Dinge am Grund der Schleusenkammer auftauchen, die im Laufe der Jahre über Bord gegangen waren. Fotoapparate, Kaffeebecher, ein Wäschetrocknergestell, die aufgequollenen Reste einer Ukulele.

Das Leerpumpen ging trotz der geringer werdenden Größe des Beckens nicht schneller. Durch das Südtor strömte nun wieder Wasser in die Schleusenkammer zurück, aber nur so viel, wie sich jetzt auch der Wasserspiegel in dem Bassin zwischen Schleusentor und Abriegelung senkte. Jacques Perrier sollte also recht behalten haben. Er hatte darauf hingewiesen, dass das Schleusentor aufgrund seiner Bauart dem Wasserdruck nicht gewachsen wäre, wenn in der Kammer die Oberfläche weit unter den Meeresspiegel abgesenkt würde. Ohne den Riegel im Stichkanal wären sie jetzt nicht mehr weitergekommen. Unermüdlich lief der Diesel der Pumpe und sog das Wasser nun auch aus dem Bassin zwischen der Absperrung und der Schleuse auf und beförderte es in den Kanal jenseits der Sperre, die weitgehend dichthielt.

Gerds Telefon klingelte. „Ja?"

Es war sein Sohn, der sich aus Büsum meldete. „Danke, Papa, danke!"

„Wofür?", sagte Gerd überrascht und verschwand im Schleusenwärterhaus, wo der Lärm der Wasserpumpe gedämpfter war.

„Mama war mir nicht böse, als ich die Nacht nicht nach Hause gekommen bin. Ganz im Gegenteil: Sie hat mich gleich in den Arm genommen, als sie in die Apotheke kam, und sie war auch ganz freundlich Annkathrin gegenüber. Ich glaube, das habe ich dir zu verdanken. Jedenfalls hat sie so eine Andeutung gemacht. Ich darf weiter bei Annkathrin sein, wenn ich möchte, und umgekehrt hat sie auch Annkathrin eingeladen, uns in der Ferienwohnung zu besuchen. Und Annkathrins Mama ist richtig in Ordnung und hat uns schon verziehen, dass wir gestern Abend etwas aus der Apotheke geborgt hatten."

„Was habt ihr denn aus der Apotheke geborgt, etwa Aspirin oder eine Packung Viagra?", fragte Gerd.

„Nein, Quatsch, du hattest selbst immer großen Wert darauf gelegt, erinnerst du dich noch?"

Es war schon eine Weile her, dass Gerd seinen Sohn in die Geheimnisse der körperlichen Liebe einzuweihen versucht und ihm dringend geraten hatte, keine Scheu zu haben, Kondome zu benutzen, und er musste sich selbst plötzlich eingestehen, dass er in diesem Punkte gerade nicht vorbildlich gewesen war.

Jetzt rührte es ihn sogar, was ihm sein Sohn zum ersten Mal anvertraute. Mit dem einen kurzen Telefongespräch war ihm Jens so vertraut wie schon Ewigkeiten nicht mehr. Er war über Nacht ein Mann geworden.

„Passt auf euch auf!", sagte Gerd zum Abschied. „Und postet das bloß nicht auf facebook!"

Zwischenzeitlich waren zwei Feuerwehrleute in die Schleusenkammer hinabgestiegen. Der eine hatte einen Eimer in der Hand, der an einem Seil befestigt war, das zur Schleusenplattform hinaufführte, wo ein dritter Mann das Seil nachgab. Der andere Feuerwehrmann hielt einen Kescher in den Händen und fischte nun alles, was noch lebte, aus dem flacher werdenden Wasser, Karpfen, Schleien, Aale und anderes Getier. Die Fische hatten sich in den tieferen Abschnitt zurückgezogen und hielten sich offenbar von dem Ansaugstutzen der Pumpe fern, was für alle ein Glück war. Denn wenn sie in den Ansaugstutzen der Pumpe geraten wären, hätte es am anderen Ende womöglich Fischmehl gegeben. Außerdem hätte die Pumpe selbst ausfallen können.

Trotzdem unterbrachen die Feuerwehrleute kurz das Abpumpen und montierten ein Drahtgitter an dem Ansaugstutzen.

Es dauerte noch eine weitere Stunde, bis sich das Wasser in die ovale Vertiefung in der Mitte zurückzog.

Eimerweise holten die Feuerwehrleute nun die Fische aus der Schleusenkammer und schütteten sie über das Tor zum Canal du Midi hin ins Wasser zurück. Der schlammige Belag des frei werdenden Schleusenkammerbodens verbreitete unterdessen einen penetranten Modergeruch von Brackwasser, Verwesung, Algen und Kot.

Antoine Riquet hielt sich für alle sichtbar symbolisch die Nase zu und stieg als Erster über eine in der Kaimauer eingelassene Eisenleiter der Rundschleuse auf den Grund. Er trat näher heran an den Rand des tieferen Ovals und blickte sich auf dem schlickigen Boden um. Es war rutschig in dem bis zu zehn Zentimeter hohen, stinkenden Schlick, den er mit seinen grünen Gummistiefeln durchwatete, und es war, als ob er mit jedem Schritt eine weitere erbärmlich stinkende Duftwolke loslöste.

Er ließ weiter seine Blicke schweifen, versuchte den Grund zu erkennen, aber das Wasser blieb immer noch undurchsichtig.

Inzwischen hatte Gerd Pocher weitere Telefongespräche geführt mit seiner Noch-Frau und mit Jens. Danach konnte er mosaiksteinartig das Geschehen der letzten Nacht im fernen Büsum zusammensetzen. Jens hatte auf einer Strandparty Annkathrin kennengelernt. Da sie sich wohl heftig ineinander verliebt hatten, war er ihrer Einladung gefolgt, mit ihr nach Hause zu kommen anstatt sich mit Cola-Korn zu vergnügen. Annkathrin hatte gewusst, dass sich ihre Mutter mit ihrem neuen Freund in dem Kuhdorf Wacken dem Frontalangriff eines gehörschädigenden Höllenlärms und Bassfrequenzen aussetzen wollte, die unmittelbar auf das Zwerchfell wirkten, um ihren Herzrhythmus mit den harten Beats der Metal-Szene in einen tranceartigen Einklang zu bringen. Annkathrin hatte gewusst, dass sie erst spät in der Nacht zurückkehren würde. Also hatten sie sozusagen sturmfreie Bude gehabt. Praktischerweise war Annkathrins Mutter Inhaberin der Seehund-Apotheke, so hatten sie Zugang zu dem Geschäft, Annkathrin hatte die Codes gehabt für die Sicherungsanlage und hatte auch gewusst, wo sie die Schlüssel finden würde für die Schubladen im Verkaufstresen. Sie hatte auch genau gewusst, in welcher Schublade die Lust versprechenden Erzeugnisse gelagert waren mit entsprechenden Aufschriften auf der Verpackung wie „absolut gefühlsecht" und „elektronisch auf Sicherheit geprüft".

Gerd Pocher musste schmunzeln, als er sich ein Bild davon machte, wie sein Sohn … Nein, er unterließ es, sich ein Bild davon zu machen. Aber er war zufrieden damit, dass er es nun mitbekommen hatte, wie sein jüngster Sohn offenbar dabei war, erste intime Erfahrungen mit dem anderen Geschlecht zu machen.

Und er erinnerte sich an sein erstes Mal, als immer noch unmerklich langsam der Wasserspiegel in der Rundschleuse sank. Er war 15 Jahre alt gewesen, als er seinen letzten gemeinsamen Sommerurlaub mit seinen Eltern verbracht hatte, an der Nordseeküste in den Niederlanden, in Kamperland. Eigentlich war er ziemlich schüchtern gewesen, aber es hatte eines Abends ein Lagerfeuer am Strand gegeben, und er war bei dem Treffen der Jugend mit einem rothaarigen Mädchen ins Gespräch gekommen, das es offensichtlich darauf angelegt hatte. Er erinnerte sich nicht mehr an den Namen der Rothaarigen.

Sie hatten sich geküsst, und die Rothaarige hatte behauptet, dass sie nun heiraten müssten mit allem, was dazugehörte. Sie war wohl zwei, drei Jahre älter als er selbst gewesen. Während seine Eltern auf einem Campingplatz einen Wohnwagen gemietet hatten, waren Gerd und seine kleine Schwester neben dem Wohnwagen in einem Zelt untergebracht. Er hatte mithin alle Freiheiten, aber er hatte seine kleine Schwester dabeigehabt und es nicht verhindern können, dass Gisela, abgeschirmt in ihrer eigenen Schlafkabine durch Baumwollgaze, die eher eine symbolische Trennwand dargestellt hatte als einen wirksamen Schutz seiner Privatsphäre, hautnah miterlebt hatte, wie er zwar im Schutz der Dunkelheit, aber nicht ganz geräuschlos alle Hemmungen über Bord geworfen und sich mit der Rothaarigen vermählt hatte.

An den Namen der rothaarigen Holländerin konnte er sich nicht mehr erinnern, auch nicht mehr an Details ihrer Gestalt. Aber er erinnerte sich daran, wie seine kleine Schwester, sie war vier Jahre jünger, plötzlich mit ihren Fäusten auf seinen Rücken getrommelt und versucht hatte, ihn aus der Umarmung der Rothaarigen zu befreien.

Danach hatten sie sich wieder vertragen, und Gisela hatte den Eltern nichts von dem nächtlichen Rendezvous erzählt. Es war ihr Geheimnis geblieben. Als Heranwachsende hatten sie dann doch ein sehr vertrauensvolles Verhältnis entwickelt, und später hatte es nichts mehr gegeben, was sie voreinander verheimlicht hätten. Als sie erwachsen waren, er hatte gerade Barbara kennengelernt, war er dann sehr traurig darüber gewesen, dass Gisela nach Neuseeland ausgewandert war.

Gedankenverloren kraulte er Michelle im Nacken und verfolgte mit ihr das Geschehen am Grund der Schleusenkammer. Unermüdlich wurde das Wasser abgepumpt.

Endlich erblickte Riquet, ziemlich genau in der Mitte der Rundschleuse, etwas Glänzendes am Boden, was die Klinge eines Messers hätte sein können. Aber erst, als das Wasser nur noch etwa 20 Zentimeter hoch darüberstand, konnte er es genauer erkennen und dann sogar identifizieren. Es war ein Opinel Slime Line, Größe 15.

Er bemerkte aber noch etwas anderes und ahnte plötzlich eine weitere Gräueltat. Das Messer schien wie auf dem Rücken einer halb nackten Frau zu liegen. „Ich habe was!", rief er zur Schleusenwand hinauf. „Ich habe was entdeckt!" Renée Lebrun fragte oben, ob es im Schleusenwärterhaus Gummistiefel gebe. Michelle ging ins Haus und gab ihr ihre bunt geblümten.

Alsdann stieg Lebrun mit den Blumenwiesen an den Füßen die glitschige Leiter hinab und rutschte vorsichtig zu Riquet hinüber. Mittlerweile war der Wasserspiegel so weit herabgesunken, dass das Messer nur noch wenige Zentimeter tief in der trüben Suppe lag. Auch Pierre Moulin kam zum Fundort.

„Renée", sagte er, „könnt ihr mich entbehren? Ich muss los. Du weißt schon, Katja!"

„Na, dann aber schnell!", sagte Renée. „Brauchst du einen Einsatzwagen mit Blaulicht, Polizei-Eskorte und so?"

„Nein, ganz so dringend ist es, glaube ich, noch nicht." Moulin watete durch den Morast zurück, kletterte die Eisenleiter hinauf und verließ die Schleuse. Immerhin hatte er es noch ausgehalten bis zu dem Fund des Messers, weshalb ja die ganze Aktion stattgefunden hatte. Seine Frau hatte ihm per SMS benachrichtigt, dass sie erste Wehen gespürt hatte.

„Wir brauchen eine Leiter!", rief Riquet, woraufhin ein Feuerwehrmann loslief und kurz darauf eine Leiter in die Schleusenkammer hinabreichte. Riquet stellte sie an den Absatz zum tiefen Oval und stieg hinab. Vorsichtig näherte er sich dem Messer, hob es behutsam auf und ließ es in eine Plastiktüte sinken. Die reichte er Lebrun hinauf. Lebrun betrachtete das scharfe Messer. Sie hatten alle recht gehabt. Michelle hatte die Wahrheit erzählt.

Es war nur die Ahnung eines Frauenrückens, über dem Po und den Beinen ein ausgebleichtes, in Falten geworfenes Tuch. Viel mehr konnte man nicht erkennen, alles war mehr oder weniger mit Schlamm bedeckt und voller Algen. Riquet trat jetzt näher heran und tastete den Rücken ab. Es waren in der Tat die Formen eines Frauenkörpers.

„Die ist ja steinhart!", rief er plötzlich zu Lebrun hinauf. „Könnt ihr einen Gartenschlauch besorgen?" In dem Moment fiel ihm ein, dass er ja den Gartenschlauch beschlagnahmt hatte, weil er den für ein wichtiges Beweismittel gehalten hatte, nachdem Michelle Reynouard in der Tatnacht damit angeblich versucht hatte, Blut von dem Festmachpoller abzuspülen.

Die Feuerwehrleute konnten aber rasch mit einer Spritze und Schläuchen aushelfen. In wenigen Minuten hatten sie eine Leitung zu einem Hydranten gelegt. Drei Feuerwehrleute kletterten in die Schleusenkammer und reichten den Schlauch weiter. Einer lief zu dem Kriminaltechniker und bediente die Spritze.

„Können Sie das hier mal ordentlich abspritzen?" Riquet zeigte auf die vermeintliche halb nackte Frauenleiche.

„Wasser marsch!", rief der Mann zu seinen Kollegen. Einer drehte oben den Hahn des Hydranten auf. Mit rasender Geschwindigkeit füllte sich der Schlauch, und der Spritzenmann spürte einen regelrechten Ruck, als das Wasser an seinem Ventil angekommen war. Der Mann betätigte den Hebel. Der erste Wasserschwall war so heftig, dass Riquet ganz nass wurde.

Dann spritzte er den Frauenkörper frei. Als der Schlamm aus den Furchen des Tuches herausgespült wurde, der Körper weiter nach oben vom Morast befreit war, während das Wasser glucksend über den Grund ablief und weiter von der Kraftpumpe der Feuerwehr in Richtung Mittelmeer befördert wurde, nahm ein wohlgeformter Frauenrücken Konturen an. Mittlerweile hatte ein Feuerwehrmann den Absaugstutzen mit den Händen gepackt und an die offenbar tiefste Stelle der Schleusenkammer gehalten, in Richtung des Südtors.

Erst als der Rücken ganz freigespült war und der Kopf und der Schulterbereich sichtbar wurden, ahnten Riquet und Lebrun, was sie gefunden hatten. „Weiter spritzen!", forderte Riquet den jungen Feuerwehrmann auf, der um sein wohl verdientes Wochenende gebracht war. „Das ist eine Sensation!" Er hatte bereits gespürt, dass die Leiche nicht nur steinhart war, sondern tatsächlich aus Stein.

Erst als der tiefer im Morast steckende Schulterbereich abgespült war und erkennbar wurde, dass der linke Arm gänzlich fehlte und der rechte etwas unterhalb der Schulter abgebrochen war, erhärtete sich die Vermutung von Riquet, Lebrun und Gabin und wurde zur steinharten Gewissheit: Sie hatten die Venus von Milo wiederentdeckt.

Oben auf der Kaimauer hatte Michelle die Enthüllung des Geheimnisses der Rundschleuse gespannt verfolgt, mit leicht gespreizten Beinen und über dem Bauch verschränkten Armen. Gerd hatte eine Weile dicht hinter ihr gestanden, seine Arme um sie geschmiegt und ihr seinen warmen Atem in den Nacken geblasen. Dadurch, dass sie das Messer entdeckt hatten, an dem es keinen Zweifel gab, dass es die Tatwaffe des Massakers von Marseillan war, musste Michelle nun als absolut glaubwürdig gelten. Sie war unschuldig! Die Marmorstatue, die noch in der Schleusenkammer lag, sah zwar irgendwie zauberhaft aus, aber für Michelle hatte sie keine weitere Bedeutung. Sie wusste nicht, wann und wie sie dahin gekommen ist.

Riquet war zwar kein Kulturhistoriker oder Restaurator, aber als Kriminaltechnologe befand er, dass so ein Wasserstrahl aus der Feuerwehrspritze einer Marmorstatue, die mehr als 2000 Jahre auf dem Rücken hatte, nun auch nicht mehr viel antun konnte. Erst als der Hinterkopf der Venus freilag und der Sockel vom Schlamm befreit war, meinte er zu dem Feuerwehrmann, dass es nun gut sei. „Jetzt müssen die Spezialisten ran."

Aber er bedeutete dem Einsatzleiter der Feuerwehr, dass sie die Pumpe in Bereitschaft halten müssten, für den Fall, dass wieder Wasser in die Schleusenkammer sickere. Immerhin liege der Grund hier mehr als zwei Meter unter dem Meeresspiegel. Die Tore zum oberen Hérault und zum Canal du Midi hin hielten weitgehend dicht.

Er beugte sich erneut über die steinerne Leiche, für deren Untersuchung jetzt kein Gerichtsmediziner mehr behelligt zu werden brauchte, und fuhr mit der Hand, die gewohnter Weise immer noch im Latexhandschuh steckte, den Köper entlang. Die Frau lag ziemlich sicher auf dem Grund der Schleuse. Er schätzte ihr Gewicht auf eine Tonne. Sie war etwas überlebensgroß, etwa zwei Meter. Er hatte schon viele Frauenleichen gesehen an den verschiedensten Mord-Tatorten, aber noch nie eine so ebene und erhabene Gestalt. Er grübelte wohl darüber nach, wie es einem Meister gelungen war, eine derart überzeugende Skulptur in Marmor zu meißeln.

Er machte noch Fotos von dem Sensationsfund und stieg die Leiter hinauf auf den Boden der restlichen Schleusenkammer, machte weitere Fotos aus mehreren Perspektiven und schlitterte dann zu der eisernen Treppenleiter an der Schleusenwand, kletterte nach oben.

„Unglaublich!", sagte er zu Renée Lebrun.

Die Kriminalbeamtin, die schon zuvor aus der Schleusenkammer geklettert war, reichte ihm den Plastikbeutel mit dem Messer entgegen. „Können Sie da noch was rauskriegen? Auch wenn Wochenende ist? Ich hätte gerne am Montagmorgen ein Ergebnis, damit wir noch vor der Pressekonferenz Gewissheit haben."

Henri Gabin trat nun auf Renée Lebrun zu und befragte sie beiläufig nach dem Herrn im Rücken der schönen Schleusenwärterin.

„O", sagte Lebrun, „das ist unser neuer Kollege aus Deutschland, der die Geschichte mit der Schleuse überhaupt ins Rollen gebracht hat, Gerd Pocher. Er hat die Schleusenwärterin sozusagen zu einem umfassenden Geständnis überredet. Er spricht übrigens hervorragend Französisch und kennt sich aus mit Mord und Totschlag."

„Wie soll ich das mit dem Geständnis verstehen?"

„Na ja, Pocher ist an seinem ersten Tag hier mitten in die Ermittlungen geraten, er hat sich dienstbeflissen an die Schleusenwärterin herangeschmissen und ihr eben das Geständnis entlockt, das am Ende dafür gesorgt hat, dass wir jetzt eine äußerst wichtige Entdeckung machen konnten. Wenn er sich nicht sozusagen mit Leib und Seele an die Verdachtsperson herangemacht hätte, wären wir immer noch so klug wie zuvor. Wir hätten zwar die Wasserleiche identifizieren, wir hätten sie auch als mutmaßlichen Täter der Beziehungstat von Marseillan ausmachen können, aber wir hätten den Weg nicht nachvollziehen können, wie der Mörder von Marseillan in den Hérault gelangt wäre."

Gabin ging langsam auf Pocher zu, der immer noch in einer Umarmung hinter Michelle stand und über ihre Schulter auf die Marmorskulptur am Boden der Schleusenkammer starrte, voller Ehrfurcht.

„Monsieur Pocher", sprach Gabin ihn an, „Sie haben uns sehr geholfen. Ich muss Ihnen mein Kompliment aussprechen." Jetzt müsse er, Henri Gabin, Commissaire in Sète, sich aber verabschieden und die weiteren Schritte in die Wege leiten. Das sei schwierig genug, weil ja Ferien und Wochenende seien, aber er werde dem Innenministerium schon Feuer unter dem Hintern machen. „Es bleibt dabei, die Pressekonferenz ist am Montagmorgen um 10 Uhr, aber wir machen sie hier, direkt auf dem Schleusengelände. Die Entdeckung der Venus hat Vorrang vor der abschließenden Betrachtung des Massakers von Marseillan. Bis dahin bleibt das Gelände abgeriegelt."

Gabin verließ die Baustelle. Beim Abschied sagte er noch anerkennend zu Lebrun: „Gute Arbeit!"

Es war äußerst selten gewesen, dass Henri Gabin anerkennende Worte über die Lippen gingen. Renée konnte sich jedenfalls nicht daran erinnern. Gabin ließ seinen Leuten zwar viele Freiheiten und mischte sich selten in die Ermittlungen ein. Aber er war von einer missmutigen Grundstimmung, und jeder Polizist zwischen Sète und Agde und rund um den Étang de Thau war jeden Tag aufs Neue froh, wenn er mit ihm nichts zu tun hatte. Wenn er in Erscheinung getreten war, war es meistens um Rügen gegangen, um Ermahnungen über schlechte und fehlerhafte Ermittlungsarbeit. Er schien immer schlecht gelaunt zu sein, und er ließ es die Kollegen spüren. Das war sein Rezept gewesen, um seine Leute zur Bestform zu motivieren.

Über seine privaten Hintergründe war in Polizeikreisen wenig bekannt gewesen, selbst Renée wusste nicht viel über Gabin. Er lebte wohl sehr zurückgezogen und unauffällig in einem Haus am Boulevard de la République in Frontignan, an der Hauptdurchgangsstraße. Gabin musste wohl auf die 60 zugehen, jedenfalls hatte er schon seine Dienststundenzahl reduziert auf eine 30-Stunden-Woche. Aber es wurde natürlich über ihn geredet, darüber, wie es seine Frau 30 Jahre lang an der Seite dieses Giftzwerges ausgehalten hatte. Allerdings hatten sie auch mitgekriegt, dass Gabin fünf Kinder und mittlerweile drei Enkel hatte. Das hatte irgendwie für ihn gesprochen. Außerdem stand sein Jahresurlaub unmittelbar bevor.

48.

Er war nur für zwei Minuten von seinem Posten verschwunden, um sich etwas zu erleichtern, dann trat Gardien Dumont wieder vor die Tür des Gebäudes, in dem die Redaktionsräume des Midi Libre untergebracht waren. Sofort fiel ihm ein seltsamer Koffer ins Auge, der in dem Augenblick hier abgestellt worden sein musste. Er blickte die Straße hinauf und hinunter, ob er noch eine verdächtige Person erspähen konnte oder ein davonrasendes Auto. Fehlanzeige! „*Merde!*", dachte der Polizeibeamte bei sich. Er meldete sich per Funk bei der Leitstelle und berichtete von dem merkwürdigen Koffer, offenbar ein großer Kunststoffkoffer, der entfernt an eine Art Kühlbehälter erinnerte, wie sie beim Camping oder Picknick gebraucht werden. Er war mit kyrillischen Buchstaben beschriftet.

Er bekam den Befehl, sofort die Straße abzuriegeln, soweit es ihm im Moment möglich sei, und Passanten aufzufordern, umzukehren oder zumindest die Straßenseite zu wechseln. Gardien Dumont brauchte nicht lange zu überlegen. Er lief zu seinem Polizeiwagen, der nur wenige Meter entfernt abgestellt war, schaltete das Blaulicht ein, fischte eine Rolle gelb-weiß gestreiftes Absperrband mit der Aufschrift „Polizei-Absperrung" aus dem Wagen und verknotete das Ende etwa 20 Meter von dem Gebäude entfernt an einem Fallrohr, marschierte mit einer Stopp-Kelle winkend über die Rue Jean Roger und befestigte das andere Ende des Flatterbands auf der gegenüberliegenden Seite ebenfalls an einem Fallrohr von der Regenrinne des Gebäudes.

Dann schritt er in die andere Straßenrichtung und machte wiederum etwa 20 Meter vom Eingang entfernt das Gleiche. Dann bat er die wenigen Menschen, die sich nun innerhalb der Absperrung befanden, das Areal unverzüglich zu verlassen. Das hatte geklappt. Und es hatte sicherheitshalber Bombenalarm gegeben.

Inzwischen war der Leiter der Entführungsabteilung, René Leguerne, heruntergekommen und sondierte die Lage. Er war etwas ungehalten gegenüber dem Polizeibeamten, der nun nicht sagen konnte, wer den Koffer dort abgestellt hatte. Aber dann fand er die provisorische Absperrung der Straße hinreichend und betrachtete den Koffer. Sie wollten so wenig Aufmerksamkeit auf sich lenken wie möglich, aber in Frankreich war die Angst vor Bombenanschlägen allgegenwärtig. Er wollte nicht warten, bis ein Sondereinsatzkommando vielleicht in einer halben oder erst in einer Stunde in Agde eintraf, um den verdächtigen Koffer zu entschärfen oder gar abzutransportieren und gezielt zu sprengen.

„Halten Sie die Leute auf Abstand", sagte er zu Gardien Dumont und trat an den Koffer heran. Irgendwie war er sich sicher, dass es sich nicht um eine Bombe handelte. Er hatte das Transportgerät erkannt. Es handelte sich vermutlich um ein Gefäß, in dem Transplantationsorgane befördert wurden. Was ihn stutzig machte, war die russische Aufschrift, die er allerdings auch nicht enträtseln konnte. Er schloss sich mit der Einsatzleitung kurz. „Ich öffne jetzt den Koffer", sagte er. Aber er bekam umgehend den Befehl, die Finger davon zu lassen. Die Spezialisten seien auf dem Weg.

Unterdessen füllte sich die Innenstadt von Agde mit dem ohrenbetäubenden Lärm der Signalhörner mehrerer Einsatzfahrzeuge. Die Ambulance-Fahrzeuge trafen zuerst ein, dann ein Bus der Bereitschaftspolizei, die sofort zu Werk ging und die Straßensperre räumlich erweiterte und die Leute aufforderte, den Gefahrenbereich zu verlassen. Der gesamte Straßenzug wurde evakuiert. Das Wort Bombenalarm machte die Runde. Aber insgesamt verlief die Räumung des Straßenzuges sehr diszipliniert.

Endlich rückten die Experten, ebenfalls mit Signalhörnern laut vernehmlich, heran. Die Straße versank in einem Blaulichtgewitter. Dabei herrschten immer noch Temperaturen um die 32 Grad Celsius. Ein Mann von der Kampfmittelbeseitigung betrat schließlich die Szene und nahm den merkwürdigen Koffer in Augenschein. Minuten wertvoller Zeit verstrichen. Endlich kamen die Techniker hinzu mit Sensoren und Messgeräten. Es herrschte höchste Alarmstufe in der Stadt. Das Bürgermeisteramt war eingeschaltet, um Notquartiere für die Anwohner zu schaffen.

Jeanne Beaux, Bürgermeisterin von Agde, gab die Turnhalle einer nahegelegenen Schule als Anlaufpunkt frei.

Die Messgeräte lieferten keinen Hinweis auf irgendein hoch explosives Gemisch. Im Gegenteil: Die Temperatur der Oberfläche des Koffers lag verdächtig niedrig. Sie lag weit unter dem Gefrierpunkt.

René Leguerne sollte recht behalten haben. Der Einsatzleiter der Spezialtruppe öffnete die Verschlüsse des Deckels und hob ihn ganz vorsichtig an, es herrschte angespannte Ruhe, nichts explodierte. Stattdessen schlug ihm der Dampf von flüssigem Stickstoff entgegen. Er staunte und war zugleich entsetzt. Er verschloss den Deckel wieder und brachte mit Leguerne den Koffer ins Innere des Gebäudes. Der Bombenalarm wurde abgeblasen. Langsam füllten sich die Redaktionsräume mit den wenigen verbliebenen Mitarbeitern und Ermittlern, die nur kurz durch den Hinterausgang des Gebäudes in Sicherheit gegangen waren.

Der Bombenentschärfer und Leguerne öffneten den Koffer erneut. Darin lag in einem Plastikbeutel eingepackt ein Körperteil. Leguerne zog Handschuhe über, fasste den angewinkelten und steif gefrorenen, abgerissenen Arm und hob ihn aus dem Transportkoffer. „Könnte das ein Arm von Yvonne Picon sein?", fragte er die beiden verbliebenen Zeitungsleute, Michel Lagarde und die Sekretärin. Die Frage schien schwieriger zu beantworten als gedacht. Man merkte sich Gesichter, aber wie der Arm seiner Mitarbeiterin ausschaute, hatte sich Lagarde nicht gemerkt, Muttermale, Tätowierungen etwa, es war auch kein Schmuck auszumachen, ein prägnanter Fingerring vielleicht. Arme schienen plötzlich alle gleich.

Lagarde hob unschlüssig die Schultern. „Schon möglich", sagte er schließlich. Immerhin war schon erkennbar, dass es sich um den rechten Arm einer zierlichen Frau mittleren Alters handelte. „Ja, schon möglich", wiederholte er. Er wusste nicht, wie oft er möglicherweise diese Hand zur Begrüßung oder zum Abschied gedrückt hatte. Händedrücke sind alltägliches Geschäft. Sie prägen sich nicht ins Gedächtnis ein, die Individualität von Armen wird nicht wahrgenommen.

In dem Moment brach Adèle Berteaud zusammen. Ein Rettungssanitäter kümmerte sich um sie. Es waren davon noch genug in der Straße versammelt. Leguerne legte den Arm in den Koffer zurück und ließ ihn zur Gerichtsmedizin nach Montpellier bringen, höchste Alarmstufe. „Oder gibt es einen Helikopter in der Nähe?", fragte er die Kollegen von der Terrorabteilung. Es gab keinen. Noch nicht.

Ratlosigkeit machte sich unter den Entführungsfahndern breit. Es war ihnen immer noch nicht gelungen, trotz aller Peilsender, Serververbindungen und Suchprogramme, den Entführer zu ermitteln. Sie tappten im Dunkeln und wussten, dass die Journalistin in akuter Lebensgefahr war oder, wahrscheinlicher noch, schon tot.

49.

Das Polizeiaufgebot an der Schleuse war noch verstärkt worden. Sie wurde jetzt von je vier Polizeibeamten im Schichtdienst rund um die Uhr bewacht.

Renée Lebrun und Gerd Pocher trafen sich im Besprechungszimmer der Polizeistation. Michelle war mit ihrem Wagen mitgefahren und wartete in Pochers Büro und betrachtete eine Ansichtskarte auf seinem ansonsten noch leeren Schreibtisch. Sie war an Gerd Pocher adressiert gewesen, c/o Police Nationale à 34090 Montpellier.

Renée vervollständigte die Pinwand mit einem Foto der Tatwaffe.

„Diese Messer sind hier weit verbreitet", erklärte Renée. „In jeder Küche werden sie benutzt. Es gibt sie in verschiedenen Größen und Ausführungen. Mit einem schlichten Mechanismus lässt sich die Klinge ausklappen und fixieren." Sie fischte ein kleineres, zusammengeklapptes Modell aus ihrer Handtasche. „Das hier ist Nummer 8, die Größe ist besonders gut geeignet als Küchenmesser, zum Beispiel zum Schneiden von Zwiebelringen."

Sie klappte die Klinge heraus, drehte die Metallmanschette zum Feststellen der Klinge und reichte es Gerd.

Der fuhr mit dem Daumennagel über die Klinge, dass es etwas zog. „Echt scharf", sagte er anerkennend.

„Ich habe mit der Staatsanwaltschaft gesprochen." Renée nahm ihm das Messer wieder aus der Hand, löste die Klinge und klappte es zusammen. „Sie kann sich vorstellen, bei der Klarheit der Beweislage und der Indizien, auf die Aufnahme eines Verfahrens gegen Michelle zu verzichten. Auch für die Staatsanwaltschaft könnte das Messer in der Schleusenkammer als letzter Beweis gewertet werden, dass Michelle die Wahrheit erzählt hat. Nach dem späteren umfassenden Geständnis sei es nachvollziehbar und in der Hauptsache unerheblich, dass Michelle die Leiche zunächst in die Schleusenkammer befördert und versucht hat, sie zum Hérault hinunterzuspülen, anstatt die Polizei zu rufen. Sie habe letztlich erheblich dazu beigetragen, den Fall lückenlos aufzuklären."

Staatsanwältin Martine Brogas, mit der Renée gesprochen hatte, wisse allerdings noch nichts von dem, was unter dem Messer gefunden worden sei. „Wenn sie das mitkriegt, könnte Michelle ja noch zur Heldin erklärt werden. Denn sie war es schließlich, die durch ihren Fußtritt in einer Notwehrsituation das Messer an die Stelle befördert hatte, wo wir jetzt einen unbezahlbaren Nationalschatz entdeckt haben. Und das ist immer noch unserer Hartnäckigkeit zu verdanken, genau auf diese Art nach dem Messer zu suchen."

Sie nahm Gerd am Arm und forderte ihn auf, sich an den Tisch zu setzen. „Wie viele Kinder hast du?", wurde sie plötzlich sehr persönlich.

„Drei", antwortete Gerd, „zwei von ihnen sind übrigens zufällig in der Gegend, wir haben uns gestern getroffen."

„Und deine Frau?"

„Nun", sagte Gerd, „wir sind noch verheiratet und haben natürlich noch miteinander zu tun, aber wir haben uns vor einigen Jahren getrennt, ich meine, ich bin zu Hause ausgezogen."

„Wir haben keine Kinder", sagte Renée. Sie fand das gut so. „Weißt du, ich habe eine außerordentlich harmonische Beziehung mit meinem Mann, immer noch. Wir geben uns gegenseitig viel Freiheit, gehen natürlich beide unseren Jobs nach. Aber wir freuen uns immer noch riesig, uns nach Feierabend wiederzusehen und in den Arm zu nehmen. Ich bin richtig glücklich damit. Das gibt mir auch den Rückhalt, um mich voll und ganz der Arbeit widmen zu können."

Aber eines wollte sie noch von ihm wissen, nämlich, wie er auf die Idee gekommen sei, mit der Tatverdächtigen ins Bett zu gehen, obwohl er hätte wissen oder ahnen müssen, dass sie etwas mit dem Tod von Claude Noiret zu tun hatte.

Da hatte sie Gerd an einem wunden Punkt getroffen.

„Renée", antwortete er, „ganz genau kann ich dir das auch nicht sagen." Er überlegte kurz und fuhr fort: „Als ich Michelle zum ersten Mal sah, war es vielleicht schon um mich geschehen", gestand er. „Sie hatte etwas Geheimnisvolles und doch so etwas Offenes und Ehrliches an sich. Ich lud sie zu einem Apéritif ein, und als wir uns dann etwas nähergekommen sind, ich meine, als ich merkte, dass sie sich bereit zeigte, meine Avancen zu erwidern, habe ich mich Hals über Kopf in sie verliebt. Das ist alles."

Renée hatte den Ellenbogen auf den Tisch gestützt, ihren Kopf in die Hand geneigt und blickte Gerd begeistert an.

„Möglich, dass sie das auch gespürt hat", setzte Gerd seine Beschreibung fort. „Ich glaube, dass ich sie durch meine eindringliche Verbindlichkeit dazu gebracht habe, dass sie danach in ihrer emotionalen Not nicht anders konnte als reinen Wein einzuschenken und nichts als die Wahrheit zu sagen. Ich habe es irgendwie gespürt, dass es die Wahrheit war." Einen Tag lang habe sie vielleicht diese Lüge aufrechterhalten können, von wegen, sie kenne diesen Mann nicht, aber nicht länger.

Gerd spürte ein vertrauensvolles Verhältnis zu Renée und gestand das Detail, dass Michelle ihm kurz entwichen war, nachdem er im Hotelzimmer eingeschlafen war. Aber er hatte sie ja da wieder angetroffen, wo er sie vermutet hatte, im Schleusenwärterhaus. „Ich glaube, wenn sie in ihrem Geständnis gegenüber Pierre auch nur einen Deut abgewichen wäre von der Version, die sie mir zuvor erzählt hatte, hätte ich kein Problem damit gehabt, sie vorläufig festnehmen zu lassen."

Gerd fuhr ein Gedanke durch den Kopf, den er Renée gegenüber noch loswerden wollte: „Es wird nie wieder vorkommen, dass ich mich so auf eine tatverdächtige Frau einlassen werde! Wir haben die Venus entdeckt, die seit zehn Jahren verschollen war und seit der Antike als Inbegriff weiblicher Schönheit galt. Für mich ist Michelle tausendmal schöner."

Renée richtete sich auf. „Im Prinzip ist der Fall für uns abgeschlossen, abgesehen von den noch ausstehenden Analysen der Technik. Habt ihr nicht Lust, uns morgen zu besuchen? Ich lade euch ein, also Michelle und dich, zum Abendessen. Es gibt hausgemachte Ratatouille und Leckereien vom Grill. So gegen 19 Uhr?"

„Moment." Gerd stand auf und trabte in sein Büro. Er fragte Michelle, ob sie damit einverstanden sei, am Sonntagabend zu Renée und ihrem Mann zu fahren. Sie kam mit zurück ins Besprechungszimmer.

„Pourquoi pas?", lächelte Michelle. Als Schleusenwärterin hatte sie in den nächsten Tagen ohnehin nichts zu tun. Sie fühlte sich freigestellt und an der Seite von Gerd gut aufgehoben.

Renée erläuterte noch, dass sich ab sofort die Zentrale um die Baustelle kümmern werde, also die Polizei direkt von Paris aus.

166

Da gehe es um nationale Belange von höchster Wichtigkeit. „Das Massaker von Marseillan wird untergehen unter dem Hype um den Fund des verschollenen Nationaldenkmals", prophezeite sie. „Aber ich muss mir noch etwas einfallen lassen, um der Presse zu erklären, wie wir auf die Rundschleuse gekommen sind als Ort des Todes des Familienmörders – und wie die Leiche an den Fundort im Hérault gelangt ist." Und um die Entführungsgeschichte kümmere sich die Kommission um Leguerne.

„Es wimmelt von Experten in Agde." Sie hielt inne und sagte dann: „Lasst uns das Rest-Wochenende genießen. Wir haben unsere Arbeit getan."

„Gut", sagte Gerd, „ich schaue noch kurz bei den Kollegen beim Midi Libre rein, um mich denen vorzustellen."

50.

Gerd Pocher betrat die Redaktionsräume, um sich auf den Stand der Dinge bringen zu lassen. „Aber wir wissen jetzt, mit wem wir es zu tun haben", sagte er und stellte sich den fremden Beamten als der neue deutsche Kollege bei der Mordkommission vor. „Offensichtlich haben wir es mit dem Jahrhunderträuber zu tun, der vor zehn Jahren die Venus von Milo aus dem Louvre gestohlen hat." Nur er wusste, wo die Figur versteckt lag, am Grund der Rundschleuse. Er hatte offenbar Wind von den Ermittlungen bekommen und musste nun fürchten, dass die Diebesbeute entdeckt und damit für ihn wertlos würde. Die Arbeiten an der Rundschleuse waren ja auch nicht zu übersehen.

„Deshalb das Erpressungsmotiv", folgerte Leguerne, „er wollte die Ermittlungen an der Schleuse vereiteln, damit die Figur nicht gefunden würde. Und warum musste nun die Journalistin daran glauben?"

„Zufall?" Gerd Pocher hob die Schultern. „Journalisten sind stets neugierig und risikobereit, um an Geschichten zu kommen. Sie neigen dazu, sich oder andere in Gefahr zu bringen."

„Er muss in der Nähe sein", sagte Leguerne. Aber die bisherige Zurückverfolgung seiner E-Mail habe nur gereicht, um einen russischen Provider ausfindig zu machen. Es gebe bereits Verhandlungen mit den russischen Sicherheitsbehörden, um zu helfen, die ID des Absenders herauszufinden. „Aber das zieht sich. Außerdem ist heute *Samedi*, auch in Russland."

Der Entführer dürfte sich hüten, das Mobiltelefon seiner Geisel noch einmal einzuschalten, weil er vermutlich wisse, „dass wir es sofort, äh, mir fällt gerade nicht der Fachbegriff dafür ein", sagte Pocher. „Wenn man aufgrund der Empfangssignale verschiedener Sendemasten den Ort eingrenzen kann, aus dem das Signal stammt."

„*Localiser*", sagte Leguerne und fügte hinzu: „Aber Sie sprechen verdammt gut Französisch, Kompliment."

„*Merci*. Das ist doch richtig, dass wir das Mobiltelefon orten könnten, sobald es eingeschaltet würde, oder?"

„*Oui, oui*", sagte Leguerne.

„*Merde*", sagte Pocher leise. „Wir haben nicht die leiseste Ahnung, wer der Mensch ist und wo er sich verbirgt."

Es war ein Scheißgefühl, machtlos gegen einen skrupellosen Verbrecher zu ermitteln, der möglicherweise den Supercoup gelandet hatte, die Venus von Milo zu rauben, jetzt eventuell zum Rächer geworden war für die Entdeckung seines Geheimnisses und einer unschuldigen Frau einen Arm abgetrennt hatte. „Klar", sagte Pocher plötzlich. „Das ist doch die Botschaft! Der Mensch ist krank. Er versucht, aus der Geisel die Venus am lebendigen Leib nachzuahmen. Der Skulptur fehlen die Arme."

Sie waren gefangen in ihren Ermittlungen. Sie hatten die Venus entdeckt. Sie hatten keine Karten mehr in der Hand, den Entführer vom Gegenteil zu überzeugen. Sie mussten damit rechnen, dass die Entführte durch den Verlust des einen Arms bereits tot war, weil sie damit rechnen mussten, dass das Abschneiden eines Arms ohne sofortige medizinische Behandlung tödlich sein würde. Es ging nur noch darum, den Entführer zu finden, um den Fall abzuschließen. Nein, es ging auch noch darum, das Opfer zu finden, dem der Arm nun fehlte. Vielleicht war die Frau doch noch am Leben.

51.

Als Yvonne Picon aus der Narkose erwachte, spürte sie an ihrem rechten Arm einen brennenden, pochenden und drückenden Schmerz. Sie brauchte eine ganze Weile, bis sie spürte, dass der Arm wie gelähmt war, dass sie kein Gefühl mehr hatte, es gab nur diesen brennenden Schmerz ab der Schulter abwärts. Sie tastete mit der linken Hand danach. Aber da war nichts. Entsetzen und Verzweiflung mischten sich in den Schmerz. Sie öffnete die Augen, sah aber alles nur verschwommen. Dicke Tränen rollten ihr die Wangen hinab. Sie schluchzte und bebte.

Nach einer endlos erscheinenden Weile trat der fremde Mann in das ockerfarben getünchte Zimmer. Er griff ihre linke Hand und fühlte den Puls. „Es scheint alles gut geklappt zu haben", sagte er schließlich. „Alles wird gut."

Aber es klang nicht besonders tröstlich.

Er öffnete ihr die Bluse und streifte den rechten Ärmel vorsichtig von dem Armstumpf. Dann löste er den Verband und auch die Mullmütze von der Wunde und schaute sie sich an.

Auch Yvonne Picon schaute nach der Stelle, wo der drückende Schmerz herrührte: Er hatte ihr den Arm amputiert. Ihr wurde schummrig, sie drohte das Bewusstsein zu verlieren, zumal die Schmerzen nicht nachließen. Sie hörte nur noch, wie er sagte, dass es richtig gut aussehe.

Der Mann wischte die Haut rund um die Naht mit einem Desinfektionsmittel ab und spannte eine frische Mull-Mütze und einen neuen festen Verband darüber, zog die Bluse wieder an und knöpfte sie zu. Dann ließ er sie allein.

52.

Während auf dem Schleusengelände die Bergung der antiken Figur vorbereitet und zur Sicherheit die Polizeipräsenz durch uniformierte Beamte weiter verstärkt wurde, war zudem die Bereitschaftspolizei in Marsch gesetzt worden. Sie kontrollierte vor allem die Straßen und strategischen Stellen entlang des Kanals, Hafenanlagen und Schleusen. Die Turnhalle in der Nähe des Midi Libre, die nach dem Bombenalarm als Notunterkunft angekündigt war, wurde nun von der Polizei zum Lagezentrum umfunktioniert.

Leguerne ging in den Räumen der Redaktion auf und ab. Sein Trupp kam nicht einen Millimeter voran auf der Suche nach dem Entführer. Er rührte sich nicht. Seit der einen E-Mail mit dem Foto der Frau und der erneuten Forderung, die Schleuse sofort zu räumen, hatte es keinen Kontakt mehr gegeben. Er schaute sich das Foto noch einmal an. Die Frau saß auf einem Bett und hatte da noch beide Arme. Sie war mit einer eher unauffälligen, leger geknöpften Bluse und mit Jeans bekleidet. Im Bildhintergrund war eine Tür zu erkennen, an der ockerfarbenen Wand ein Bild. Er vergrößerte den Ausschnitt, aber das Bild war nicht zu identifizieren. Das Interieur erinnerte etwas an ein Hotelzimmer oder an ein Schlafzimmer in einer Ferienwohnung. Wo konnte das nur sein? In der Region gab es Zigtausende Hotelzimmer und Ferienwohnungen.

53.

Yvonne Picon war erneut aufgewacht, spürte wieder diesen unermesslichen Druck in ihrem rechten Arm. Sie versuchte, tief durchzuatmen und sich zu konzentrieren. Sie musste zur Toilette. Vorsichtig richtete sie sich auf und bemerkte dabei, dass sie außer der Armamputation unversehrt geblieben war. Sie ging ein paar Schritte auf und ab. Der Gedanke, fortan nur noch mit einem Arm da zu sein, erfüllte sie mit Entsetzen. Der Druck der Blase brachte sie aber ihrer neuen körperlichen Wirklichkeit näher, denn sie fingerte sich nun nur mit der linken Hand den Schlüpfer hinunter und musste vorsichtig balancieren, um nicht aus dem Gleichgewicht zu geraten und grob auf die Klobrille zu plumpsen und mit dem Rücken gegen die Wand zu schlagen.

Es war ihr schließlich gelungen, den Slip wieder hochzuziehen, sich aufzurichten und ins Zimmer zurückzukehren, als der fremde Mann wieder hereintrat.

Er reichte ihr eine Tablette und ein Glas Wasser. „Nehmen Sie das", sagte er. „Das ist nur ein Schmerzmittel."

Yvonne Picon saß auf dem Bett, nahm die Tablette und schluckte sie hinunter.

„Kommen Sie", bat sie der Mann in die Empfangshalle. „Gleich wird die Tablette ihre Wirkung entfalten, entspannen Sie sich." Er blickte an ihr herab und reichte ihr die Jeans. „Ach ja", lächelte er etwas süffisant. „ich helfe Ihnen." Er kniete vor ihr nieder und streifte die Hose über ihre Füße, half ihr höflich auf die Beine und zog die Hose hinauf, indem er die zierliche Frau sogar anhob, bis ihre Beine in die engen Röhren rutschten und sich der Hosenbund über ihren Hüften schließen ließ. Er streifte ihr zudem ihre Schuhe über die Füße.

Dann bedeutete er ihr, auf einem Hocker an dem Tresen Platz zu nehmen, auf der die meterhohe Replik der Venus stand. Er selbst nahm auf einem Sessel hinter dem Tresen Platz. „Sehen Sie." Er deutete auf die Figur. „Das hier ist nur eine von Millionen von Kopien der Venus von Milo." Er maß sie bedeutungsvoll und zuckte etwas, als er der Steinfigur über den rechten Armstumpf strich. Er habe ihr versprochen, eine Geschichte zu erzählen, die sie interessieren könnte.

„Das Original stand bis vor zehn Jahren im Louvre. Es ist von unermesslichem Wert. Dann war es verschwunden, wie vom Erdboden verschluckt. Zehn Jahre lang hat die Polizei nach ihm gesucht, ganz Frankreich durchstöbert, aber vergeblich." Der Mann kicherte andeutungsweise. „Diese Idioten", lästerte er über Polizei und Staat. „Nur ich weiß, wo die Venus liegt. Als ich etwa ein Jahr nach dem Raub einen Handel anbot, wollten sie nicht darauf eingehen. Die Venus war ihnen keine 50 Millionen wert. Gut, dachte ich und ließ Gras darüber wachsen, bis die Venus in Vergessenheit geriet.

Zwischenzeitlich hatte ich genug zu tun, um hier diese Schönheitsfarm aufzubauen, und nun, dachte ich, wäre es an der Zeit, einen neuen Handel vorzuschlagen. Mittlerweile hat es wieder eine neue Regierung gegeben. Vielleicht ist die ja eher dazu bereit, etwas in die alten Kulturschätze zu investieren. Ich hätte mich auch mit zehn Millionen zufriedengegeben. Aber dann kommt mir die Polizei mit ihren Ermittlungen dazwischen, diese Blödmänner. Die machen alles kaputt."

Er hatte sich beinahe in Rage geredet.

Der Schmerz an der Schulter hatte tatsächlich nachgelassen. Yvonne Picon war seinen Ausführungen gefolgt. Wie es ihm aber gelungen sei, die Venus aus dem Louvre zu rauben und alle Spuren zu verwischen, wollte sie wissen.

„O, das war gar nicht mal so verzwickt. Ich hatte natürlich ein paar Spezialisten für den Clou angeheuert. In einer Nacht-und-Nebel-Aktion haben wir sämtliche Sicherheitseinrichtungen des Louvre ausgeschaltet. Einer meiner Männer kannte sich in den Räumen bestens aus und hatte sogar einen Schlüssel. Mit einem Minikran haben wir die Venus vom Sockel geholt und zum Seineufer geschoben. Mit einem ausfahrbaren Kran haben wir dann den Minikran mitsamt der Statue an Bord geholt, alles unter Deck verstaut und sind die Seine hinaufgefahren. Der ganze Spuk hat nur eine halbe Stunde gedauert. Bis der Raub entdeckt wurde, waren wir schon an der Stadtgrenze von Paris, mindestens."

Ein triumphierendes Lächeln spielte um seine Mundwinkel. „In den darauffolgenden Tagen haben sie Hunderte Polizeisperren rund um Paris errichtet, alle Autobahnen kontrolliert, ob da nicht ein Laster mit der Venus vorbeifahren würde. Nur an die Wasserwege hatten sie zu wenig gedacht. Wir konnten unbehelligt und mit mäßigem Tempo auch völlig unauffällig die beschaulichen Wasserstraßen Frankreichs entlangfahren. Wir waren tagelang, wochenlang unterwegs, und je weiter wir uns von Paris entfernten, desto sicherer konnten wir uns sein, dass sie uns niemals entdecken würden. Mein Boot, ein umgebauter alter Flusskahn, war ziemlich gut getarnt, nichts erweckte den Verdacht, dass der Aufbau der Kajüte im vorderen Bereich in Wirklichkeit eine Ladeluke war und sich darunter keine Betten, sondern ein Auslegerkran, ein Minikranwagen mitsamt der Venus befanden. Das Boot liegt übrigens unten bei Bouzigues am Ufer des Étang de Thau. Wir können es uns morgen einmal anschauen.“

Yvonne Picon starrte den Mann ungläubig an. Was denn aus seinen Helfershelfern geworden sei, fragte sie berufsmäßig neugierig, obwohl sie gerade sehr mit sich selbst beschäftigt war und mit der Bewusstwerdung, dass ihr Gegenüber der grausamste Verbrecher war, den sie sich vorstellen konnte. Selbst wenn sie es überlebte, hatte er sie zum Krüppel gemacht. Sie war ihm hilflos ausgeliefert.

„Ich weiß es nicht genau“, setzte der Mann seine Ausführungen fort. „Ich habe sie für ihre Arbeit bezahlt. Einige leben schon nicht mehr, die anderen haben sich ins Ausland abgesetzt. Ich hatte ihnen versprochen, dass ich sie zu gleichen Teilen am Erlös aus einem weiteren Erpressungsversuch beteiligen würde. Sie könnten sich sicher sein, dass sie auch im entlegensten Winkel der Erde schon davon erfahren würden, wenn in Frankreich die Venus wieder auftauchen würde.“

„Und warum die Rundschleuse als Versteck?“

„Nun“, sagte der Mann, „ich habe sie ja nicht sofort in der Schleuse versenkt. Aber nach einer Weile fand ich es besser, dass sie nicht länger an Bord der L'Antique bleiben durfte. Es war nur so eine Idee, als ich einmal bei der Schleuse vorbeikam und sie gerade eine Generalrevision durchführten. Dort unten auf der tiefsten Stelle der Schleusenkammer würden sie die Figur nie vermuten, niemals. Und die nächste große Revision würde erst in mindestens 20 Jahren an der Reihe sein. Außerdem habe ich sie im Dunkeln der Nacht selbst und ganz allein dort versenkt. Dadurch war ich wirklich der Einzige, der den Ort kannte. Sie sind die Erste, die nun davon erfahren hat."

Das nützte ihr im Moment gar nichts. Yvonne Picon war aufgestanden und zu der Nische hinübergetreten, in der die Fotos von den Frauenbrüsten paarweise nebeneinander angeordnet waren, ungefähr nach dem Muster: vorher, nachher. Kleine Brüste waren vergrößert, große Brüste verkleinert worden, unter den Bildern standen die Namen der Frauen, nur die Vornamen, und das Alter, offenbar das Alter zum Zeitpunkt der Operation. Auffällig war, dass es überwiegend russisch klingende Namen waren wie Natascha oder Arina, Wasilisa, Jewdokija oder Pelageja.

„Sie haben meine Brüste gesehen", sagte Yvonne Picon.

„Das ließ sich nicht vermeiden", sagte der Mann.

„Und?"

„Daran ist wirklich nichts auszusetzen. Sie haben einen schönen Busen, wirklich."

„Jetzt schauen Sie mich an", sagte Yvonne Picon mit fester Stimme. „Schauen Sie, was Sie aus mir gemacht haben, einen Krüppel. Ha", lästerte sie, „einen schönen Busen habe ich, ja, aber kein Mann wird mehr auf meinen Busen schauen. Das Erste, was denen in den Blick gerät, ist nur noch, dass mir ein Arm fehlt, dass ich nicht mehr ganz vollständig bin. Sie haben mein Leben ruiniert. Sie haben mir einen wichtigen Körperteil entfernt. Der Busen ist vielleicht etwas für besinnliche Stunden, aber der Arm, die Unversehrtheit des ganzen Körpers ist das, was zählt." Sie hielt kurz inne. „Wo ist mein Arm geblieben?"

„O, er ist vielleicht schon wieder bei der Arbeit", grunzte der Mann, dem im selben Augenblick klar wurde, dass das ein schlechter Witz war. „Nein, ich meine, ich habe den Arm vor dem Redaktionshaus des Midi Libre abgestellt. Ich musste sichergehen, dass sie meine Forderungen ernst nehmen würden."

Dann wechselte er das Thema. Es sei an der Zeit, etwas zu sich zu nehmen, bat er die Einarmige, es sich an einem Tisch bequem zu machen. Er ging hinaus. Yvonne Picon schaute hinter den Tresen und öffnete eine Schublade. Sie entdeckte ihr Mobiltelefon, schaltete es ein, tippte mit dem Zeigefinger der linken Hand den Entsperr-Code ein, sie zögerte einen Moment, schloss die Schublade aber wieder, weil sie den Mann herannahen spürte, und setzte sich an den Tisch, als dieser mit zwei Tellern mit käseüberbackenen Croissants zurückkehrte und sie verächtlich anblickte. Er ging unversehens hinter den Tresen, schaltete das Handy aus und nahm die SIM-Karte heraus. Während er in der Küche war, konnte er sie beobachten, der Tresenbereich war videoüberwacht. Das hatte Yvonne Picon übersehen.

Während sie aßen, redeten sie kaum noch miteinander. Dann bat ihn Yvonne Picon, sie allein zu lassen. Er gab ihr noch eine Schmerztablette mit, entließ sie in ihr Zimmer und schloss hinter ihr ab. Sie lag noch lange wach und grübelte. Sie hatte Angst, dass er sie umbringen würde, jetzt, wo sie seine Geschichte gehört hatte. Sie schaute sich um, ob in dem Zimmer vielleicht auch Videokameras alles mitfilmten. Sie konnte keine entdecken.

Irgendwann, sie hatte kein Gefühl mehr für die Tageszeit, aber es war schon lange dunkel draußen, schlief sie ein.

54.

Leguerne, der immer noch in dem Konferenzraum der Zeitung am Rechner saß und nach dem Versteck suchte, erschrak, als eine SMS aufleuchtete: Der Teilnehmer ist wieder erreichbar. Er hatte von dem Telefon der Sekretärin eine Rufweiterleitung auf den Polizeirechner geschaltet. Sofort ließ er die Peilmaschinerie starten. Es dauerte allerdings eine Weile, bis Bewegung auf die Bildschirme kam. Während die Rechner noch liefen, rief er das Telefon von Yvonne Picon an. Zu spät: Schon wieder meldete sich nur eine automatische Stimme, dass der Teilnehmer nicht zu erreichen sei und sie automatisch eine SMS senden würden, wenn er wieder erreichbar sei.

Das Mobiltelefon war nicht mehr zu orten gewesen, weil es offenbar zu schnell wieder abgeschaltet worden war. Für eine relativ präzise Ortung sind mindestens zwei, besser drei Sende- oder Relaisstationen erforderlich, um anhand der Feldstärkeanalyse einen möglichen Schnittpunkt zu ermitteln. Immerhin konnte das Programm einen Sendemast ermitteln, der das Signal mitbekommen hatte, über den offenbar auch die SMS aus dem Zentralrechner des Providers angeregt worden war. So konnten sie wenigstens das Gebiet etwas eingrenzen, in dem sich die Journalistin und ihr Entführer aufhielten. Außerdem war die kurze Einschaltung des Gerätes, wenn auch nur für wenige Sekunden, ein Zeichen dafür, dass sie noch lebte.

Leguerne grenzte den Sektor ein, aus dem das Signal gekommen war, in den Bergen oberhalb des Étang de Thau, ein ziemlich weitläufiges Gebiet, unmöglich, es zu durchkämmen. Es reichte von Bouzigues bis an den Rand von Montpellier und nach Norden, etwa bis Gignac.

Zu spät. Leguerne warf sich in den Sessel zurück, als Renée Lebrun in den Raum trat.

„Merde, merde, merde!", fluchte Leguerne. „Wir hatten noch einmal kurz ein Signal vom Mobiltelefon der Entführten und konnten den Standort nicht ermitteln, weil offenbar das Telefon Sekun-

den später wieder abgeschaltet worden war." Er hatte dienstlich bisher nicht viel mit Renée Lebrun zu tun gehabt, aber er kannte sie vom Sehen her.

„*D'accord*", sagte Renée Lebrun. „Seit wann sind Sie im Einsatz hier?"

René Leguerne musste überlegen. Seit sie am Freitagnachmittag wegen der Entführung ihr Labor hier aufgebaut hatten, waren mindestens 24 Stunden vergangen. Sein Kollege hatte sich zwischenzeitlich schlafen gelegt. Er würde ihn spätestens um 20 Uhr ablösen, sagte er.

„*Bien*", sagte Lebrun. „*Merde, merde, merde*", wiederholte sie die Worte des Kollegen. „Wir haben die Bedingungen des Entführers nicht erfüllt, weil wir sie schlichtweg nicht erfüllen konnten. Die Sperre in den Stichkanal war eingerammt. Wir konnten sie nicht mehr in dieser kurzen Frist wieder entfernen, es war einfach ein Ding der Unmöglichkeit." Sie haderte etwas mit sich, weil sie Gabin in der Einschätzung der Situation unterstützt hatte, die Ermittlungen an der Schleuse fortzusetzen und die Sicherheitsvorkehrungen zu verschärfen, nachdem die krude Erpresserbotschaft eingegangen war.

„Wir wussten ja nicht, um was es wirklich geht", sagte Lebrun. „Jetzt geht es plötzlich um jede Minute, um einen Hinweis auf den Entführer zu bekommen, weil die entführte Frau sich in akuter Lebensgefahr befindet. Wir müssen sie finden", sagte sie, legte ihre Hand kameradschaftlich auf die Schulter des Kollegen und fügte hinzu: „Ich weiß, dass das nicht ganz einfach ist."

„Wir können immerhin das Gebiet eingrenzen", sagte Leguerne.

Renée Lebruns Telefon brummte. Es war Riquet, der trotz vorgerückter Stunde immer noch bei der Sache war. Er hatte an dem Transportkoffer Fingerabdrücke sichergestellt. „Übrigens", sagte er, „die russischen Wörter, die auf dem Koffer aufgedruckt sind, heißen nichts anderes als ‚Organe zur Transplantation'."

„Ich bin noch beim mobilen Entführungskommando in den Redaktionsräumen des Midi. Wir schauen uns das noch an. *Merci et bonne nuit*", sagte Lebrun.

Leguerne loggte sich mit einem anderen Rechner in die Datenbanken ein, startete das Vergleichsprogramm und ließ die Maschine für sich arbeiten. Zigtausende Fingerabdrücke wurden mit dem von dem Transplantationskoffer verglichen. Hier waren natürlich nur die Fingerabdrücke der Menschen gespeichert, die in den vergangenen Jahrzehnten polizeilich in Erscheinung getreten und erkennungsdienstlich behandelt worden waren. Aber das waren ziemlich viele.

Leguerne und Lebrun gingen durch die mittlerweile fast leeren Büroräume und setzten in einer Küchenecke einen Kaffeeautomaten in Gang, Café au lait für den Entführungsspezialisten, Café crème für die Mordkommission. Ein Mitarbeiter der Zeitung saß noch an seinem Rechner und schien fleißig einen Artikel vorzubereiten. Sonntags würde aber keine Zeitung erscheinen.

„Wie groß ist die Chance, den Entführer zu erwischen?", fragte Lebrun.

„Schwer zu sagen. Wir wissen nicht, wer er ist und wo er sich aufhält. Wir können nur vermuten, dass er der Räuber der Venus ist oder der Hauptdrahtzieher dahinter", sagte Leguerne. Er hatte sich wieder an seinen Rechner gesetzt, der unentwegt die Datenbänke mit den Fingerabdrücken durchforstete.

Renée Lebrun war hinter ihm stehen geblieben, als der Rechner plötzlich einen hellen Glockenklang von sich gab.

„Volltreffer", sagte Leguerne. Auf dem Bildschirm öffnete sich die Akte Paul Pinot. Lebrun stützte sich vertrauensvoll auf seine Schultern und starrte ebenfalls auf den Bildschirm.

Er hatte wegen Betrugs, schwerer Körperverletzung und Urkundenfälschung zehn Jahre gekriegt. Er hatte mindestens drei Jahre an einem Pariser Krankenhaus als Chirurg gearbeitet, obwohl er kein abgeschlossenes Medizinstudium hatte. Seine Doktor-Urkunde hatte sich als gefälscht herausgestellt. Konkret hatte die Anklageschrift von damals 157 Fälle aufgelistet, bei denen er an mehr oder weniger aufwendigen Operationen mitgewirkt hatte. Die Beamten überflogen die Liste. Die Eingriffe reichten vom Blinddarm bis zum Einsatz künstlicher Hüftgelenke. Auch an Amputationen von Gliedmaßen hatte er mitgewirkt.

„Das hätte eigentlich für lebenslänglich reichen müssen", sagte Leguerne.

Aber es hatte wohl mildernde Umstände gegeben, weil er ein umfassendes Geständnis abgelegt hatte, von einem brillanten Anwalt vertreten worden war und die Operationen, an denen er beteiligt gewesen war, fachlich von großer Qualität ausgeführt waren. Ein Behandlungsfehler war ihm nicht nachzuweisen. Zeugen, die seine Patienten gewesen waren, hatten übereinstimmend ausgesagt, dass sie mit ihm sehr zufrieden gewesen waren und ihn für fachlich äußerst kompetent gehalten hatten.

Nach sechs Jahren Gefängnis wurde er vorzeitig aus der Haft entlassen. Das war etwa ein Jahr vor dem Raub der Venus aus der Antikensammlung des Louvre.

Mehr Einträge waren nicht zu finden.

„Das ist unser Mann", sagte Lebrun. Die Fotos dürften mindestens 17 Jahre alt sein. „Feierabend für heute", sagte sie und verabschiedete sich von dem Kollegen.

Leguerne suchte noch nach dem Wohnort jenes Paul Pinot, konnte aber nichts finden, zumindest nicht in Frankreich. Dann übergab er die Geschäfte an seine Kollegen von der Nachtschicht.

55.

Der Wind war abgeflaut und hatte auf südliche Richtungen gedreht. Während sich Renée und Paul sowie Gerd und Michelle jeweils auf ihre Art und Weise einen freien Sonntag der Zerstreuung leisteten, während sich Pierre und Katja auf der Entbindungsstation eingerichtet hatten, herrschte auf dem Gelände der Rundschleuse geschäftige Betriebsamkeit. Die Kollegen von der Pariser Polizeizentrale waren mit Spezialisten von der obersten Denkmalbehörde nach Agde gekommen, um die Lage zu sondieren und den angeblichen Sensationsfund zu verifizieren. Die Venus von Milo gehörte zu den am meisten kopierten Statuen in der ganzen Welt. Sie waren sehr schnell zu der Überzeugung gekommen, dass es sich bei dem Zufallsfund am Boden der Rundschleuse tatsächlich um das Original handelte, das ziemlich genau zehn Jahre zuvor unter völlig mysteriösen Umständen aus der Antiken-Abteilung des Louvre gestohlen worden und dann in der Versenkung verschwunden war.

Auch in der kriminaltechnischen Abteilung in Montpellier hatte sich Riquet selbst Sonntagsdienst verordnet. Fingerabdrücke waren an dem Holzgriff des Messers schwer auszumachen. Aber er hatte tatsächlich noch Blutspuren an der Klinge entdeckt, die nicht abgewaschen worden waren, obwohl das Messer ein paar Tage auf dem Grund des trüben Kanals gelegen hatte.

Die Gerichtsmedizin hatte unterdessen einen etwas genaueren Bericht der Leichenschau ausgefertigt und die Stichwunden vor allem der Kinder mit dem mutmaßlichen Tatwerkzeug, einem Opinel Nummer 15, verglichen. Das Messer hatte eine etwa 13 Zentimeter lange Klinge. Das passte ziemlich genau. Danach musste der Täter das Messer bis zum Schaft in die Brust seiner Kinder gestoßen haben.

Außerdem hatte der Gerichtsmediziner vor allem bei dem Jungen Spuren von Gewalteinwirkungen festgestellt, unter anderem Striemen am Rücken und einige Prellungen an den Armen. Und ein Bruch des linken Oberarms war nur mäßig verheilt, wie es bei einer ordentlichen medizinischen Versorgung in einem zivilisierten Land wie Frankreich eigentlich nicht hätte vorkommen dürfen. Aber der Armbruch dürfte schon ein paar Monate zurückgelegen haben.

Die Leiche der Mutter der Kinder hatte Verletzungen, die Rückschlüsse auf körperliche Gewalt zuließen, unter anderem Prellungen an den Oberschenkeln. Und sie war schwanger gewesen, etwa im vierten Monat. Das Hämatom am linken Jochbein war schon ein paar Tage alt.

Der Blutalkoholspiegel von Claude Noiret ließ darauf schließen, vorausgesetzt, dass er auf seiner fünf- bis sechsstündigen Flucht bis zu seinem Tod nichts mehr getrunken hatte, dass er zur Tatzeit mindestens 2,2 Promille Alkohol intus gehabt haben muss. Außerdem waren Spuren von MDMA, 3,4-Methylendioxy-N-methylamphetamin, in seinem Blut nachgewiesen worden.

Antoine Riquet war inzwischen fündig geworden. Die Auswertung der Blutspuren am Messer ergab einwandfrei, dass sie von Philine Noiret und ihren Kindern Natalie und Kevin stammten. Es gab also keinen Zweifel daran, dass es die Tatwaffe war.

Auch die Blutflecken auf der Kleidung des mutmaßlichen Täters hatten dies bestätigt. Das Blut stammte mit ziemlicher Sicherheit von Philine Noiret, was ihn nicht wunderte. Durch den Kehlschnitt musste das Blut nur so umhergespritzt sein. Entsprechend hatte ja auch der Tatort in Marseillan ausgesehen.

56.

Beim Frühstück bat Gerd seine Geliebte, ihm ein wenig die Gegend zu zeigen. Er müsse sich einen Überblick über die geografischen Eigenheiten verschaffen, außerdem müsse er sich etwas frischen Wind um den Kopf blasen lassen, um auf andere Gedanken zu kommen. Im Zusammenhang mit dem Entführungsfall liefen all seine Gedanken ins Leere. Michelle stimmte zu. Sie packten Handtücher und Badesachen ein und verließen das Hotel zunächst Richtung Marseillan Plage.

An der Avenue de Sète hielt Michelle hinter einer Brücke kurz an. Hier gab es einen Stichkanal, der den Étang de Thau mit dem Mittelmeer verband. Am Ufer war das Gelände einer Bootswerft. Zahllose Sportboote lagerten auf dem großen Gelände. Daneben befand sich ein Vergnügungspark mit Achterbahnen, dazwischen ein altehrwürdiger Weinkeller, eine Cave cooperative, dahinter eine Gokart-Bahn. Auf der anderen Straßenseite Campingplätze, Ferienhäuser.

Michelle und Gerd schlenderten am Grau de Pisse Saumes entlang Richtung Meer. Der Kanal war nicht besonders aufregend, die Umgebung sehr auf maritimen Tourismus abgestellt.

„Die ganze Küste, vor allem natürlich in den Orten wie Cap d'Agde oder Palavas-les-Flots, ist sehr touristisch", sagte Michelle. „Millionen Menschen kommen im Sommer hierher, vergnügungssüchtig. Sie wollen tagsüber am Strand liegen und abends bis in die Nacht hinein ihr Vergnügen haben. Südfrankreich ist nicht anders als Mallorca."

Sie kehrten zum Auto zurück und fuhren noch ein Stück weiter. Hinter einer großen Hotelanlage schien der Ort ein Ende zu finden. Hier gab es die Andeutung von Dünen, dahinter einen schier endlosen Sandstrand. Das gefiel Gerd besser als das dichte Nebeneinander von Ferienhäusern, Snackbars und Läden mit Kinderkram wie aufgeblasene Delfine, Fischkescher und Sandeimer im Set mit Schüppchen und Förmchen, farbenfrohe Wasserbälle, Taucherbrillen und Schwimmflossen.

Sie nahmen den Beutel mit den Badesachen, schritten barfuß und Händchen haltend zwischen den mit Strandhafer bewachsenen Dünenandeutungen hindurch zum Meeressaum hinunter und breiteten sich auf dem Strand aus. Gerd zog sich Hemd und Hosen vom Leib und streifte seine Badehose über. Michelle streifte ebenfalls ihren langen Rock herab und zog das T-Shirt aus. Sie trug ein türkisfarbenes Bikinihöschen darunter.

So gingen sie langsam zum Wasser, wo sich die seichten Wellen brachen. Anders als zwei Tage zuvor war das Wasser überraschend angenehm temperiert. Zunächst wurde es rasch tiefer. Das Wasser reichte über die Knie, dann wurde es wieder flacher. Michelle hielt inne. Sie wollte nicht weiter und kehrte zum Strand zurück.

Gerd ging indes weiter. Der Strand war ziemlich flach, und er musste schätzungsweise 100 Meter weit laufen, bis ihm das Wasser über die Badehose reichte. Dann schwamm er einige kräftige Züge, drehte sich auf den Rücken und ließ sich einige Augenblicke treiben, wunderbare Augenblicke. Er fühlte sich frei, war bis über die Ohren verliebt, er vergaß für einen Moment alle beruflichen Widernisse der vergangenen Stunden und Tage. Er tauchte unter und schwamm zum Ufer zurück, watete langsam durch das flache Wasser.

Als er neben Michelle lag, stellte er sich vor, dass sie ganz allein hier wären. Er strich ihr über den Bauch, über den nackten Busen, drückte ihr einen salzigen Kuss auf den Mund. Es ging auf die Mittagsstunde zu, der weite Strand war inzwischen ziemlich bevölkert. Familien mit kleinen Kindern schlenderten vorbei, die Eimerchen an den Händen baumeln ließen. Sie rutschten auf den Knien im Sand herum, bauten mit ihren Vätern Sandburgen. Gerd musste kurz an Pierre denken, der wohl vor wenigen Tagen dasselbe getan hatte, und nun war das dritte Kind unterwegs. Er erinnerte sich daran, dass er ebenso gewesen war, vor vielleicht 15 oder 16 Jahren, als seine Kinder noch im Sandkastenalter waren. Es war sogar ganz in der Nähe gewesen, nur etwa 80 Kilometer weiter östlich. Sie hatten einmal Urlaub gemacht in Saintes-Maries-de-la-Mer und fast jeden Tag eine Burg am Strand hinterlassen. Er war auch zuvor schon einmal mit Barbara in Saintes-Maries gewesen, als es die Kinder noch nicht gegeben hatte.

Nach einigen gedankenverlorenen Minuten richtete er sich auf und bat Michelle, weiterzuziehen. „Ich möchte mir noch anschauen, wie es auf der anderen Seite der Landzunge aussieht, am Étang de Thau. Und danach wollen wir eine Kleinigkeit essen", schlug er vor.

Sie packten ihre Sachen, gingen eng umschlungen zum Auto zurück. Der lange Rock aus naturfarbenem Leinen verlieh Michelle etwas Graziöses, dachte Gerd. Sie folgten der Straße am Strand entlang und stießen nach wenigen Kilometern auf die nächste Ferienanlage. Sie kamen schließlich an einen Kreisverkehr und überquerten die Route Nationale. Eine kleine Straße führte über die Bahn, an einem Gehöft vorbei, auf die andere Seite der Landzunge, in eine andere Welt.

Sie folgten einem holperigen Feldweg, auf der einen Seite Weinstöcke, auf der anderen Brachland, bis es am Rand der Lagune nicht mehr weiterging. Hier schien die Zeit etwas stehen geblieben zu sein. In einer seichten Bucht lagen einige kleine Fischerboote, keine Luxusjachten wie im Hafen von Marseillan Plage, sondern schlichte Holzkähne, wie den, den sie am Donnerstag aus dem Hérault gefischt hatten. Möwen schwammen auf der Wasseroberfläche.

Michelle und Gerd spazierten über eine Art Damm, auf dem sich ein Trampelpfad abzeichnete, weiter zum Wasser hin. Eine Saline war fast abgetrocknet, sodass die dicke, weiße Salzschicht am Boden des großen Beckens sichtbar wurde. Die Luft war von einem intensiven Meeresgeruch erfüllt, etwas moderig. Weit und breit war nun keine Menschenseele mehr zu sehen. Gerd legte seinen Arm auf Michelles Schulter und streichelte sie zart im Nacken, als sie am äußersten Ende der Saline anlangten. Sie ließen ihre Blicke über die große Lagune streifen.

Das gegenüberliegende Ufer war hügelig, dahinter waren im Dunst die Cevennen zu erahnen. Gegenüber lagen die Häuser von Marseillan. Auf dem Étang de Thau waren nur wenige Boote unterwegs. Gerd zog Michelle zu sich heran und küsste sie auf den Mund. Er drückte sie fest an sich und tauchte mit seiner Zunge in diesen süßen Mund hinab, als wollte er nur noch und auf ewig in diesem Kuss verweilen. Dazu schickten ein paar Möwen ihre gellenden Schreie in die Sommerluft.

57.

Als der fremde Mann am Sonntagmorgen in das Zimmer von Yvonne Picon trat, war sie bereits angekleidet, sie hatte ihre Jeans hochgezogen und die leichten Sommerschuhe an den Füßen. Sie stand an dem vergitterten Fenster. Der drückende Schmerz am Oberarm hatte nachgelassen, er war nun einem andauernden Kribbeln gewichen.

„*Bonjour*", sagte der Mann. „Wie ich sehe, scheint es Ihnen etwas besser zu gehen. Kommen Sie, nach dem Frühstück machen wir eine kleine Bootspartie."

Er bat die Frau erneut in den Kofferraum und half ihr, es sich, den Umständen entsprechend, bequem zu machen. Dann ließ er sie im Dunkeln.

Erst waren es holprige Wege, dann wohl eher asphaltierte Straßen. Es ging um Kurven und bergauf und bergab. Etwa eine halbe Stunde fuhren sie, bis der Wagen anhielt und sich der Kofferraumdeckel öffnete.

Der Mann half ihr, die Beine über den Rand der Luke zu heben und ergriff ihre Linke, um sie aufzurichten. Dann ließ er sie auf dem Beifahrersitz Platz nehmen und fuhr weiter. Yvonne Picon versuchte, sich zu orientieren. Sie waren in der Nähe des Étang de Thau und fuhren vermutlich Richtung Bouzigues hinunter. Kurz vor Bouzigues am Ufer der Lagune fuhr der Mann auf das Gelände einer ehemaligen Bootswerft. Er stellte den Wagen ab, führte Yvonne Picon an der verbliebenen Hand auf einen Steg und half ihr auf das Boot, das hier festgemacht war.

Er öffnete die Tür des Führerstands und bedeutete ihr, in einer Art Wohnküche am Tisch Platz zu nehmen. Die Wohnküche war drei Stufen tiefer gelegen als der Führerstand. Dann startete er den Diesel, ging hinaus und machte die Leinen los. Langsam fuhr er rückwärts auf den See hinaus, um dann zu wenden und vorwärts an den Austernbänken vorbei aufs offene Gewässer zu gelangen.

Yvonne Picon hatte auf der Bank an dem großen Tisch mit dem Rücken zum Führerstand Platz genommen. An der rechten Seite war eine Pantry eingebaut mit Spüle, Herd, Kühlschrank und weiteren Schränken. Durch das Heckfenster sah sie, wie sie sich ganz langsam von der Altstadt und dem Hafen von Bouzigues entfernten. Das Boot hinterließ mit dem ruhig laufenden Diesel seichte Wellen und eine Spur durch die Schraube aufgewirbelten und mit den Auspuffgasen versetzten Wassers, die sich nach vielleicht zwanzig, dreißig Metern wieder auflöste.

Sie fühlte sich dem Mann hilflos ausgeliefert. Er fuhr nicht besonders schnell. Er musste unauffällig bleiben. Sie passierten eine Gruppe von mehreren kleinen Segelbooten mit Kindern an Bord. Es war offenbar der Kinderkursus einer Optimisten-Segelschule. Einen Moment dachte sie darüber nach, einfach zur Tür zu treten und auf sich aufmerksam zu machen, aber sie verwarf den Gedanken, sie fühlte sich zu unsicher mit ihrem frisch amputierten Arm. Außerdem war das Kribbeln im Oberarm kaum auszuhalten.

Als sie die Zone mit den Austernbänken verlassen hatte, nahm die L'Antique Kurs nach Südwest auf, Richtung Agde. Yvonne Picon war inzwischen aufgestanden und zum Führerstand hinaufgestiegen.

„Gibt es eine Toilette an Bord?", fragte sie.

Der Mann musterte sie, als ob sie einen dummen Witz gemacht hätte.

„Im Prinzip schon", sagte er. „Aber hier geht es nicht. Auf dem Étang ist die Benutzung der Toilette verboten."

Es brauchte noch etwa eine Stunde, bis der Mann in den Canal du Midi einbog und weiterfuhr Richtung Agde, mit etwa 2000 Umdrehungen, wie der Drehzahlmesser, das einzige Instrument auf dem Armaturenbrett, anzeigte.

„Ich denke, jetzt sind wir genügend weit weg vom Étang", merkte der Mann an, der bemerkt hatte, dass Yvonne Picon ziemlich verkrampft auf den Füßen wippte und sich ungeniert mit der linken Hand zwischen den Beinen rieb. „Die Stiege hinab durch die Schlafkammer, dann die Tür rechts."

Die Frau betrat die Nasszelle, die mit Kloschüssel, Waschbecken und Dusche ausgestattet war, streifte die Hosen herab und konnte sich endlich erleichtern. Das Fenster war mit Milchglas versehen und nur auf Kippstellung zu öffnen, sodass sie von hier aus nicht sehen konnte, wo sie sich befanden. Es war etwas mühselig, nur mit der linken Hand Schlüpfer und Jeans wieder in die gewünschte Position zu bringen. Aber sie schaffte es nach einer Weile, sogar den Reißverschluss zu schließen.

Die Klospülung war etwas ungewohnt. Es gab einen Schalter für die Spülung und am Fußboden einen zusätzlichen Druckschalter zum Betätigen einer Absaugpumpe. Sie wusch sich die linke Hand, soweit es ging unter dem Wasserstrahl im Waschbecken und rieb sie sich am Hosenbein trocken.

Als sie zum Führerstand hinaufgestiegen war, sah sie, dass sie sich der Schleuse von Bagnas näherten. Am rechten Ufer hatte ein großer alter Lastkahn festgemacht, auf dem gearbeitet wurde, obwohl Sonntag war. Lautes Hämmern an dem Stahlrumpf war nicht zu überhören. Das beständige Hämmern übertönte jedes andere Geräusch.

Als der Bootsführer bemerkte, dass es auf der Schleuse von Polizeikräften wimmelte, legte er plötzlich den Rückwärtsgang ein, um abzubremsen, wendete und fuhr wieder zurück. Während des Wendemanövers konnte Yvonne kurz aus der geöffneten Tür heraustreten und winken, aber sie wusste nicht, ob die Polizeikräfte auf der Schleuse sie wahrgenommen hatten, zumal die Bootsbaustelle am Ufer einen Höllenlärm verursachte.

Der Mann zog sie grob in die Kabine zurück. „Mach das nicht noch mal! Ich schneide dir jetzt den anderen Arm auch noch ab. Du lässt mir keine andere Wahl." Es klang bedrohlich. Der Mann, der ihr bei allen Grausamkeiten, die er ihr angetan hatte, immer ausnehmend höflich und respektvoll begegnet war, hatte für einen Moment die Fassung verloren, war zum despektierlichen Du übergangen. Sie spürte, dass er sich seiner Sache nicht mehr ganz sicher war. Und sie hatte Todesangst. Sie wusste, dass er es ernst damit meinte und sie zur lebenden Venus von Milo verstümmeln würde. Sie überlegte fieberhaft, wie sie ihm entkommen könnte.

Sie setzte alles auf eine Karte. Sie lehnte sich hinter dem Bootsführer, der nun auf einem Hocker am Steuerrad saß, an die Brüstung, die den Führerstand von der Wohnküche trennte, zog sich mühselig die Schuhe aus und knöpfte langsam ihre Bluse auf, streifte sie vorsichtig über den rechten Armstumpf und ließ sie auf den Boden gleiten.

„Was machst du da?", fragte der Mann, und ehe er sich versah, strich sie ihm verführerisch über den Rücken. Sie löste den Hosenknopf und streifte sich die Hose hinunter, dann trat sie an seine Seite, lehnte sich mit dem linken Ellenbogen auf das Armaturenbrett, sodass er nicht umhinkonnte, auf ihre Brüste zu starren, die unter dem Schulterverband hervortraten. Er ließ in der Tat einen Seufzer der Wollust vernehmen und strich ihr über die Brust. Er war plötzlich von der Idee besessen, sie ganz zu besitzen. Die rechte Hand ließ er am Steuer, mit der linken Hand fuhr er ihre Konturen nach. Die Hand glitt lustvoll weiter hinunter. Er fasste in ihr Höschen und streichelte ihre Venusfalle.

Yvonne Picon täuschte Lust vor, stöhnte „*Oui!*" und strich, während sie an dem Armaturenbrett lehnte, über seine Brust, öffnete ihm die Hose und ertastete ihrerseits sein Glied. Er riss ihr das Höschen vom Leib, und sie ließ ihn gewähren. Als sie andeutete, auch ihm seine Hosen herabzustreifen, half er nach. Sein Penis schnellte augenblicklich hoch. Sie unterdrückte allen Ekel davor, ging auf die Knie, beugte sich hinunter und nahm das Prachtstück in den Mund. Der Mann stöhnte vor Lust, strich ihr über den Rücken, und sein Schwanz war steif wie ein Stahlrohr. Als sie sich sicher war, dass der Mann etwas in seiner Bewegungsfähigkeit eingeschränkt war, weil seine Hosen nun auf den Knien hingen, entriss sie sich seiner Umarmung, lief hinter seinem Rücken zur Tür hinaus und sprang über Bord.

Tatsächlich stolperte der Mann, als er nach ihr fasste, und schlug auf dem Boden auf. Er sortierte sich, zog die Hosen hoch und setzte sich zurück ans Steuer. Er war ihr nicht hinterhergesprungen. Er konnte nicht schwimmen. Außerdem näherte sich in der Ferne ein Patrouillenboot. Und er durfte keinen Verdacht erregen. Er sammelte schnell ihre Klamotten ein und ließ sie im Kühlschrank verschwinden, als er bemerkte, dass das Patrouillenboot auf ihn zuhielt.

Er stoppte folgsam die Maschine, als die Wasserschutzpolizei Zeichen gab, dass sie längsseits festmachen und an Bord kommen wollten. Es war ein offenes Boot mit Außenbordmotor, ausgestattet mit einem Führerstand mit Steuerrad und mehreren Anzeige- und Navigationsinstrumenten. Neben der Aufschrift auf dem Bootsrumpf wiesen zwei vorne und hinten montierte Blaulichtmasten darauf hin, dass es ein Polizeiboot war.

Der Gardien kam an Bord der L'Antique, fragte nach den Bootspapieren. Der Mann holte sie. Sie wiesen einen gewissen Maurice Stroganow als Bootseigner aus. „Sind Sie Maurice Stroganow?", fragte der Beamte. Der Mann bejahte. „Wo kommen Sie her?"

Er wollte eigentlich Richtung Beziérs hinauffahren, log er. Er habe nicht gewusst, dass die Schleuse in Agde gesperrt sei.

„Haben Sie die Schleuse von Bagnas passiert?", wollte der Beamte noch wissen. Der Mann, der sich als Maurice Stroganow ausgewiesen hatte, log eiskalt und bestätigte das. Der Polizist warf noch einen flüchtigen Blick in die Kajüten, bemerkte aber nichts Verdächtiges, wünschte dem Mann eine gute Weiterfahrt und kehrte auf das Polizeiboot zurück. Er war in dem Glauben: Wenn er die Schleuse von Bagnas passiert hatte, mussten die Kollegen ihn dort bereits kontrolliert haben.

Während Stroganow Richtung Bouzigues weiterfuhr, setzte das Polizeiboot seine Fahrt Richtung Canal du Midi fort.

58.

Yvonne Picon hatte mit kräftiger Beinarbeit versucht, sich möglichst rasch von dem Boot zu entfernen. Sie war völlig außer Atem geraten, drehte sich in Rückenlage und verlangsamte ihre Schwimmbewegungen, als sie bemerkte, dass der Mann ihr nicht gefolgt war. Sie schwamm nun ruhiger Richtung Ufer, dorthin, wo die Landzunge den Étang vom Mittelmeer trennte. Es mochten noch viele Hundert Meter sein. Mit nur einem Arm würde sie vielleicht eine Stunde brauchen. Sie spürte ihren heftigen Puls in dem Armstumpf pochen. Sie schwamm eine Weile nur mit leichten Beinbewegungen wie ein Frosch und beruhigte sich etwas, als sie sah, wie in der Ferne ein kleines Patrouillenboot an der L'Antique festmachte. Sie schwamm weiter, die Entfernung nahm nur langsam zu. Dann beobachtete sie, wie das Patrouillenboot seine Fahrt fortsetzte. Sie winkte und rief laut um Hilfe, aber sie war schon außer Rufreichweite. Der Außenbordmotor übertönte alles.

Zwischen Hoffen und Bangen schwamm sie verzweifelt weiter. Ihr Armstumpf pochte, aber sie fühlte fast keinen Schmerz mehr. Dafür spürte sie, dass sie plötzlich Boden unter die Füße bekam. Der Étang de Thau war in dieser Richtung nicht besonders tief, und obwohl sie immer noch Hunderte Meter vom Ufer entfernt war, konnte sie nun laufen. Nur langsam kam sie voran. Sie schwebte gleichsam über dem schlammigen Grund im flacher werdenden Gewässer.

Der Grund war stellenweise von Wasserpflanzen überzogen. Schritt für Schritt schleppte sich die Frau vorwärts. Ihr wurde schummrig vor Augen. Das Wasser reichte ihr immer noch bis zum Bauch, als sie merkte, dass sie weiche Knie bekam. Blut sickerte nun aus dem Verband am Armstumpf, aber sie hatte keine Schmerzen mehr. Sie fühlte gar nichts mehr und brach ohnmächtig zusammen.

59.

Das Patrouillenboot war den Canal du Midi hinaufgefahren bis zur Schleuse von Bagnas. Sie machten an dem alten Kahn fest, an dem unaufhörlich gehämmert wurde. Der Gardien betrat die Baustelle und winkte einen der Arbeiter herbei und fragte ihn, ob ihm etwas Verdächtiges aufgefallen sei, ein verdächtiges Boot etwa, das den Kanal passiert hatte. Er verneinte.

„*D'accord*", sagte er und meinte, ob es nicht an der Zeit sei, mal Feierabend zu machen. Es sei schließlich Sonntag.

Der Gardien fuhr schließlich weiter in die Schleusenkammer hinein und machte am Schleusenwärterhäuschen fest. Er begrüßte die Kollegen von der Bereitschaftspolizei und fragte sie, ob ihnen etwas an einem Boot namens L'Antique aufgefallen sei.

Ein Boot mit diesem Namen sei ihnen nicht untergekommen, versicherte der Gruppenleiter. Er fischte einen Zettel aus der Hemdtasche und zeigte ihn dem Kollegen vom Wasser, ein etwa 17 Jahre altes Fahndungsfoto von Paul Pinot. Wie Schuppen fiel es ihm von den Augen. Er sah zwar etwas gealtert aus, aber das war der Mann auf der L'Antique. „*Merde!*", sagte er. „Und ich habe ihn weiterfahren lassen."

Sie traten zu einer kurzen Besprechung zu Madame Piqueras in die gute Schleusenstube. Einer der Schleusenwächter konnte hinzufügen, dass er ein Boot beobachtet hatte, das aus Richtung Étang gekommen sei und kurz vor der Schleuse abgedreht habe. Es sei eine Frau aus dem Führerhaus getreten, und sie habe noch gewunken. Aber es war noch zu weit entfernt, um Genaueres zu erkennen.

„Sind Sie sicher, dass eine Frau an Bord war?"

„Ja, ziemlich sicher, sie sah etwas merkwürdig aus, so, als hätte sie nur einen Arm."

Das war ungefähr zwei Stunden her. Das passte, zählte der Gardien de la paix eins und eins zusammen – außer dem Detail, dass ihm keine Frau an Bord aufgefallen sei.

„Er könnte noch auf dem Étang sein. Wir müssen alle Zufahrten abriegeln und alle Häfen und Anleger kontrollieren", sagte der

Wasserschutzbeamte. „Und noch was, der Mann, der hier als Paul Pinot bezeichnet wird, nennt sich auch Maurice Stroganow."

Der Gruppenleiter gab unverzüglich über Funk die Informationen weiter an die Einsatzleitstelle samt einer Beschreibung des Bootes, einer kleinen Péniche mit Heimathafen Bouzigues, etwa 3,50 Meter breit und 13 Meter lang mit unauffälligen Aufbauten.

60.

Das war knapp! Maurice Stroganow alias Paul Pinot hatte sein Boot gerade noch festmachen und verlassen können. In der Hektik hatte er gar den Steg etwas gerammt, aber es war niemandem aufgefallen.

Als er mit seinem Wagen die Route Nationale 113 entlangfuhr und auf die Landstraße nach Loupian abbog, bemerkte er ein Großaufgebot an Polizeifahrzeugen, die sich über das ganze Ufer des Étang de Thau verteilten und sich vor allem auf Bouzigues konzentrierten. Er fuhr in die Berge hinauf und war sich immer noch sicher, dass sie ihn so schnell nicht finden würden.

61.

Aber Gerd Pocher hatte den verzweifelten Ruf der Frau im Étang de Thau vernommen. Er löste sich aus der Umarmung mit Michelle, blickte aufs Wasser und sah die winkende Hand, noch ziemlich weit draußen. Er sagte zu Michelle, sie möge sofort zum Auto zurücklaufen, Polizei und Ambulance verständigen. Er zog Hemd, Schuhe und Hose aus und lief in das seichte Wasser, watete mit kraftvollen Schritten über den weichen Grund und durch einige Wälder von Wasserpflanzen. Nur allmählich wurde das Wasser tiefer. Minutenlang kämpfte er sich durch das Wasser, wobei er nicht wusste, ob er schneller wäre, wenn er mit hoch gehaltenen Armen liefe oder in seiner Art von Freistil sich schwimmend fortbewegte.

Er wechselte die Lage, lief einige Schritte auf dem schlammigen Grund, das Wasser ging ihm mittlerweile bis zum Bauch, dann durchkraulte er den See.

Endlich kam er der Frau näher. Er erkannte, dass sie offenbar stehen konnte, dass sie nackt war und dass sie einen Verband an den Schultern hatte. Ihr rechter Arm fehlte. Dann sah er, wie sie müde und kraftlos absackte und mit dem Kopf vornüber ins Wasser eintauchte.

Sie drohte zu ertrinken, als Gerd eine oder vielleicht auch zwei Minuten später bei ihr war. Er riss sie hoch, hievte sie über seine Schulter und watete mit ihr ans Land zurück. Es dauerte Ewigkeiten, Schweißperlen rannen ihm die Stirn hinab, leblos baumelte der Körper von seiner Schulter herab. Er spürte, wie er selbst schwächer wurde. Aber allmählich wurde das Wasser wieder flacher. Es ging ihm nur noch bis zu den Knien, er war immer noch einige Hundert Meter von der Uferböschung entfernt.

Mit letzter Kraft stemmte er die Frau die Uferböschung hinauf, wo Michelle auf ihn wartete, legte sie ins Gras ab und drückte sein Ohr gegen ihre Brust. Das Einzige, was er wahrnahm, war sein eigener, rasender Puls. Er kniete sich neben sie und sagte zu Michelle, ihr die Nase zuzuhalten und durch den Mund Luft in ihre Lungen zu blasen. Seine Freundin holte Luft und tat, was Gerd gesagt hatte.

Der Brustkorb der leblosen Frau hob sich. Gerd hielt beide Hände zusammen und rammte sie unterhalb des linken Busens auf den Brustkorb und wiederholte das in Sekundenabständen. Dann hielt er kurz inne. Wieder stemmte er sich mit dem Gewicht seines Oberkörpers auf den Brustkorb der Frau und rammte seinen Handballen auf die Rippen, während Michelle mit ihren Lippen den Mund der Frau dicht umschloss und ihre Lungen gleichmäßig aufblies.

Gerd wischte sich den Schweiß von der Stirn. Wieder begann er mit seiner Herzmassage, drei-, vier-, fünfmal. Plötzlich spürte er, wie ihr Herz ansprang, wie sie selbst wieder zu atmen begann. Er stieß einen gellenden Siegesschrei aus, ein lang gestrecktes „*Oui!*". Sie hatten die Frau ins Leben zurückgeholt.

Er umarmte seine Freundin. Auch ihr kullerte ein Freudentränchen die Wange hinab. Dann bemerkte er, dass Blut aus der Wunde am Armstumpf quoll. Er riss ihr den Schulterverband auf, nahm den Gürtel aus seiner Hose, die hier die ganze Zeit im Gras gelegen hatte, legte ihn um ihren Arm und zog, so fest er konnte, zu. Die Frau stöhnte vor Schmerz und riss plötzlich die Augen auf.

„Was ist passiert?", fragte sie.

„Alles ist gut", sagte Pocher. „Sie sind in Sicherheit, Yvonne Picon."

Er streichelte ihr zärtlich über die Stirn und über die Wangen, wie um ein Kind zu trösten. Es klang wie eine Erlösung, als endlich der sich nähernde Lärm des Signalhorns eines Rettungswagens vernehmlich wurde. Er hatte ihren Namen genannt, um ihr Sicherheit zu vermitteln, dass sie ihnen bekannt sei. Dann wurde sie erneut ohnmächtig. Immerhin war die Blutung am Arm gestoppt.

Im Laufschritt kamen schließlich die Sanitäter und ein Notarzt herbei. Der Notarzt öffnete seinen Koffer und bereitete die Sofortmaßnahmen vor, nachdem er die Lage eingeschätzt hatte. Die Sanitäter sollten Blutersatz besorgen. Er selbst band ihr den linken Arm ab, desinfizierte ihre Armbeuge und stach eine Kanüle in die Vene. Als der Sanitäter mit einem Infusionsbeutel zurückkehrte, schloss er den Beutel an und ließ langsam das Lösungsmittel in ihren Kreislauf fließen. Er telefonierte kurz mit der Rettungszentrale und gab Anweisung, einen Hubschrauber zu schicken. Er brauche Blutkonserven.

Dann löste er den Hosengürtel vom anderen Oberarm, reichte ihn Gerd Pocher zurück und sagte nur: *„Très bien fait!"*

Stattdessen nahm er nun den medizinischen Gurt, mit dem er ihren linken Arm zum Setzen der Kanüle abgebunden hatte, und band ihr damit den rechten Armstumpf ab. Es war noch genügend Spiel zwischen Schulter und der blutenden Wunde. Erst dann nahm er ihr den Verband mit dem blutgetränkten Mullmützchen von der Wunde und sah, dass die Wunde zwar sachgerecht vernäht war, durch die große Kraftanstrengung aber die Arterie darunter aufgeplatzt sein musste. Sie habe wahrscheinlich eine Menge Blut verloren, sagte der Mediziner, während der eine der Sanitäter neben der nackten Frau stand und den Tropf in die Höhe hielt. Der andere war zum Wagen zurückgekehrt, etwa hundert Meter weit, und hatte ein dünnes Laken besorgt, mit der er die Frau nun zudeckte, nicht zuletzt, um die relativ helle Haut vor der Mittagssonne zu schützen.

„Das wird ihren Kreislauf stabilisieren", sagte der Arzt. „Mehr können wir hier jetzt nicht machen."

Inzwischen war eine Polizeistreife hinzugekommen. Über Funk konnte sie nun endlich die Nachricht an die Leitstelle weitergeben, dass die Geisel noch am Leben und in Sicherheit sei, was in Polizeikreisen schnell die Runde machte. Dann zog sie wieder ab.

Es schien plötzlich sehr still. Auf dem See war kaum Schiffsverkehr. Nur das Kreischen der Seemöwen durchkreuzte diese Ruhe.

Yvonne Picon winkelte ihre Beine etwas an und fasste mit der linken Hand neben sich ins Gras, sie kam für einen Augenblick wieder zu Bewusstsein und öffnete die Augen.

„Bleiben Sie ganz ruhig", sagte der Arzt. „Ich bin Jacques Lafigères, Arzt in Sète. Sie sind in Sicherheit. Bleiben Sie ganz entspannt."

Die Frau schaute zu dem anderen Mann und der jungen Frau hinüber.

„Gerd Pocher", stellte der sich vor, „deutscher Gastarbeiter bei der französischen Mordkommission. Wir waren uns schon einmal flüchtig begegnet. Und Michelle Reynouard, aber ich glaube, Sie kennen sich schon."

Yvonne Picon blickte sie etwas unbeteiligt an, überlegte dann und wollte etwas sagen, aber sie musste sich erst ein paarmal räuspern, sie hatte doch reichlich salziges Wasser geschluckt. „Gardienne Reynouard?", fragte sie leise.

Gerd Pocher musste lächeln, denn dass sie sich jetzt an dieses Detail erinnern konnte, deutete an, dass sie durch den möglicherweise mehrere Minuten langen Herzstillstand keinen Hirnschaden davongetragen hatte und ziemlich klar im Kopf geblieben war.

„Das war geschummelt", gestand der Kripomann. „Nein, Michelle ist nach wie vor Schleusenwärterin in Agde. Sie ist nicht bei der Polizei."

Zuvor hatte Pocher den Arzt über die Zusammenhänge aufgeklärt.

Die Einarmige fühlte nun mit der linken Hand nach ihrer Schulter, wobei sie bemerkte, dass in der Armbeuge die Kanüle mit dem Tropf steckte.

Dr. Jacques Lafigères fragte, ob sie Schmerzen hätte.

Sie nickte kaum merklich. Dann schlief sie wieder ein.

„Unglaublich, zu welchen Grausamkeiten Menschen fähig sind", sagte der Arzt. „Ich habe schon viel erlebt, aber so etwas, die vorsätzliche Amputation eines gesunden Armes oder ein vergleichbarer Eingriff sind mir noch nicht untergekommen, abgerissene Gliedmaßen etwa durch Arbeitsunfälle schon, aber nicht ein relativ sorgfältig und vorsätzlich abgetrennter Arm."

Nach etlichen und ewig erscheinenden Minuten vernahm die Gruppe das Geräusch eines herannahenden Hubschraubers. Pocher erhob sich und bat Michelle, ihm seine Sachen aus dem Auto zu holen.

Der Hubschrauber landete in unmittelbarer Nähe auf dem Grund der Saline. Knirschend senkten sich die Kufen auf die harte Salzkruste am Boden. Dann ging alles relativ schnell. Der Pilot ließ die Maschine laufen. Zwei Rettungssanitäter eilten mit einer Trage herbei. Sie hoben die Frau darauf und fixierten sie.

Gerd Pocher streifte seine Badehose eilig ab und zog sich schnell an. Er bat den Arzt, mitfliegen zu dürfen. Dann bat er Michelle, mit dem Auto hinterherzufahren. Sie würden sich in der Uniklinik in Montpellier treffen.

Während der Arzt im hinteren Teil der Maschine zusammen mit den Sanitätern einen Beutel Blut an die Kanüle anschloss und die Infusion startete, fragte Pocher auf dem Sitz des Copiloten, wie er telefonieren könne. „Ich stelle einfach die Verbindung her. Sagen Sie mir die Nummer." Alle Insassen waren über Kopfhörer mit Sprecheinrichtung untereinander verbunden. Pocher blickte auf sein Smartphone und nannte die Nummer von Renée Lebrun. Der Pilot tippte die Ziffern auf einem Bildschirm auf dem Armaturenbrett ein und beschleunigte die Turbomaschine, bis sie die erwünschte Drehzahl hatte, dann legte er einen Steuerhebel um, und der Hubschrauber erhob sich relativ zügig von der Salzkruste und nahm schnell Kurs auf Montpellier.

Als sich Renée Lebrun meldete, schilderte Pocher kurz die Situation, dass sie per Hubschrauber das Entführungsopfer in die Uniklinik Montpellier fliegen. Ob sie dahin kommen könne, bat er sie.

Renée Lebrun sagte spontan zu. Sie saß auf der Terrasse ihres Hauses und folgte mit ihren Blicken dem Hubschrauber, der gerade am Mont St. Clair vorbeiflog.

62.

Ein Trupp der Bereitschaftspolizei hatte die L'Antique rasch gefunden. Der Kahn war etwas nachlässig an einem Steg am Ufer des Étang de Thau bei Bouzigues festgemacht, so, als ob der Bootsmann es eilig gehabt hätte, Land zu gewinnen. Ein Gardien ging an Bord. Die Tür war nicht verschlossen. Der Zündschlüssel steckte sogar noch. Der Gardien zog einen Handschuh über und drehte den Schlüssel um. Der Motor war noch auf Betriebstemperatur. Die Gruppe, insgesamt drei Männer und zwei Frauen, durchsuchte die Kajüte, überprüfte die Bootspapiere, die auf dem Bord des Armaturenbretts lagen. Eine Polizistin durchkämmte die Pantry, öffnete die Backofenklappe, die Wandschränke.

Im Kühlschrank fand sie etwas, das offensichtlich nicht da hineingehörte. Sie nahm einen Plastikbeutel und warf ein paar Schuhe, einen Schlüpfer, eine Bluse und eine Hose hinein, während ihre Kollegen die Schlafkammer in Augenschein nahmen, wo aber nichts Auffälliges zu finden war. Erst als sie durch eine Tür in den vorderen Raum traten, wo eigentlich eine weitere Schlafkabine zu erwarten war, wurden sie ins Staunen versetzt.

Die Kajüte war mit schwerer Technik ausgestattet. Der Aufbau ließ sich hochfahren und über das Dach des Mittelschiffs zurückschieben. Vorne am Bug war ein zusammengelegter Kran montiert, wie sie häufig an Transportlastwagen zu finden sind, zum Beispiel um Baustoffe auf- und abzuladen. Außerdem war ein Transportwagen zu erkennen, der selbst über eine Art Minikran verfügte.

63.

Jeanne Rosières, die Leiterin der Sonderkommission Venus, befragte Jule Pepin von der Gendarmerie in Bouzigues, nach dem gesuchten Mann, einem Paul Pinot oder Maurice Stroganow. Der Gendarm kannte einen Stroganow wohl nur flüchtig.

„Er hat hier ein Boot liegen", sagte Pepin, „die L'Antique. Aber er ist nur selten damit gefahren, vielleicht ein-, zweimal im Jahr. Ich habe ihn einmal gefragt, was er mache und so. Er nannte sich Maurice Stroganow und erzählte etwas von einer Ferienanlage weiter oben in den Bergen, für betuchte Urlauber, die weit weg von allem Trubel die Ruhe genießen wollten."

Er habe sich mit der Auskunft zufriedengegeben. Außerdem habe der Mann ausgesprochen gepflegte Umgangsformen gehabt. Wo genau die vermeintliche Ferienanlage liege, könne er nicht sagen. Dafür sei er nicht zuständig gewesen.

„Wissen Sie, ich kenne viele Menschen hier in Bouzigues, aber in diesem Fall muss ich passen. Es tut mir leid, dass ich Ihnen da nicht weiterhelfen kann."

64.

Sanitäter hatten Yvonne Picon ins Operationszentrum der Chirurgie geschoben. Es herrschte geschäftiges Treiben. Dr. Jacques Lafigéres begrüßte offenbar mehrere Kollegen und stellte sich ihnen vor. Er selbst arbeitete nicht an der Uniklinik, sondern in Sète, er hatte aber Bereitschaftsdienst und wollte sich auch jetzt zur Verfügung stellen.

Bald hatten sie die Patientin mit weiteren Sonden an mehrere Apparate der Intensivmedizin angeschlossen. Dann baten sie Pocher, draußen in der Halle zu warten. Pocher verließ den Vorbereitungsraum und suchte sich den Weg zur Halle. An einem Kaffeeautomaten besorgte er sich einen Café crème und setzte sich an einen der Tische. Er beobachtete, wie offenbar weitere Fachärzte das Krankenhaus betraten. Möglich, dass sie aus dem freien Wochenende oder Urlaub gerufen worden waren. Einer hatte einen großen Koffer dabei, aber es war nicht der Koffer, den sie vor der Redaktion des Midi gefunden hatten.

Nach einer Weile kamen kurz hintereinander Michelle und Renée hinzu.

„Bonjour", begrüßte Renée Lebrun den deutschen Kollegen. „Wie geht es ihr?"

Gerd hob unschlüssig die Schultern. „Abwarten!"

„Hauptsache, sie lebt. Damit ist uns schon sehr geholfen. Aber das ist auch nicht mehr unser Fall. Die Kollegen von der organisierten Kriminalität und von der Abteilung Entführungen sind da dran. Es bleibt doch dabei: heute Abend bei mir zum Barbecue?"

„Klar", sagte Gerd. „Es bleibt dabei. Und ich habe einen Riesenhunger."

Auch Michelle nickte. Und hungrig war sie auch.

Dann näherte sich ein Arzt dem Tischchen. Es war Dr. Jacques Lafigères, nur dass er nun einen Kittel übergezogen hatte und nicht wie zuvor hemdsärmelig an der Rettungsaktion beteiligt war.

„Wir werden versuchen, den Arm wieder anzunähen", sagte der Arzt, zufälligerweise auch ein Chirurg. „Das wird eine Weile dauern. Aber wir haben uns gedacht, dass es besser sei. Ein Arm aus ihrem eigenen Fleisch und Blut würde ihr besser stehen als später eine Plastikprothese. Der Arm ist in einem guten, frischen Zustand, muss allerdings noch auftauen. Das Schwierigste ist, die Durchblutung wiederherzustellen, um sozusagen den Arm wiederzubeleben. Wenn uns das gelingt, können wir die Knochenenden miteinander verschrauben und versuchen, weitere Verbindungen der Muskeln und Sehnen herzustellen und zuletzt die Wunde rundherum zu schließen."

Der Mann ließ durchblicken, dass dies keine alltägliche Operation sei, schon gar nicht an einem Sonntagnachmittag.

„Mit Geduld und auch etwas Glück wird der Arm anwachsen und weitgehend genesen. Es wird nur eine Narbe rund um den Oberarm zurückbleiben. Möglicherweise kann sie eines Tages sogar ihren Unterarm anheben, aber der Unterarm selbst und die Hand werden wohl gelähmt bleiben und gefühllos. Soweit sind wir noch nicht, um zerstörte Nervenverbindungen wiederherzustellen. Aber es hat auch schon Fälle von spontaner Selbstheilung gegeben."

Renée Lebrun war aufmerksam den Ausführungen gefolgt. Aber ehe sie etwas fragen konnte, fuhr Lafigères fort: „Wir haben Sie in ein künstliches Koma versetzt. Sie ist also bis auf Weiteres nicht vernehmungsfähig, und übrigens, ich soll Sie von Henri Gabin grüßen. Er hatte sich ebenfalls nach dem Befinden des Geiselopfers erkundigt."

„*Merci*", sagte Renée Lebrun und reichte dem Arzt zum Abschied die Hand. Dann sagte sie zu Michel und Gerd, dass sie nun die Ratatouille zubereiten müsse. „Und heute Abend will ich kein Wort mehr hören von Wasserleichen, einarmigen Frauen und skrupellosen Verbrechern."

65.

Gerd telefonierte mit seiner Tochter Jasmin. Michelle und er hatten sich überlegt, dass es zu umständlich sei, noch nach Agde zu fahren und dann am Abend wieder zurück nach Sète. Und da sie nun ohnedies in Montpellier seien, könnten sie die Gelegenheit für ein kurzes Rendezvous nutzen.

Sie verabredeten sich am Hafen von Lattes und nahmen auf der Terrasse eines Cafés Platz. Die Marina war relativ neu angelegt. Rund um das quadratische Hafenbecken, das von dem Fluss Lez abzweigte, waren postmoderne große Appartementhäuser gebaut worden mit Cafés und Restaurants, Arztpraxen und Versicherungsbüros im Erdgeschoss. Alles machte einen gepflegten und gediegenen Eindruck.

Das Café – es war mehr eine Boulangerie – hatte keinen Service. Dafür gab es aber eine große Auswahl von Kuchen, Gebäck und Torten. So mussten sie sich selbst bedienen. Als sich jeder mit einem Sahnestück und einem Getränk versorgt hatte, erzählten die Kinder von ihren Erlebnissen. Den heutigen Tag hatten sie fast nur am Strand verbracht. Das Wasser sei ja jetzt wieder warm genug. Und am Sonnabend seien sie nach Saintes-Maries-de-la-Mer gefahren.

„Waren wir nicht schon einmal dort?", fragte Jonas. „Ich meine, als wir noch klein waren."

Gerd nickte. „Aber da wart ihr noch ziemlich klein."

Michelle und Gerd hatten seit dem Frühstück nichts gegessen. Da kam ein Stück Sahnetorte gelegen.

Dann wurde der Vater plötzlich sehr ernst im Tonfall. Er musste seine Eindrücke vom Mittag einfach loswerden, und in seinen Kindern, er zählte die beiden anderen jungen Leute einfach dazu, sah er die passenden Vertrauenspersonen.

Er legte seinen Arm auf ihre Schultern. „Michelle und ich haben heute einer Frau das Leben gerettet. Sie war praktisch schon tot, ertrunken im Étang de Thau. Wir ermitteln gerade in einem entsetzlichen Fall, bei dem vieles einfach nur zum Kotzen ist. Aber wisst ihr was, als das Herz der toten Frau, Michelle und ich waren rein zufällig in der Nähe, wieder zu klopfen begann, fühlte ich eine Riesenerleichterung, wie ich sie noch nicht erlebt hatte. Michelle hat ihr den Atem eingehaucht, und ich habe sie mit einer Herzmassage ins Leben zurückgeholt. Auch wenn die Umstände um dieses Ereignis so traurig sind, fühle ich mich unendlich zufrieden, dieser Frau das Leben gerettet, sie wiederbelebt zu haben."

Er wandte sich zu Michelle und drückte ihr einen Kuss auf den Mund. Tränen standen ihm in den Augen. Sie hatten seit der Rettungsaktion kaum ein Wort miteinander geredet. Michelle hatte zwar nicht verstanden, wovon er gesprochen hatte, aber sie lächelte ihn mit feuchten Augen an.

Die jungen Menschen blickten etwas betroffen und verlegen einher. „Müssen wir jetzt stolz auf euch sein?", fragte Jasmin.

„Klar", sagte Gerd und lachte.

„Kommt uns mal auf der Rundschleuse besuchen", sagte nun Michelle, „wenn sie wieder in Betrieb ist. Ich glaube, morgen oder übermorgen soll sie wieder geöffnet werden. Die Schleuse hat eine ganz spannende Geschichte, wie überhaupt der ganze Canal du Midi."

Gerd griff den Gedanken auf und übersetzte ihn ins Deutsche. Dann ergänzte er, dass es am nächsten Tag wohl eine große Pressekonferenz auf der Schleuse geben werde. Wenn sie die Gelegenheit hätten, mal in die Fernsehnachrichten zu schauen, könnten sie vielleicht mal verfolgen, in welchen Zusammenhängen seine Kommission so ermittelte.

Sie verabschiedeten sich schließlich herzlich. Jasmin flüsterte ihrem Vater ins Ohr: „Natürlich bin ich stolz auf dich." Und sie umarmte Michelle. So viel Französisch konnte sie schon: *„À bientôt!"*

Michelle und Gerd waren schon auf dem Weg zum Parkplatz, als Jasmin ihrem Vater hinterherlief und ihn noch einmal umarmte.

„Papa?", sagte sie in einem Tonfall, der Gerd sofort ahnen ließ, was folgen würde. „Wir sind knapp bei Kasse. Könnest du mir etwas Geld borgen?"

Gerd konnte nicht widerstehen. Er war es gewohnt, dass seine Kinder ihm das Geld nur so aus den Taschen zogen, und er war immer großzügig gewesen, solange das Budget dafür reichte. Als Hauptkommissar hatte er kein schlechtes Auskommen, und seit seine Frau wieder als Lehrerin arbeitete, konnten sie sich sogar den Luxus einer Zweitwohnung in Köln-Mülheim leisten.

Er zückte sein Portemonnaie aus der Hosentasche und schaute hinein und musste mit Entsetzen feststellen, dass von den 400 Euro, die er am Mittwoch an einem Automaten in Agde gezogen hatte, nur noch 250 Euro übrig geblieben waren. Er hatte am Freitag den Snack am Canal du Midi in Agde bezahlt und nachher das Eis in Palavas-les-Flots ausgegeben, und natürlich hatte er bei diversen Einkehren in Cafés und Bistrots die Getränke oder Snacks bar bezahlt.

Er gab seiner Tochter zwei 50-Euro-Scheine und legte noch einmal zwei dazu, für Jonas. Er wollte seine Kinder alle gleich behandeln, und in Gedanken legte er 100 Euro für Jens zurück.

„Danke, Papa!", sagte Jasmin, und sie wandte sich plötzlich an Michelle, herzte sie und bemühte sich auf einmal, ihre Französischkenntnisse in der Praxis anzuwenden: *Il est le meilleur Papa!"*

66.

Gerd und Michelle fuhren am Abend die kleinen Straßen auf den Mont Saint-Clair bei Sète hinauf und hielten im Chemin du Genet vor dem Haus von Renée Lebrun. Es war ein Reihenhaus und sah relativ neu aus.

„Bienvenue!" Renée öffnete die Tür, bat die Gäste herein und stellte sie ihrem Mann vor. Sie führte sie zur Rückseite des Hauses auf die Terrasse, von der man einen herrlichen Blick hatte auf die Landzunge, die den Étang de Thau vom Mittelmeer trennt. In der Ferne waren die Häuser, die Ferienanlagen von Cap d'Agde auszumachen.

Michelle trug einen schlichten naturfarbenen Leinenrock, der über der Hüfte mit einer Schnur gehalten war und in leichtem Faltenwurf bis zu den Knöcheln reichte, darüber trug sie eine weiße Hemdbluse. Der Rock war im Kniebereich etwas fleckig geworden, aber das störte sie nicht. Jeder wusste, dass sie wohl auf den Knien herumgerutscht war, als sie mitgeholfen hatte, die Journalistin wiederzubeleben. Renée war schlicht mit einer schwarzen Bluse bekleidet und einer schwarzen, langen Jeanshose. „Ich wollte auch Pierre und Katja einladen", sagte Renée. „Aber die sind jetzt mit etwas Wichtigerem beschäftigt."

Renée holte Gläser, und Paul entkorkte eine Flasche Mousseux aus der Region und schenkte ein. „Bravo!" Paul erhob sein Glas und stieß mit seiner Frau und den Gästen an. „Euch ist eine Sensation geglückt, eine Weltsensation, wie man sie selten erlebt."

Renée hatte ihm natürlich von ihrer Entdeckung in der Rundschleuse erzählt. Da er sozusagen ein Fachmann war, hatte er dann auch ein brennendes Interesse an der Geschichte. Paul Benoir war Professor für Kunstgeschichte an der Universität von Montpellier. Er kannte die Venus von Milo und auch ihre Geschichte. „Die Venus ist eines der bekanntesten Beispiele der hellenistischen Kunst", erzählte Paul. „Die Darstellung der Göttin Aphrodite als Inbegriff weiblicher Schönheit stammt aus dem zweiten vorchristlichen Jahrhundert und wurde auf der Kykladeninsel Milos entdeckt."

Der Entdecker, ein Bauer, hatte einige französische Archäologen herbeigerufen, die gerade auf der Suche nach antiken Fundstücken in der Nähe waren. „Das war 1820", sagte Paul. „Die Franzosen gaben dem Landarbeiter etwas Geld und nahmen dafür die Marmorstatue an sich. Zunächst sollte die Statue nach Konstantinopel gebracht werden, aber einigen Diplomaten gelang es, sie für den französischen Hof zu erwerben. Sie kam als Geschenk an den damaligen König Louis XVIII nach Paris. Seither stand sie im Louvre, bis zu jenem schwarzen Tag in der Kriminalgeschichte des Kunstraubs, ungefähr vor zehn Jahren."

Die Diebe mussten Spezialisten gewesen sein, die sich zudem im Louvre ausgekannt hatten. In der Tatnacht war es ihnen gelungen, sämtliche Alarm- und Überwachungssysteme auszuschalten. Sie hatten sich in den Zentralrechner gehackt und konnten so sämtliche Schließanlagen nach ihren Bedürfnissen schalten. Portier und Nachtwächter waren ganz klassisch mit Äther betäubt worden. Bei dem Raub waren weder Menschen noch Material zu Schaden gekommen. In etwa einer Stunde war der generalstabsmäßig durchgeführte Clou beendet, und die Venus blieb seither wie vom Erdboden verschluckt.

Die Diebe waren sehr professionell vorgegangen, und sie hatten es offenbar gezielt auf diese eine Skulptur abgesehen. Sonst hatte nichts gefehlt. Vermutlich hatten sie die Skulptur mit einem Minikran vom Sockel gehoben und abtransportiert. Seitdem hatte sich jede Spur verloren.

Paul zeigte sich amüsiert über die Dreistigkeit dieses Kabinettstücks. „Die Venus hat zwar einen unschätzbaren Wert", sagte Paul. „Aber sie ist im Prinzip nicht bezahlbar und nur von ideellem Wert. Als Hehlerware von diesem Bekanntheitsgrad ist sie natürlich für den Kunsthandel nicht geeignet. Ein Verrückter müsste es sein, der sie in einem geheimen Saal aufstellen ließ, in der Gewissheit, dass niemand jemals davon erfahren dürfe."

Bei seinen letzten Ausführungen war Paul aufgestanden und legte Fleischstücke auf den Grill, Scheiben aus der Lammkeule.

„Was mich allerdings wundert, ist, dass noch keiner auf die Idee gekommen ist, aus dem Stoff einen Krimi zu schreiben", lachte Paul. Er vermutete, dass die Drahtzieher die Statue in der Schleuse versenkt hatten oder versenken ließen, weil sie sich ziemlich sicher waren, dass hier niemand nach ihr suchen würde. „So konnten sie sich Zeit lassen, bis Gras über die Sache gewachsen war."

Das Quartett machte sich über den Lammbraten her, dazu gab es eine hervorragende, hausgemachte Ratatouille und einen roten Coteaux du Longuedoc. Das Gespräch kreiste nun um die südfranzösische Küche und ihr Abwechslungsreichtum. „Man kann schon gut hier leben", meinte Renée, gerade im Sommer seien die Märkte gut bestückt mit allen erdenklichen Leckereien. „Habt ihr schon mal die Austern aus dem Étang de Thau probiert?", fragte Renée.

Gerd verneinte, Austern seien nicht so seine Sache. Aber Michelle könne den Schalentieren schon etwas abgewinnen.

„Ich will es mal so erklären", kam Paul auf das Generalthema zurück: „Der Wert der Kunst besteht nicht zuletzt darin, wie zeitlos sie ihre Wirkung entfaltet. Das Erstaunliche ist doch, dass ein Mensch vor 2200 Jahren eine Figur aus Stein, aus Marmor gehauen hat, die bis heute nichts von ihrer Schönheit, von ihrer Ausstrahlung eingebüßt hat, auch wenn die Menschen in den düsteren Zeiten des Mittelalters keine Achtung vor der Kunst ihrer Vorfahren zeigten und Tempel, Paläste und den Figurenschmuck verkommen ließen, die Venus einfach fallen ließen, sodass ihr die Arme abgebrochen sind."

Die Venus sei nicht zuletzt deswegen so berühmt, weil in ihr der Vollkommenheitsanspruch am besten zum Ausdruck komme. „Jede Epoche hat ihre eigenen Schönheitsideale, Renaissance, Barock, Romantik. Im 21. Jahrhundert wird die ideale Figur allerdings nicht mehr von der Kunst festgehalten, sondern von der Werbung vorgegeben. Als Schönheit wird uns die langbeinige Schlanke suggeriert, die auf den Plakatwänden Werbung für Strumpfhosen macht, oder wer es auf den Titel der Vogue schafft. In Casting-Shows werden junge Frauen in Haltungen gezwungen, die als schön verkauft werden. Und die jungen Dinger machen das alles mit, in der Hoffnung, am Ende eine Karriere als Model zu machen."

Derweil hatte es zu dämmern begonnen. Überall glitzerten die Lichter in der Landschaft. Die tief stehende Sonne tauchte den Étang de Thau in einen orangefarbenen Spiegel, bevor sie hinter den Bergen verschwand. Die Boote hatten ihre grünen und roten Positionslichter angeschaltet. Autos auf den Straßen hatten sich in weiße oder rote Leuchtpunkte verwandelt, je nach ihrer Fahrtrichtung.

Paul schien geradezu besorgt zu sein über diese Entwicklung, dass die Werbeindustrie ein Wesensmerkmal der Kunst abgenommen hatte – oder umgekehrt: dass sich die Kunst dieses Darstellungsformat hat abnehmen lassen.

„Aber lasst mich noch ein abschließendes Wort sagen", dozierte Paul weiter. „Mehr als zwei Jahrtausende hat die Menschheit an die Schönheit der Venus geglaubt. Ihre Schönheit muss sogar so überwältigend gewesen sein, dass einer sie aus dem Louvre rauben musste, um sie für sich allein zu beanspruchen." Paul musterte die junge Frau, die ihm gegenübersaß. „Aber es gibt Frauen, die allein deshalb noch schöner sind, weil sie nicht aus Marmor, sondern aus Fleisch und Blut sind", überraschte er die Runde mit einem für ihn ungewöhnlichen Kompliment.

Michelle hatte sich erhoben und fragte Renée nach der Toilette. Sie begleitete sie ins Haus und zeigte ihr den Weg. Auch Paul und Gerd hatten sich erhoben, ein paar Schritte zum Rand der Terrasse gemacht und blickten über die Landzunge, die nun von gepunkteten Leuchtlinien gezeichnet war.

„Gerd", sagte Paul, „seien Sie ihr Freund, ihr bester Freund und Geliebter."

„Das bin ich wohl", antwortete Gerd.

Danach waren sie zum Du übergegangen.

Unvermittelt sagte Paul: „Renée und ich kennen uns schon eine ganze Weile, ungefähr 15 Jahre. Vor zwei Jahren haben wir uns einen Traum verwirklicht und dieses Haus gekauft mit diesem wundervollen Blick aufs Meer. Es ist ein Neubau. Und weißt du, was das Schönste daran ist?"

Er setzte eine Kunstpause und fuhr dann etwas verträumt klingend fort: „Es ist nicht die traumhafte Lage, sondern die Anwesenheit einer besonderen Frau. Ich liebe Renée, ich begehre sie immer noch wie am ersten Tag, als wir uns begegnet sind. Vertrauen und Verlässlichkeit haben sich als bedeutsame Werte herausgestellt, und die Sinnlichkeit hält uns jung und stark."

Mittlerweile war Renée zurückgekehrt. Ihr Mann nahm sie in den Arm und drückte ihr einen zarten Kuss auf den Mund. Die Temperatur hatte spürbar nachgelassen. Der Südwind brachte offenbar angenehmere Temperaturen mit sich, es war aber immer noch deutlich über 20 Grad. Michelle gesellte sich wieder zu ihnen und legte ihren Arm auf Gerds Schulter.

„Weißt du was?", sagte Michelle zu Gerd und wandte sich schließlich auch an die Gastgeber: „Wisst ihr was? Ich glaube, ich studiere einmal Kunstgeschichte. Ich habe ja im vergangenen Wintersemester mein Abitur nachgeholt. Es ist nur so ein Gedanke, dass es nicht meine berufliche Bestimmung ist, auf ewig Schleusenwärterin zu sein."

Gerd war überrascht, angenehm überrascht. Er hatte gespürt, dass Michelle belesen und sehr klug war und aus ihrem beruflichen Leben mehr machen konnte, als Schleusentore zu öffnen und zu schließen.

Später, als sie nach einem sehr schönen und freundschaftlichen Abend bei Renée und Paul nach Agde ins Hotel zurückgekehrt waren, streifte Michelle nur für einen Moment die Bluse von sich und ließ den Rock wieder auf die Hüften sinken, bis ihre Pospalte sichtbar wurde. Gerd hatte sich auf das Bett geworfen und betrachtete sie erregt. Der ebenmäßige Rücken, ihre Haltung erinnerten jetzt in der Tat an die Venus. Sie spielte das und kostete es aus. Sie wusste sehr wohl, wie verführerisch sie sein konnte.

67.

Am Montagmorgen war Gerd früher aufgestanden als Michelle. Er wollte zeitig bei der Polizeistation aufschlagen. „*Michelle, chérie, ma Venus, ma belle*", sagte er. „Ich muss los. Du kannst noch etwas liegen bleiben, wenn du magst. Ich glaube, es ist in Ordnung, wenn du zur Pressekonferenz um 10 Uhr zur Schleuse kommst." Er warf sich ein leichtes Blouson über und hauchte der noch schläfrigen Schönen einen Abschiedskuss zu. „*À bientôt!*" Er trat aus dem Hotelzimmer und eilte zu Fuß durch die im morgendlichen Berufsverkehr verstopften Straßen, über die Hérault-Brücke und schließlich die Avenue Général de Gaulle hinauf.

68.

Die Montagsausgabe des Midi Libre war mit einem Foto von Yvonne Picon aufgemacht, es war das Bild, das der Entführer von ihr gemacht und in die Redaktion geschickt hatte. Außerdem war ein kleineres Bild in den Text eingefügt, das Porträt von Paul Pinot aus der Polizeiakte.

Die Einladung zur Pressekonferenz war zwar bereits am Sonntagmittag herausgegangen, aber sie hatte keine konkreten Hinweise auf den Inhalt des Sensationsfundes enthalten, lediglich, dass es um den Fund eines bedeutenden Kunstwerkes von Weltrang ging. Nur der Midi Libre wusste bereits am Sonnabend, was in der Schleuse gefunden worden war. Am Sonntagabend war noch eine Pressemitteilung aus dem Kulturministerium an alle Medien versendet worden, aus der dann doch hervorgegangen war, dass die Venus von Milo das in Rede stehende Fundstück war. Die Mitteilung mit Zitaten der Kulturministerin hatte aber einen Sperrvermerk gehabt. Sie durfte nicht vor Montag, 11 Uhr, veröffentlicht werden.

Alle französischen Medien hatten sich daran gehalten und bisher kein Wort über den bedeutenden Fund verloren. Nur der Midi Libre hatte die Frist durchbrochen. Aber der historische Fund spielte in dem Artikel ohnedies nur eine nebengeordnete Rolle. Es war vielmehr eine betroffen machende Geschichte über die Abgründe menschlichen Handelns. Die Schlagzeile lautete ganz schlicht: „Warum?"

Es sei schier unbegreiflich, wie ein Mensch so grausam sein könne. Eine Mitarbeiterin der Zeitung sei vorsätzlich und grausam verstümmelt worden. Ihr Leben sei dadurch zerstört worden. Ein Mann, vermutlich Paul Pinot, hätte sie in seine Gewalt gebracht und ihren rechten Arm abgetrennt.

„Yvonne Picon war eine unserer besten Mitarbeiterinnen, hartnäckig, fleißig, umsichtig und immer charmant gegenüber ihren Kollegen. Sie stand mitten im Leben. Sie war von fröhlicher Natur und immer bemüht, ihre Sache gut zu machen. Sie war mit Leib und Seele Journalistin und hatte stets ein offenes Ohr für die Sorgen und Nöte ihrer Mitmenschen.

Ihre Geschichten waren rund, informativ, mal sachlich und trocken, dann wieder unterhaltsam und spannend. Ihre Vorliebe galt den Geschichten, die das Leben schrieb.

Sie war am Freitagmittag in die Hände eines kaltblütigen Entführers geraten, vermutlich des Mannes, der vor zehn Jahren maßgeblich am Raub der Venus von Milo beteiligt war. Sie war fast am Ziel ihrer aktuellen Recherchen gewesen, nämlich die Entdeckung der weltberühmten Statue auf dem Grund der Schleusenkammer von Agde.

Aber der Entführer hat ihr unbeschwertes Leben zunichtegemacht. Es ist unbegreiflich, zu welchen Gräueltaten Menschen in der Lage sind. Er hat ihr den rechten Arm abgerissen und damit die gut aussehende, liebenswerte Frau zum Krüppel gemacht und dabei ihren Tod billigend in Kauf genommen.

Wir sehen es als unsere journalistische Pflicht an, in Wort und Bild über die Verbrechen dieser Welt zu berichten, über Mord und Totschlag, Vergewaltigungen, über Bombenattentate oder nur mal einen scheinbar harmlosen Ladendiebstahl. Wir bemühen uns, dies in aller Ausgewogenheit zu tun, ohne Vorverurteilungen, ohne die Ermittlungsarbeit der Polizei zu gefährden, ohne unnötig die Identitäten von Tätern und Opfern in die Öffentlichkeit zu zerren. Aber jetzt sind wir als Verlag und Redaktion unmittelbar betroffen. Entsetzen hat sich in unseren Berufsalltag gemischt, pures Entsetzen.

Redaktion und Verlag sind in Gedanken bei dem Opfer, ihren Freunden, ihrer Familie und hoffen, dass trotz dieses entsetzlichen Verbrechens Yvonne Picon den Anschlag überlebt und trotz ihrer Versehrtheit zu einem ausgefüllten Leben zurückfindet."

Diese Mischung aus Fast-Nachruf und Leitartikel zeigte tatsächlich Wirkung. Gegen Mittag war die Gesamtauflage ausverkauft, obwohl die Chefredaktion mit der Verlagsleitung abgesprochen hatte, 50000 Exemplare mehr zu drucken als bei einer üblichen Montagausgabe.

69.

Im Commissariat herrschte schon betriebsame Geschäftigkeit. Kollegen von der Generaldirektion der Polizei in Paris waren nach Agde gekommen, um die Pressekonferenz mit den regional zuständigen Kräften abzustimmen. Irgendwie kam sich Gerd etwas überflüssig vor in dem Stimmengewirr. Er kannte niemanden von den scheinbar wichtigen Leuten, und letztendlich kannte er sich auch noch nicht so gut aus in den Zuständigkeiten der französischen Nationalpolizei, deren Mitglied er sozusagen seit einer Woche war. Endlich erblickte er Renée. Sie schien trotz allen Durcheinanders die Übersicht zu behalten.

„Gerd, gut, dass du da bist", sagte sie. „Wir treffen uns um 8 Uhr im Besprechungszimmer. Eh, eine Frage noch, im Bericht der Gerichtsmedizin steht was von MDMA. *Qu'est-ce que c'est?*"

„Ecstasy", sagte Gerd. Er stand auf dem Flur und wollte gerade in sein Büro eintreten, als er von einer Beamtin angesprochen wurde, die er wohl kannte, mit der er schon eine Mittagspause in Montpellier verbracht hatte, Marie-Louise Lapin.

„Das trifft sich gut", sagte sie und forderte ihn auf, in sein Büro zu gehen. „Manches sickert ja so durch über die Polizeikanäle. Aber ich habe gehört, dass Sie maßgeblich an der Aufklärung des Falls beteiligt gewesen sind, Kompliment!" Sie war auch für Personalangelegenheiten der Polizei im Département zuständig und kündigte Pocher an, dass er einen vorläufigen offiziellen Dienstausweis der französischen Kriminalpolizei bekommen würde, dazu ein Dienstfahrzeug, wahrscheinlich einen Renault Mégane. „Das braucht eben seine Zeit", sagte Lapin. Es sei Urlaubszeit. Sie hätten einfach zu wenige Leute, auch in der Administration.

„Sie kriegen sogar eine Dienstwaffe mit Munition, aber dafür müssen Sie noch eine Unterweisung an der Waffe absolvieren. Wir nutzen in Frankreich andere Pistolen als ihr in Deutschland." Ohne Prüfung gehe das nicht. Sie habe zwar seine Akten aus Deutschland. Daraus gehe allerdings nur hervor, dass er immer sehr sparsam gewesen sei beim Einsatz der Dienstwaffe. „Stimmt es, dass Sie in den letzten fünf Jahren nur zwei Patronen abgefeuert haben?", wollte sie wissen.

Gerd musste überlegen. „Das haut schon hin", sagte er. „Das waren aber jeweils Warnschüsse."

Marie-Louise Lapin nahm ihn ins Visier und bedeutete ihm, noch am Nachmittag nach Montpellier zu kommen und sich bei ihr zu melden. Da würde seine Ausstattung jetzt bereitliegen.

Im Besprechungszimmer drängelten sich zwei Dutzend Kriminalbeamte, darunter der Pressesprecher aus Sète. Der Fall wurde kurz durchgesprochen. Es war in der Tat Renée, die das Heft in die Hand nahm und die Rollen verteilte. Da konnte selbst Henri Gabin nicht mithalten. Trotzdem wurde abgesprochen, dass Jean-Baptiste Moreau die Konferenz eröffnen würde.

Außerdem stellte sie Gerd Pocher einen der Beamten als Roland Briande vor, er war aus dem Urlaub zurückgekehrt und gehörte ebenfalls zu ihrem Team.

„Roland." Der Mann, Anfang 30, reichte dem deutschen Kollegen die Hand. Er war in den Bergen gewesen, in den Alpen in der Gegend um Val d'Isère. Sie seien viel gewandert. „Das macht den Kopf frei", sagte er. „Warst du schon mal in den Alpen?"

„Gewiss", antworte Gerd, „auch in den französischen Alpen."

Renée hatte Roland dazu bestimmt, den Kontakt mit den Ermittlern um den Entführungsfall zu halten beziehungsweise sie mit seinen guten Ortskenntnissen bei der Suche nach Paul Pinot zu unterstützen.

70.

Die Entführungsspezialisten um Leguerne hatten ihr mobiles Laboratorium unterdessen nach Bouzigues verlegt, auf das Werkstattgelände, vor dem die L'Antique festgemacht hatte. Roland Briande ließ sich kurz von René Leguerne über die Sachlage informieren.

„Wir haben immer noch keine Spur. Weder ein Paul Pinot noch ein Maurice Stroganow ist in den Melderegistern Frankreichs auszumachen. Wir haben keinen Anhaltspunkt. Wir können das Gebiet nur grob eingrenzen." Leguerne deutete nach Norden auf das hügelige und weiter zurückliegende bergige Gelände. „Die einzige Zeugin, das Entführungsopfer selbst, liegt im Koma in der Uniklinik von Montpellier und dürfte erst in einigen Tagen vernehmungsfähig sein."

Er breitete auf einem Tisch eine Landkarte aus und kreiste den Sektor ein, ein Gebiet von 40 bis 60 Kilometern. „Wir wissen mittlerweile, dass er über Möglichkeiten verfügen musste, eine saubere Operation durchzuführen. Aber es gibt in diesem Gebiet keine Privatklinik oder etwas Vergleichbares."

„Wenn er mit gefälschten Namen und Papieren seine Identität verschleiern konnte, dann ist es naheliegend, dass er auch seine Ferienanlage illegal betrieb", folgerte Roland Briande. Er überlegte, ging ein paar Schritte auf und ab, beugte sich über die Landkarte, suchte kurz nach einem bestimmten Ort und legte seinen Finger darauf.

„Mas de Figuière! Das ist es, was wir suchen, in Aumelas." Briande erinnerte sich daran, wie sie in einem Mordfall vor einigen Jahren da oben in den Wäldern eine Frauenleiche entdeckt hatten. Sie war vergewaltigt und erwürgt worden. „Den Mörder haben wir zwei Wochen später zufällig gefasst, als er sein nächstes Opfer in seine Gewalt zu bringen versuchte." Die junge Frau hatte sich aber befreien und fliehen können und hatte die Polizei alarmiert.

„In der Nähe der Leichenfundstelle in einem Pinienhain war dieses Anwesen, ein großzügiges und gediegenes Anwesen. Ich selbst war dahin gefahren, um die Bewohner zu befragen, ob ihnen etwas Verdächtiges in der Nähe aufgefallen sei, etwa ein Auto. Es war ziemlich abseits gelegen. Jetzt erinnere ich mich. Es war aber niemandem etwas Verdächtiges aufgefallen. Natürlich nicht. Es war ja auch nur so eine Frage gewesen. Und ich musste mich mit den Auskünften zufriedengeben."

Briande erinnerte sich nun an den Mann, der ihn freundlich ins Haus gebeten hatte. „Das war Paul Pinot", sagte er, „aber er stellte sich als Boris Stroganow vor, er sei russischer Staatsbürger, aber mit gültigen Papieren in Frankreich. Mich würde es jetzt nicht wundern, wenn diese Papiere ebenfalls gefälscht waren. Das Anwesen wirkte äußerlich wie eine Ferienanlage mit Appartements, aber es konnte sich auch um eine Art Schönheitsfarm handeln. Mir war nur aufgefallen, dass die Bewohner oder Feriengäste russisch miteinander redeten."

71.

Gegen 9 Uhr setzten sich die Leute Richtung Schleuse in Bewegung. Dort herrschte bereits Hochbetrieb. Mehrere Ü-Wagen der großen TV-Stationen hatten sich an dem kleinen Parkplatz bei dem Obststand postiert. Der Weg hinunter zum Ruderclub war zugeparkt. Die Sichtschutzzäune waren teilweise wieder abgebaut, um den Kameraleuten die Möglichkeit zu eröffnen, von hier aus zu filmen.

Das Schleusengelände war groß, trotzdem wurde es etwas eng. Neben dem Südtor stand ein großer Kranwagen, dessen Arm ausgefahren war und an dessen Haken mehrere Trageschlaufen über dem Grund der Schleusenkammer baumelten. Die berühmte Skulptur war bereits aus ihrem feuchten Bett gehoben und auf dem höher gelegenen Boden der Schleusenkammer auf Holzbohlen abgelegt, außerdem war sie umgedreht worden, sodass sich nun ihr zartes Gesicht und ihr nackter Busen dem Himmel entgegenwölbten.

Auf der großen Freifläche vor dem Schleusenwärterhaus, mitten auf dem Tatort, waren Sitzbänke aufgereiht. Am Rand des Schleusenbeckens war eine lange Tischreihe aufgebaut mit Stühlen. Auch auf der anderen Seite des Südtores hatte man weitere Sitzgelegenheiten geschaffen, die sich allmählich füllten. Mehrere Frauen und Männer, die in höheren Positionen zu vermuten waren, hatten sich zu einer Gruppe zusammengefunden am anderen Ende der Schleuse, wo sich das Tor zum Canal du Midi hin befindet. Am Rand des Schleusengeländes, an der Böschung zur Straße, hatte sich ein Lieferwagen mit der Tontechnik postiert.

An der Hauswand entlang, im Rücken ihrer Kollegen, hatten sich weitere Kameraleute mit ihren Stativen aufgestellt.

Langsam schritten die wichtigen Leute zu dem langen Tisch und nahmen in einer vorher abgesprochenen Reihenfolge Platz. Große Namenskarten wiesen zudem auf ihre Funktion hin, um auch der Journalistenschar ihre Zuordnung zu erleichtern. Am Ende mögen es um die 80 Reporter gewesen sein, die der doch recht kurzfristigen Einladung, die erst am Sonntagmorgen herausgegangen war, gefolgt waren.

„Messieurs Dames", testete Moreau die Lautsprecheranlage. „Ich bitte Sie noch um etwas Geduld. Die Anreise der Kulturministerin hat sich etwas verzögert. Sie war auf dem Weg vom Flughafen Montpellier hierher in einen Stau geraten, ist aber mittlerweile schon in Agde. Aber ich glaube, wir können schon einmal beginnen."

Es seien zwar dramatische Umstände gewesen, eine Familientragödie mit vier Toten, die zu dem Sensationsfund geführt hätte, nichtsdestotrotz sei es nun eine große Stunde der Nation, ein Glückstreffer von unermesslichem Ausmaß.

„Zehn Jahre nach dem wohl dreistesten Raubzug in der jüngeren Geschichte Frankreichs haben wir zwar den Fall noch nicht aufgeklärt, aber wir haben die Diebesbeute entdeckt, die zehn Jahre lang wie vom Erdboden verschluckt war, eine der bekanntesten Skulpturen der Welt, die Venus von Milo. Sie soll so rasch wie möglich an ihren angestammten Platz im Louvre zurückgeführt werden. Wir haben Sie hierher eingeladen, damit Sie Gelegenheit haben, die Bergung zu filmen, die am Ende dieser Pressekonferenz beginnen soll. Außerdem wird es sicherlich noch Gelegenheiten geben, Einzelinterviews mit verschiedenen Personen zu führen, die mittelbar oder unmittelbar an der Lösung eines Mordfalles beteiligt waren, der zu der Entdeckung der Venus auf dem Grund der Rundschleuse geführt hatte."

Renée Lebrun nickte anerkennungsvoll. Das hatte Moreau schön gesagt. Sie hatte sich zu Gerd Pocher bei dem Wagen des Tontechnikers gesellt. Auch Michelle Reynouard stand dabei. Sie trug ein bunt gemustertes Sommerkleid.

Ein Polizeiwagen mit eingeschaltetem Blaulicht rollte auf das Gelände der Schleuse. Françoise Nyssen stieg aus dem Fond und schritt an dem Kranwagen vorbei und sondierte die Lage. Augenblicklich heftete sich ein Dutzend Kameraaugen an die Frau, die nun zum Podium schritt und an der ihr zugeordneten Stelle neben Moreau Platz nahm.

Moreau hatte seine Rede unterbrochen und begrüßte nun die Ministerin für Kultur und Kommunikation. Er stellte sie den Journalisten vor und setzte die Vorstellungsrunde fort. Links neben ihm saß Henri Gabin, Regionalleiter der Kriminalpolizei, daneben Eugéne Cheval von der Polizeidirektion in Paris und Marie-Louise

Lapin von der Préfecture in Montpellier, auf der anderen Seite, neben der Ministerin, hatten Jean-Luc Martinez, Direktor des Louvre, Hervé Krug, zuständiger Abteilungsleiter im Kulturministerium, Serge Gagnier von der Direktion des Wasserstraßenamtes, Roland Fuzeau, Bürgermeister von Marseillan, und Jeanne Beaux, Bürgermeisterin von Agde, Platz genommen.

Michelle war stutzig geworden, der Name des Mitarbeiters des Kulturministeriums kam ihr irgendwie bekannt vor. Sie erinnerte sich schließlich. „Diesen Hervé Krug kenne ich", sagte Michelle leise zu Gerd an ihrer Seite. „Er war mit meinen Eltern befreundet."

„Manchmal gibt es Dinge, die man nie für möglich gehalten hätte, bevor sie als Tatsache beurteilt werden", ergriff die charismatische Ministerin das Wort. Sie hatte sich bereits mit der Aktenlage des Falls vertraut gemacht. „Ein purer Zufall hat uns auf die Spur geführt zu einem unserer bedeutendsten Kulturdenkmale, das uns durch dreiste Diebe zehn Jahre zuvor entrissen worden war, die Venus von Milo. Es ist gewiss ein großes Glück, dieses Meisterwerk hellenistischer Kunst wieder in unseren Beständen zu haben – und dass die Skulptur zehn Jahre am Grund der Rundschleuse von Agde schadlos überstanden hat."

Sie wurde ernst: „Aber wir dürfen nicht vergessen, dass wir den Zufallsfund einem grausamen Verbrechen zu verdanken haben. Wir sind erschüttert über den heimtückischen Mord an einer jungen Frau und ihren beiden kleinen unschuldigen Kindern in Marseillan." Ihre Stimme stockte kurz, dann fuhr sie fort. „Aber dem Mut einer jungen Frau, die sich hier an diesem Ort, an genau dieser Stelle, wo ich jetzt sitze, in Todesangst gegen den Mörder auf seiner Flucht zur Wehr setzte, und der Beharrlichkeit der ermittelnden Beamten, die auf der Suche nach der Tatwaffe nicht davor zurückschreckten, die Rundschleuse außer Betrieb zu nehmen und leer zu pumpen, ist der Ermittlungserfolg zu verdanken. *Merci beaucoup!*", sagte Françoise Nyssen ganz staatsmännisch. „Auch im Namen des Präsidenten, Monsieur Emmanuel Macron, und im Namen der Republik!"

Michelle liefen Tränen der Rührung die Wangen hinab. Gerd nahm sie in den Arm und drückte ihren Kopf auf seine Brust, nicht zuletzt, um sie vor den neugierigen Blicken der versammelten Journaille zu decken. Dann drängte er sie in den Laderaum des Transporters, in dem der Tontechniker saß und die Mikrofone auf dem Konferenztisch aussteuerte.

„Wir konnten den Tathergang detailgenau rekonstruieren", setzte Moreau die Konferenz fort und schilderte das grausame Verbrechen von Marseillan und die Flucht des 34 Jahre alten Familienvaters mit dem geklauten Fischerboot über den nächtlichen Canal du Midi bis ans Ufer des Hérault. „Bei dem Versuch, die Schleusenwärterin, die er flüchtig gekannt hatte, in seine Gewalt zu bringen, um mit ihrem Auto die Flucht fortzusetzen, kam es zu einer Rangelei. In einem günstigen Moment schlug ihm die junge Frau mit einem gezielten Tritt gegen den rechten Unterarm die Tatwaffe, ein Opinel-Messer, aus der Hand. Dabei flog das Messer in die Schleusenkammer, und der Mann geriet ins Wanken, stolperte und stürzte so unglücklich mit dem Hinterkopf auf einen Festmachpoller, dass er sofort tot war."

Während Moreau die letzten Sätze gesprochen hatte, hob Gabin ein Messer in die Höhe. Es war zwar nicht die Tatwaffe, aber ein baugleiches Modell. Einige Kameras hatten die Szene kurz herangezoomt.

„Sie war in Panik geraten. Im Glauben, er würde bald wieder zu sich kommen und sie womöglich sofort erschlagen oder erwürgen, ließ sie ihn in die Schleusenkammer fallen und schleuste ihn Richtung unteren Hérault durch, wo wir die Leiche auch am nächsten Morgen fanden."

Nach einer Kunstpause, die Journalisten machten sich eifrig Notizen, schmückte Moreau den Fortgang der Ermittlungen aus, mehr, als es ihm Renée Lebrun vorgegeben hatte. „Mit etwas Verzögerung und nach erstem Ausweichen hat sich die junge Frau uns schließlich anvertraut. Durch eine sehr enge, nachgerade intime Zusammenarbeit mit unserem Ermittlungsteam konnten wir so ziemlich schnell den kompletten Tathergang rekonstruieren. Das einzige Mosaiksteinchen, das uns fehlte, war die Tatwaffe, ein Messer. Aber wir waren uns sicher, wo es zu finden war: hier am Boden der Rundschleuse. Um auf Nummer sicher zu gehen, hatten wir beschlossen, die Schleusenkammer leer zu pumpen, anstatt Taucher im trüben Wasser suchen zu lassen. Und glauben Sie mir, unsere Taucher hätten zwar die Tatwaffe schnell gefunden, aber nicht die darunter vom Morast verdeckte steinerne Frauenfigur. Danach hatten wir ja nicht gesucht."

Moreau wollte zu einer ersten Fragerunde überleiten, als Eugéne Cheval von der Polizeidirektion in Paris das Wort ergriff und vorwegnahm, dass seine Behörde noch nicht wisse, wie die Venus von Milo aus dem Louvre in die Schleusenkammer gelangt sei. „Wir stehen noch ganz am Anfang unserer Ermittlungen und sind noch nicht viel klüger als vor zehn Jahren, aber wir werden das jetzt herauskriegen. Der Dieb oder der Drahtzieher des Clous ist ganz in der Nähe. Es ist denkbar, dass er uns erpressen wollte, um viel Geld. Mehr kann ich dazu jetzt nicht sagen, nur so viel: Bisher konnte er sich ziemlich sicher sein, dass wir die Statue nie finden würden. Jetzt wird es ihm nicht entgangen sein, dass wir sie gefunden haben."

„Und eines ist vielleicht nicht ganz unwichtig", ergänzte Serge Gagnier von der Wasserstraßenverwaltung. „Sobald die Venus von Milo geborgen ist, wird die Schleuse wieder in Betrieb genommen. Ab morgen ist sie wieder passierbar im Zuge des Canal du Midi. Der Stichkanal Richtung unteren Hérault wird ein oder zwei Tage später wieder befahrbar sein, sobald die Sperre abgebaut ist."

Souverän steuerte Moreau das folgende Frage-und-Antwort-Spiel, das war sein Metier. Die Fragen der Journalisten zielten zum einen auf den Raub der Venus vor zehn Jahren und ob es durch den Fundort nun neue Ermittlungsansätze gebe, zum anderen drängten einige darauf, die mutige Schleusenwärterin nun einmal zu Gesicht zu bekommen, als Heldin von Agde. Einige Fragen waren weit hergeholt, andere, etwa die, ob sie mit einem solchen Sensationsfund gerechnet habe, beantwortete die Ministerin mit einem schlichten „*Non!*".

Wiederum andere Journalisten, die eifrig mitgeschrieben hatten, kamen selbst aus dem Staunen nicht mehr heraus.

Françoise Nyssen beriet sich kurz mit Moreau und Hervé Krug aus ihrem Ministerium, ob sie die Identität der Schleusenwärterin preisgeben sollten. Es wäre ohnedies ein Leichtes, sie zu identifizieren, weil es ja nur eine Schleusenwärterin gebe und sie womöglich bereits morgen wieder ihren Dienst versehen würde. „Françoise", flüsterte Krug ihr ins Ohr, „ich glaube, die Schleusenwärterin ist die

Tochter von Phillip Reynouard, meinem Vorgänger in der Abteilung. Er war seinerzeit mit dem Diebstahl der Venus befasst und ist vor acht Jahren bei einem Flugzeugabsturz ums Leben gekommen."

„Sie ist hier", ergänzte Moreau im Flüsterton. „Sie sitzt da hinten in dem Tontechnik-Wagen."

„Gut", sagte die Ministerin. „Ich nehme das in meine Verantwortung." Sie erhob sich und schritt, wortlos verfolgt von den Blicken der Reporter, den Konferenztisch ab und an den Journalisten vorbei in Richtung des Tontechnikerwagens. Mit einem freundlichen Lächeln begrüßte sie die junge Frau in dem Transporter. „Michelle Reynouard, nehme ich an." Sie nahm sie bei der Hand, half ihr aus dem Auto und stellte sich wortlos an die Seite der Journalisten-Bankreihen. Dutzende Kameras waren auf sie gerichtet. Unwillkürlich war Gerd ihr gefolgt, sodass es sich nun nicht vermeiden ließ, dass er schräg hinter ihr stehend ebenfalls ins Bild geriet.

72.

Ein mobiles Einsatzkommando fuhr mit mehreren Fahrzeugen die Berge hinauf und bezog auf dem Gelände von Mas de Figuière Stellung. Das große Stahlgittertor in der Einfriedung des Anwesens war geöffnet. Das ganze Gelände war von einer hohen Mauer umgeben, die zusätzlich mit Stacheldraht bewehrt war. An der Toreinfahrt war eine Überwachungskamera angebracht.

Die schwer bewaffnete Spezialeinheit drang gruppenweise in den Gebäudekomplex vor, andere sicherten das Gebäude von allen Seiten. Das Garagentor stand offen. Ein Fahrzeug befand sich nicht darin. Sie durchforsteten und sicherten Raum für Raum, blickten in jeden Winkel und kamen zügig voran. Endlich gab der Gruppenführer über Funk Entwarnung: „Das Gebäude ist menschenleer. Der Verdächtige ist vermutlich auf der Flucht. Gebt die Fahndung auch an die umliegenden Flughäfen weiter."

Nun betraten Briande und Leguerne die Räumlichkeiten. Briande erinnerte sich nun an die Eingangshalle mit den Bildern der Hollywoodstars. Hier hatte er sich seinerzeit mit dem Mann unterhalten, der sich als Boris Stroganow ausgegeben hatte. Sie schauten sich um, alles deutete darauf hin, dass das Gebäude schon seit Wochen nicht mehr bewohnt war. Auf dem Boden der Empfangshalle lagen verstreut die Trümmerteile einer Steinskulptur.

Ein weiteres Zimmer, offenbar ein Ferienzimmer, fiel den Ermittlern ins Auge. Es war das Einzige, in dem das Bett nicht ordentlich hergerichtet war. Über dem Sessel lag achtlos ein Bademantel. Hier musste vor Kurzem jemand gelegen haben. Yvonne Picon, fuhr es Leguerne durch den Kopf. Er ging zu dem Sessel am Fenster hinüber und maß die ockerfarbenen Wände. Hier war das Foto entstanden, das der Entführer an die Redaktion geschickt hatte.

Briande durchsuchte den Tresenschrank im Empfangsraum und fand ein Telefon und eine SIM-Karte. Er steckte die Karte hinein und schaltete das Gerät ein. Den Entsperr-Code kannte er natürlich nicht. Aber wenn die vielen Anrufversuche noch aktiv waren, müsste das Gerät jetzt automatisch eine SMS auslösen und die Botschaft an die Redaktion schicken, dass es jetzt wieder erreichbar sei.

Die beiden Beamten staunten nicht schlecht, als sie den Operationssaal betraten und die Beleuchtung einschalteten. Er war technisch gut ausgestattet. Allerdings war er nicht ordentlich gesäubert worden. Auf dem Boden gab es Blutspuren mit vielen Fußabdrücken. In einem Abfallbehälter lagen noch Unmengen blutiger Tupfer.

Plötzlich klingelte ein Telefon. Es war das Gerät aus dem Tresen. Briande nahm das Gespräch an. Es meldete sich Adèle Berteaud, Sekretärin beim Midi Libre.

„Roland Briande, Police Judiciaire", entgegnete er. „Richtig, wir haben das Telefon von Yvonne Picon gefunden. Seien Sie unbesorgt. *Bonne journée!"*

Von einem Flur gingen eine Art Gruppenraum und mehrere Schlafzimmer ab, die alle ähnlich eingerichtet waren wie das Zimmer, in dem Yvonne Picon untergebracht gewesen war. Sie machten alle einen aufgeräumten Eindruck. Auffallend war, dass alle Fenster vergittert waren. Die Beamten durchkämmten eine Küche und Lagerräume. Im oberen Geschoss fanden sie ein Büro, das erwarten ließ, dass Akten und Bücher mehr Aufschluss darüber geben würden, was der Verdächtige all die Jahre hier unbehelligt betrieben hatte. Hier waren offenbar auch die Privaträume von Paul Pinot, ein Schlafzimmer mit einem breiten Bett und einem großen Kleiderschrank und ein Badezimmer mit einer runden Badewanne, Waschbecken, Toilettenschüssel.

Draußen neben dem Haus gab es einen gepflegten Ziergarten, eine Terrasse mit mehreren Sitzgruppen und großen Sonnenschirmen, gegenüber dem Haus war ein Schwimmbecken, vielleicht 8 mal 15 Meter groß, mit einer frei stehenden Dusche am Rand. Das Becken selbst war blau gekachelt, der Rand war mit Mamorplatten eingefasst.

73.

Was für ein Bild! Die Ministerin höchstpersönlich hielt die schöne Schleusenwärterin bei der Hand, die etwas verlegen und mit klopfendem Herzen in die Kameras blinzelte. Wie zufällig stand Gerd Pocher hinter ihr. Ein Raunen ging durch die Menge, und einem Reporter entfuhr laut vernehmlich ein Kommentar wie, dass er darauf wetten würde, dass sie das Modell gewesen sei, nach dem der griechische Bildhauer die Venus gehauen habe.

„Madame Ministre." Sie blickte die Frau an ihrer Seite an, ein Lächeln überflog ihr Gesicht. Jemand richtete ein Mikrofon auf sie, das per Funk mit der Lautsprecheranlage verknüpft war. „Madame Ministre", wiederholte sie ihre Worte, die nun durch die Anlage verstärkt zu hören waren, und sie klang ganz unaufgeregt und gefasst. „Ich bin Michelle Reynouard", sagte sie gegenüber den verstummten Journalisten. „Ich bin gerne Schleusenwärterin von Agde. Ich liebe es, die Boote, die auf dem Kanal unterwegs sind, herein- und wieder herausfahren zu lassen. Ich weiß, dass die Schleuse selbst ein Denkmal ist und mit dem Canal du Midi zum UNESCO-Weltkulturerbe zählt. Aber ich konnte nicht ahnen, welchen wertvollen Schatz sie all die Jahre verborgen hat. Ich bitte Sie aber, in mir nur die Schleusenwärterin zu sehen, sonst nichts."

Sie senkte ihren Blick und sagte mit fester Stimme: „Ich bitte Sie außerdem, von weiteren Fragen an mich in dem Zusammenhang mit dem tödlichen Unfall, der letztendlich zu dem Fund der Venus geführt hat, abzusehen. Glauben Sie mir, das war der schwärzeste Tag in meinem Leben. Ich habe mich nur gegen einen Mann gewehrt, der mich mit einem Messer bedrohte und von dem ich wusste, dass er gewalttätig war. Haben Sie schon einmal Todesangst gehabt? Waren Sie schon einmal in einer solch bedrohlichen Lage, dass Sie über sich selbst hinausgewachsen sind? Ich war eine andere, einen Tag lang habe ich gleichsam neben mir gestanden. Ich konnte und wollte nicht glauben, was in der Nacht passiert war. Erst am nächsten Abend hat mich ein lieber Mensch wieder auf den Boden zurückgeholt, mit gefühlvoller Hand mich zu mir selbst zurückgeführt. *Merci beaucoup!*"

Die Ministerin war erstaunt über die gewählte Ausdrucksweise der jungen Frau, ihre Unbedingtheit und spürte, dass die Journalistenmeute diese Einschätzung teilte, denn sie zeigte Respekt und stellte dazu keine weiteren Fragen mehr. Sie nutzte die dadurch entstandene Pause zu einem kurzen persönlichen Gespräch mit der Schönen und fragte schließlich nach dem Mann, der unablässig in ihrer Nähe war. Gerd Pocher stellte sich höflich als Gast-Kommissar aus Deutschland vor. Dann verabschiedete sie sich von den beiden, um sich nun wieder den Fragen der Journalisten zu stellen.

Inzwischen war aber ihr Mitarbeiter zu den beiden herangetreten. „Ist das wahr?", fragte Hervé Krug. „Du bist Michelle, die Tochter von Phillip Reynouard? Ich kannte deine Eltern. Dein Vater und ich arbeiteten zusammen, und ab und zu trafen wir uns auch bei euch zu Hause. Kannst du dich erinnern?"

Michelle nickte. „Du bist Hervé, Papas damaliger Mitarbeiter, nicht wahr? Das ist lange her."

„Du warst vielleicht 15 oder 16 Jahre alt, ein verdammt hübsches, aber auch verdammt freches Mädchen", schmunzelte er. „Es muss schlimm gewesen sein, als du die Nachricht von dem plötzlichen Tod deiner Eltern erfahren hast. Ich war damals auch völlig verzweifelt. Es tut mir leid."

Er reichte ihr die Hand, wünschte ihr alles Gute. „Du bist nach wie vor verdammt hübsch."

Während sich die Journalisten weiterhin um Auskünfte der Ministerin bemühten, auch um Aussagen zur aktuellen kulturpolitischen Lage der Nation, und ihr Wissensdurst im Zusammenhang mit dem Massaker von Marseillan offenbar gestillt war, meinten die Vertreter der Polizei im Longuedoc, dass sie hier nicht mehr gebraucht würden. Sie kehrten zum Commissariat zurück und betraten den Besprechungsraum. Auch Michelle Reynouard war mitgekommen.

74.

Sie schalteten den Fernseher ein, die ersten Bilder von der Pressekonferenz waren bereits in den Mittags-Nachrichten gelaufen. „Sehr gut", kommentierte Lapin einen Ausschnitt aus der Schilderung von Moreau. „Sehr gut gemacht." Und auch aus der Rede Michelles hatten sie die zentralen Sätze hinzugefügt: „Ich habe mich nur gegen einen Mann gewehrt, der mich mit einem Messer bedrohte und von dem ich wusste, dass er gewalttätig war. Haben Sie schon einmal Todesangst gehabt? Waren Sie schon einmal in einer solch bedrohlichen Lage, dass Sie über sich selbst hinauswachsen?"

Es summte ein Telefon. „Renée Lebrun", meldete sich die Kripobeamtin. Am anderen Ende der Verbindung meldete sich ein Medizinprofessor aus Montpellier zu Wort.

„Yvonne Picon geht es den Umständen entsprechend gut. Wir konnten den Arm weitgehend wieder anschließen. Sie bleibt aber noch ein, zwei Tage im Koma. Die Schmerzen der Wunde dürften sehr stark sein, weil wir die Knochenenden miteinander verschraubt und einige Muskelstränge innerlich vernäht haben, Trizeps und Bizeps. Uns ist es gelungen, die Arterie und die Vene miteinander zu verbinden, und da der Arm noch keine nekrotischen Anzeichen hatte, gehen wir davon aus, dass er durch die neuerliche Durchblutung regenerieren wird. Wir müssen nun abwarten. Wir haben den Fall ausführlich dokumentiert, weil es auch für uns Neuland ist. Wenn der Arm wieder anwächst, ist es auch für uns eine, sagen wir mal, chirurgische Sensation, die nicht alle Tage vorkommt."

„*Merci beaucoup, Monsieur le Professeur*", beendete Renée das Gespräch und teilte die Botschaft sogleich Michelle und Gerd mit.

Dass es möglich war, einen abgetrennten Arm wieder anzunähen, hatte Gerd nicht für möglich gehalten. Er ahnte, dass der Regierung daran gelegen war, dem Entführungsopfer die bestmögliche Behandlung zukommen zu lassen und dass aus diesem Grunde alle verfügbaren Spezialisten der Region zusammengekommen waren.

Dass sie ihrerseits die Gelegenheit nutzten, um Medizingeschichte zu schreiben, war aber nicht zu erwarten gewesen.

Pierre Moulin stieß überraschend zu der Runde. Er hatte ein Tablett mit Gläsern besorgt und eine Flasche Champagner, stellte das Tablett auf einen Aktenschrank, entkorkte die Flasche mit einem vernehmlichen Knall und schenkte ein.

Als die Gruppe um Renée Lebrun und Marie-Louise Lapin die Gläser erhob, um auf den staatstragenden Zufallstreffer und den richtigen Riecher des neuen deutschen Kollegen anzustoßen, meldete sich Pierre lauthals zu Wort.

„Nein, halt, stopp", zog er die Aufmerksamkeit auf sich, es gehe um etwas ganz anderes. „Ein Wohl auf Gérard!" Er hob sein Glas.

„Gérard?", ging ein Raunen durch die Gruppe.

„Mensch", sagte Pierre Moulin aufgeregt, „Gérard ist 43 Zentimeter lang und 3,1 Kilo schwer, und alles ist dran."

Die Kollegen mussten sich erst besinnen, um zu verstehen, was er damit meinte. Mitunter waren auch Kriminalbeamte etwas begriffsstutzig.

Endlich war es Gerd, der Pierre zum neugeborenen Sohnemann beglückwünschte. Nacheinander reichten dann die Kollegen und Michelle dem dreifachen Vater die Hand. Dann zeigte Pierre sein téléphone mobile herum mit dem ersten Foto von Gérard. Das schlafende Baby hatte ein etwas verknittertes und verschmiertes Gesicht. „Ist er nicht süß?", fragte Pierre in die Runde. „Ich meine, das Bild zeigt ihn unmittelbar nach der Geburt. Da ist er gerade eine Viertelstunde alt."

Die Geburt sei ziemlich rasch gewesen und ohne Komplikationen, erzählte Pierre. Das Ganze hatte nur eine halbe Stunde gedauert. Samstagabend um 19.43 Uhr. „Dann hielt ich meinen Sohn auf dem Arm. Er piepste und japste nach Luft. Dann, nachdem wir, also die Hebamme und ich, ihn etwas abgewaschen und die Nabelschnur durchtrennt hatten, schlief er auf Katjas Busen ein. Dabei ist das Foto entstanden."

Nach einer guten Stunde konnten sie die Klinik wieder verlassen und nun zu dritt nach Hause fahren.

Kurze Zeit später verstummte die munter Vaterfreuden feiernde Runde mit einem Mal. Auf dem TV-Bildschirm waren plötzlich ganz neue Bilder von der Rundschleuse aufgetaucht. Was da nunmehr ablief, war Reality-TV, wie es kaum zu überbieten war. TV 5 hatte sein laufendes Programm unterbrochen, um als Erster die neuesten Bilder zu bringen. Vor laufender Kamera, während der Kran die berühmte Marmorfigur langsam in die Höhe zog, war zwischen den Kameraleuten, die am Rand der Schleuse gegenüber dem Schleusenwärterhaus postiert waren, ein Mann an den Rand des Beckens getreten und schrie wie verrückt: *„Non!"*

Noch ehe sich jemand, weder von den Journalisten noch von den anwesenden Beamten, klarmachte, welche Gefahr hier im Verzug war, sprang der Mann, laut *„Non!"* schreiend, in die Tiefe und prallte mit einem dumpfen Knall auf dem Schleusenboden auf, etwa an der Stelle, wo eine Minute zuvor die Venus gelegen hatte. Der Sender wiederholte den Sturz noch einmal in Zeitlupe und kostete diesen sensationsheischenden Live-Mitschnitt aus, sodass man genau erkennen konnte, wie der Mann wild mit den Armen rudernd vornüber zu Boden stürzte, mit dem Gesicht auf eine der Holzbohlen aufschlug, dass der Kopf heftig zurückgeschleudert wurde, während der Körper bäuchlings auf dem harten Beton zu liegen kam und sich nichts mehr rührte, außer dass das ganze Bild jetzt wackelte. Der Kopf hing leblos zur Seite. Aus der eingedrückten Stirn quollen Blut und Hirnflüssigkeit, Augen und Mund waren weit aufgerissen. Der Mann war auf der Stelle tot.

Der Autor

Elko Laubeck, 1955 in Essen-Kettwig
geboren, schrieb schon während seines Studiums, das er erfolgreich mit
Magister-Abschlüssen in Germanistik
und Philosophie beendete, für das
lokale Feuilleton der Westdeutschen
Zeitung. Seine weitere journalistische
Laufbahn führte ihn in unterschied-
lichen Ressorts zur Dithmarscher
Landeszeitung (Wochenendbeilage, Politik, Ver-
mischtes, Lokales).
Der Autor, der sich weiter neuen schriftstelleri-
schen Aufgaben widmet, ist verheiratet und hat
3 Kinder.

Der Verlag

> *Wer aufhört
> besser zu werden,
> hat aufgehört
> gut zu sein!*

Basierend auf diesem Motto ist es dem novum Verlag
ein Anliegen neue Manuskripte aufzuspüren, zu veröffentlichen und deren Autoren langfristig zu fördern.
Mittlerweile gilt der 1997 gegründete und mehrfach
prämierte Verlag als Spezialist für Neuautoren in
Deutschland, Österreich und der Schweiz.

**Für jedes neue Manuskript wird innerhalb
weniger Wochen eine kostenfreie, unverbind-
liche Lektorats-Prüfung erstellt.**

Weitere Informationen zum Verlag und
seinen Büchern finden Sie im Internet unter:

w w w . n o v u m v e r l a g . c o m